傑作ミステリーアンソロジー

京都迷宮小路

浅田次郎　綾辻行人
有栖川有栖　岡崎琢磨　門井慶喜
北森 鴻　連城三紀彦 ／ 関根 亨・編

朝日文庫

本書は文庫オリジナルです。

目次

京都迷宮小路

待つ女

浅田次郎

浅田次郎（あさだ・じろう）
一九五一年東京生まれ。九五年『地下鉄（メトロ）に乗って』で吉川英治文学新人賞、九七年『鉄道員（ぽっぽや）』で直木賞、二〇〇〇年『壬生義士伝』で柴田錬三郎賞、〇六年『お腹召しませ』で司馬遼太郎賞・中央公論文芸賞、〇八年『中原の虹』で吉川英治文学賞、一〇年『終わらざる夏』で毎日出版文化賞、一六年『帰郷』で大佛次郎賞をそれぞれ受賞。近著に『天子蒙塵』『おもかげ』『長く高い壁 The Great Wall』など。

東山の料亭を出ると、思いもかけぬ雨であった。

降るというよりも群れ漂うような糠雨《ぬかあめ》に、玄関の式台までが濡《ぬ》れていた。

「空梅雨にはええお湿りどすえ。社長さんもまっすぐホテルに戻らはったほうがよろしおすなあ。お疲れのご様子やし」

いらぬ節介に聞こえる女将《おかみ》の忠告は、むしろ有難かった。接待した百貨店の役員たちの顔はどれも活力に溢《あふ》れていて、祇園《ぎおん》にくり出さねば気がすまぬというふうだった。女将がそれとなく客の顔色を窺《うかが》っていたのか、秘書が気遣ってくれたものか、膳も早く進められたように思える。

「まことに勝手を申しますが――」

と、村井は秘書を一瞥《いちべつ》してから言った。

「あいにくたちの悪い夏風邪をひいておりまして、私はここで失礼させていただきます。あとは専務と本部長が」

接待客が村井の体を労《いたわ》る間もなく、女将は手を挙げて車を呼んだ。

「お車《とも》が参りましたえ。さ、みなさんからお先に」

二台のハイヤーが車寄を出てしまうと、村井は心配りを謝した。臈《ろう》たけた女将は笑いながら答えた。

「いえいえ、うちらにとってはお財布を出さはる社長さんがお客どすしな。社長さんから見れば百貨店さんがお客どすやろけど――おやかまっさんどした」

「いや、大助かりさ。近ごろどうも夜更しがきかなくなった」

「村井さんとは難波のお店を出さはったころからのお付き合いやし、お酌するだけでお体の具合はわかります」

「べつに風邪はひいていないんだがね」

「おやまあ。せやけどようけ疲れたはります。なあ、木内さん」

秘書の木内は不安げに村井の顔色を窺って肯《うなず》いた。どうやらこの筋書は女将と秘書が申し合わせたものであるらしい。

「やはり秘書は女性に限るね。このあたりの気配りは男では考えもつかない」

ハイヤーに乗りこむ。木内は女将と仲居たちにていねいなお辞儀をして、助手席に乗った。

「見とおみやす、社長さん」

女将の指さす先を追って、村井は窓ごしに雨空を見上げた。料亭の庭を蓋《おお》う楠《くすのき》の大樹を影絵にして稲妻が走った。

「みなさん白川のあたりでずぶ濡れにならはるんとちゃいますか。よろしおしたなあ」

会釈だけを返して、村井は窓を閉めた。耳にまとわりつく京ことばがうっとうしくてならなかった。重い疲労感は早朝から続いた挨拶回りのせいではないかもしれない。

「お疲れさまでした」

ハンドバッグから出しかけた手帳を開かずに、木内孝子は一言だけ村井をねぎらった。シートに体を沈める。背広にしみこんだ湿気が揮発してゆく。窓はたちまち内側から曇った。

東山の通りに出ると、待ち伏せていたように雨足が繁《しげ》くなった。ワイパーの間隙の行手は黒々とした洞《ほこら》だった。

「やはり京都の夏は蒸し暑いですね。湿気が体に応えます」

助手席で木内孝子が言った。齢《とし》なりの低く落ち着いた声が耳に障らない。

この六月初めの人事異動で秘書室に配属されてきた木内の社員歴について、村井は記憶をたどった。

「君はたしか、商品企画にいたんだよな」

「はい、十八年間ずっとパタンナーでした」

「それがまた、どうして」

「流行について行けなくなる、っていうんでしょうか。企画部の職人は四十が定年です」

十八年前といえば、ちょうど会社が急激な成長を遂げた時期である。社運を賭けた海外ブランドのライセンス生産が大成功をおさめた。業務の拡張に伴ってその年の新規採用者は百人を超え、同時に若い社員と村井との接触はほとんどなくなった。

「何だか近ごろ、知らない社員にばかり囲まれているような気がする」

実感にはちがいないが、口にするべきことではあるまい。創業時の社員で能力のある者は好景気の時代に独立し、残った古株は人件費削減の対象になった。気が付いてみれば社業を支える幹部は、成長期に採用された顔ぶれにそっくり入れ替わっていた。いかにも流動的なファッション業界らしい顚末《てんまつ》だが、経営者のワンマンぶりの結果だということもよく承知している。

「社長はご存じなくても、社員はみな社長をよく存じ上げていますから」

慰めにも嫌味にも聞こえる。いや、思いすごしだろう。一代で築き上げた企業は脱皮をくり返さねばならず、孤独に耐えるのは起業家の宿命だと思う。

五十なかばという中途半端な年齢が、景気の後退よりもむしろ村井を弱気にさせていた。

「社長は京都のご出身でしたでしょうか」

村井の心のうちを覗《のぞ》いたように、木内孝子は話題を変えた。

「いや、大学だけだ。生れも育ちも東京だよ」

「わざわざこちらの大学に？」

「何となく京都に憧れていてね。ほかには何の理由もなかった。いいかげんなものさ」

「わかりますねえ、そういうこと。私の友人でもこっちの大学に進学した人は、ほとんどイメージだけの志望でした」

大学では一年を留年して、つごう五年間を京都で過ごした。お世辞にも学問を修めたとは言い難いが、在学中にアルバイトを続けたファッション・メーカーでの経験が、後年の人生の端緒になった。

「社長にとっては第二の故郷ですね」

「いや」と、村井はにべもなく答えた。

「さほどの感慨はないね。京都もずいぶん変わってしまったし」

ふしぎなほど青春の記憶がなかった。事業を起こしてからの生活があまりに生々しく華やかであったせいか、忘れ去ってはいないにしろ、思いたどるほどの感傷は湧かない。

「いやあ、ようけ降りますなあ。安全運転さしていただきます」

老いた運転手はフロントガラスに向かって背筋を伸ばした。ワイパーの速度が追いつかぬほどの吹き降りになっていた。

「雷さんやさかい、じきに通り過ぎる思いますが」

前方のテールランプを頼りに、ハイヤーはゆっくりと走った。

やがて右手の森に光の塊が現れた。丹塗《にぬ》りの随身門がサーチライトの中に浮かび上がった。

「ほう、祇園さんがライトアップしているのか」

「社長さんがいてはった時分には、こない無駄なことはしいひんかったどすやろ。まあ、わてらから見ると、夜は暗いほうが京都らしうてええ思うんですけど——あ、ぼちぼちしまいやなあ」

祇園石段下の信号で車が止まったとたん、随身門を照らし上げるライトは、舞台の灯が落ちるようにひとつずつ消えた。

村井はシートから身を起こした。闇に返った石段下に、藤色の雨傘が浮かんでいた。窓の曇りを拭う。傘に隠されて顔は見えないが、脚の形があらわになるほど濡れた浴衣の裾に、大輪の朝顔が咲いていた。帯は燃えるように赤い。

記憶の底から、志乃という女の名だけが甦《よみがえ》り、村井はいちど瞼《まぶた》をとざした。

再び目を開く。走り出した車の窓に、女の立姿がゆるりと過ぎて行く。

女は石段下のきわの植え込みに身を寄せて佇《たたず》んでいる。あたりに人影はなく、車を止めるそぶりも見せず、もし村井の思いすごしでないのなら、そこで誰か人待ちをしているように見えた。

交叉点を過ぎてしまうと、振り返ったリアウインドウに女の姿を見つけることはできなかった。

志乃という女の名、正しくは闇の底から引きずり出された志乃という字面について、村井はおぼろげな記憶をたどらねばならなかった。

「今、石段下に人が立っていたろう」

木内はバックミラーを覗きこんだ。

「気が付きませんでしたけれど、どなたかお知り合いですか」

「いや、そういうわけじゃないが。こんな嵐の夜更けに、浴衣がけの女がぼんやり立っているなんて妙だね」

「何だか怪談めいてますけど」

もし藤色の傘の女が志乃であったのなら、怪談だと思う。

「気ィ付きませんでしたけどなあ。立ちんぼの女とちゃいますのんか。酔っ払い目当ての商売女が、この時間にはようけ立ちますよって」

運転手の声は耳を滑って過ぎた。

ホテルに着くと、村井は木内孝子を最上階のバーラウンジに誘った。疲れてはいるが酔い足らぬ気もした。部屋に戻ってもおそらく寝つけぬだろうし、ひとりで怪しい記憶の糸をたぐりたくはなかった。

「いきなりつまらんことを訊《き》くが、君は恋人に待ちぼうけを食らったことがあるかね」

鴨川の流れを足元にする窓辺のカウンターに並んで座ったなり、村井は訊《たず》ねた。

「あったとは思いますけど、ずいぶん昔のことなので忘れました」

独身女性にこの種の質問は禁忌かもしれない。しかし木内にはさほど身を躱《かわ》そうとした様子もなかった。

「待ちぼうけを食らわしたほうかな」

「いえ、恋愛経験が貧しいだけです。そのことが、何か？」

「僕も色恋沙汰には縁遠いんだ。いやね、女性はいったいどれくらい恋人を待つのだろうと思って」

「それはシチュエーションによりけりでしょう」

カクテルを注文してから、村井は肚《はら》をくくって切り出した。

「では、こういうシチュエーションでどうかな。男は大学生。ただし就職はすでに内定していて、学生時代の恋愛はそろそろ清算しようと考えている」

「女性はそのことを知っているんでしょうか」

「いや、たぶん知らない。男気のない奴だから、はっきりとは言わないんだ。多少の未練もあるしな。少しずつ離れていって、いずれ姿をくらますのが最善の方法だろうと男は考えている」

「最低ですね。よくいるタイプですけど。では女性の職業と年齢、その他を」

「年齢は男よりひとつ下。職業は――」

村井は言い淀んだ。あのころ、志乃は何をしていたのだろう。

「仔細をうけたまわりませんと、女心の回答も致しかねます」

河畔には雨に濡れた甍《いらか》が犇《ひしめ》いている。木内孝子の怜悧《れいり》なまなざしが、窓の中で村井を見つめていた。

「仔細かね。じゃあ、これでどうかな――学生と知り合ったころ、女は西陣の機屋《はたや》の女工だった」

「ずいぶんクラシックな設定ですね」

「昔の話だよ。学生はちっぽけなファッション・メーカーでアルバイトをしていて、しばしば西陣の機屋に出入りしていた」

「ファッション・メーカーと西陣の機屋というのは結びつきませんけど」

「伝統産業が次第に斜陽化して、その機屋は洋装生地を手がけるようになっていた。ごく単純に、メーカーと生地屋の関係だと思ってくれていい。学生はオートバイに乗って、毎日のように伝票を届けたり、サンプルを積んで帰ったり、要するに使い走りをしていたわけだ。もちろんお目当ては美しい女工で、無理に用事を作ったりもした」

話しながら村井は、喪われた記憶を喚起させていた。頭の中だけで思い出そうとしてもけっして掘り起こすことのできぬ記憶を、誰かに語ることで甦らせようとしたのだった。

木内は訝《いぶか》しんでいる。だがこんな企みなどわかるはずはない。着任早々で村井の経歴も私生活もよく知らぬ秘書は、この際ころあいの語り相手だった。

「二人の関係が経営者や従業員たちの知るところとなって、女は機屋を辞めた」

「学生のほうは？」

「そういう問題が起きると、いつも泣きをみるのは女だね。時としてスキャンダルは男の勲章にさえなる」

「よくご存じですね。うちの社内でも、そういう理不尽は日常茶飯事ですけど」

「そうか？——うちはちがうだろう。女性役員が三人もいる」

「その件については私見を述べさせていただきます」

「どうぞ」

「該当する役員の方は、スキャンダルを勲章にする実力をお持ちの、つまり男まさりの女性です。もしくは——女であることを忘れてしまった人。どうぞ、続きを」

木内孝子の抵抗はむしろ快かった。職人気質を持った秘書というのも、悪くない。雨の窓に映る女性秘書を霊媒にして、闇の底から志乃が立ち上がった。

「京都という町は広いようで狭い。手に職を持っていても、よその機屋に行くことはできなかった。それで、新京極の喫茶店のウェイトレスになった。口数が少くて、与えられた運命に甘んじるタイプの、古風な女だ」

「お話がずいぶん具体的になってきましたけど。シチュエーションはだいたいわかりました。つまり男にとってはすこぶる都合のいい女ですね。そのうえ、美人――」

「まあな。いや、相当のものだったと思うよ。自分の意思もはっきりとは言えない無口な女なんだから、よほどの美人でなければ男に飽きられるだろう」

「いやな男ですね」

木内孝子はカクテルグラスに睫毛《まつげ》を伏せて、苦々しく呟《つぶや》いた。

「昔の男はやさしくなかった。それに、京都の大学生は一種の特権階級で――ああ、これはわかりづらいだろうな。たとえば、そう、同やん、立《りつ》ちゃん、京大はん。同志社や立命館や京都大学の学生は、敬意と親愛のこもったそんな呼び方をされた。大学生は文化都市のシンボルだったんだな」

今でこそそんな認識はないだろうが、その時分の京都はたしかに大学生が暮らしやすい町だった。文化都市のシンボルというよりも、古くから町衆と特権階級が分かたれていた京都には、ヒエラルキーを自然に構成する土壌があったのかもしれない。

「その学生さんには、特権意識があったということですね」

「ごく自然な意識として」

「それである日、恋人に待ちぼうけを食わせた、と」

「ようやく話が元に戻ったな。男には計画的な悪意はなかった。待ち合わせの場所に行こうとしたら、あいにく雨が降り出したんだ。雷が鳴って、たちまちどぶが溢れるような大雨になった。それで、出かけるのをやめた」

「あいにく、ではなく、都合よく、でしょう?」

「まあ、そうかもしれん」

「何年のお付き合いだったのかしら」

「三年、いや四年に近いかな」

若い男女の交際期間としては長すぎると思う。志乃は居心地のいい女だった。

「その後は?」

「消えた」

木内孝子は初めて窓の鏡から目をそむけ、村井の横顔を見つめた。

「消えた?」

「そう。下宿にも連絡はこなかった。そのままではいくら何でも後味が悪いと思ってね、勤め先の喫茶店を訪ねたんだが、待ちぼうけのあくる日に辞めていた。住みこみのアパートも引き払っていた」

「聞きわけのいい人ですね」

いや、と村井は話の続きを言い淀んだ。あらかた甦った記憶の奥深くに、内臓のようなぬめりとした手触りを感じた。

「探したんだがね」

「なぜ？　思い通りに消えてくれたのに」

「わからん。喪《うしな》ったとたんに、何だかもったいないことをしたような気持ちになった」

木内孝子は呆れたように息を抜いて、夜の窓に顔を戻した。

雨雲は盆地を通り過ぎたらしい。東山の稜線が遠雷の光に隈取《くまど》られていた。

「もし私の思いすごしでなければ――」

と、木内孝子は崇《あが》めるように空を見上げて言った。

「待ち合わせた場所は先ほどの石段下ですか」

「そういうことだ」

「お疲れですね、社長。スケジュールにご無理があるのでは」

「いや、無理があったのは人生のスケジュールだよ」

「当初のご質問ですけれど、私の経験では恋人が待ち合わせの場所に現れなくても、一時間は待ちますね。その後の予定がない限りは」

「三十年は待たんだろう」

「はい。待ちません」

木内は窓に映る村井の目をまっすぐに見据えた。

「ありがとう。その答えを聞けば眠れる」

「まぼろしということで」

「まぼろしねえ。それほど良心が咎《とが》めていたわけじゃない。きれいさっぱり忘れていた」

「だとすると説明がつかなくなりますけど」

「年を食ったということだろう。ときどきつまらん昔の出来事を、ふと思い出す」

「もうひとつ可能性があると思いますが」

「何だね。こわいことを言うなよ」

木内は窓の滴が斑紋様《まだらもんよう》を描くカウンターの上に、筋張った手の甲を晒《さら》した。

「その場所に、女の念が残るという――」

「やめてくれ。怪談話じゃないか」

「いえ。生き死にとも、その後の人生とも関係なく、捨てられたその場所に念が残るということは、あると思いますけど」

「男には理解できんね」

「女はあんがいそういうことを信じますよ。ことに、捨てられた経験のある女は」

「まさか君、経験で言っているわけじゃあるまい」

さあ、と木内孝子は首をかしげ、掌で物憂げに顎を支えた。何気ないしぐさが絵になる女だった。

「憎しみや恨みではありませんから」

「いよいよわからんね」

「そう――もうひとりの自分が、待ちぼうけの場所にずっといるような。恨むでも憎むでもなく、いつか恋人が来るだろうと信じて、じっと待ち続けているような気がすることがあります。そんな自分の姿を見たわけではありませんけれど、もし本当にそういうことがあるのだとしたら、石段下の女性は説明がつきますね」

念が残る、という言葉の響きは、怪談よりも怖《おそ》ろしかった。

「週末のご予定は？」

と、木内孝子は秘書の顔に戻って言った。

「何もなかったよな」

「はい、今のところ」

「きょうの明日では、もう急な用事も入らないだろう。もう一泊していくとするかな」

「お伴《とも》いたしますか」

「いや、ひとりでいい。古い友人を訪ねようと思っている」

そんな予定は考えてもいなかった。しかし不快なわだかまりを胸に抱えたまま、東京に戻りたくはなかった。

「学生時代のお友達、ですか」

「伏見の酒屋のおやじにおさまっている旧友がいてね、便りはあるんだがひどく出無精な男で、十年も会っていないんだ。そのくせ毎年、蔵出しのうまい酒を送ってくれる」

「奥様には」

「僕から電話をしておくからいいよ」

プライバシーの詮索は、秘書の仕事のうちで最も難しかろうと思う。行動のすべては知っていなければならないのだが、関るべきではない。そのあたりの按配《あんばい》は、経験よりもむしろ年齢が物を言うだろう。

手帳を開いて少し考えてから、木内は思いついたようにさりげなく言った。

「では、私もこちらでオフをとらせていただきます。友人がいるものですから」

「僕なら心配しなくていいよ」

「いえ、万がいち何かありましたら、携帯でお呼び下さい」

秘書のとるべき行動としては適切な判断である。しかし少しも煩わしいとは思わず、むしろ心強く思うあたりに、村井はおのれの老いを感じた。

忘れ去っていた過去がふいに甦るのも、老いのせいなのかもしれない。ことさら悔悟するでもなく懐しく思いたどるでもなく、いまわしいものを固く括《くく》っていた封印が、活力の衰えとともに自然とほどけてゆく。そうして、忘れていたものが思いがけぬかたちで姿を現す。

甘いカクテルを音立ててすすりながら、村井は柄に合わぬ溜息《ためいき》をついた。

久しぶりやな。十年、いやもっとになるやろか。

盆と正月に物のやりとりして、おたがい便りといえば印刷された年賀状と暑中見舞いだけやし。そないなことで縁をつなごうなんぞと、何ともけったいな習慣や。せやけど十年ぶりにこうして訪《たん》ねてくれはるのやから、便利な習慣やとも言えるわな。

びっくりしたやろ。そら誰がどう考えたって、俺は辰巳《たつみ》酒造の社長で、婿養子の分際とはいえ家業に精出してると思うわな。年賀状かて届け物かて、みな俺の名前で出しとるし。

おまえ、東京の村井ですいうて、ちゃんと名乗らへんかったんやろ。大社長やわかっとったら、女房は泡食って俺を呼んで、とりあえず体面を繕うたはずや。

そないなことは一年に何度もあるのんやで。あんた、これから誰それさんがお越しやさかい、旦那さんしてくれ言うてな。ほいで、俺は伏見まですっ飛んで行って、そんときだけ辰巳酒造の社長になるのや。

紹介しとくわ。これ、今のかみさん。

おい、せんにも話したことあるやろ。こちらが村井社長や。三十何年も前のことやけど、同じ下宿に住んでた親友やで。

――まったく愛想のない女でな。面白くもおかしくもない紙のような顔しとるやろ。嬉《うれ》しくても笑わんしな、どついても痛いの一言もない。もっとも、俺はこの無感情が気に入って家を捨てたんやけど。

その点、女房はかなわん。仕切り屋で見栄ッ張りで、朝から晩まで亭主の居場所がない。われながら十何年もよう辛抱した思うわ。いずれにせよ舅《しゅうと》が亡《の》うなったら、家は出よ思てた。二百年も続いた造り酒屋で、古い番頭もようけおるしな。女房がしっかり者やさかい、婿養子の社長なんぞ所詮お飾りや。俺が家を出たかて、世間体のほかには何の支障もない。

おい、ほんまもんの社長さんにとっておきのブルマン淹《い》れたってくれ。

コーヒー専門店やて、今どきはやらしませんな。ましてやこないな場所で、淀の競馬場が開催中のほかには、近所のご隠居が暇つぶしに来はるくらいのもんや。

ぼちぼち十年になるかな。二階が住まいで、一階がコーヒーショップ。ここいらの人は俺の正体知らへんし、子ォのない中年の夫婦や思てる。それにしても女房のやつ、電話の相手もよう確かめんと、ここを教えるとはなあ。おまえやからよかったようなものの、事情を知らぬお堅い客やったらどないするつもりやろ。

いよいよ縁切りかな。ま、それならそれでよろし。娘も大学を卒業したことやし、俺よりましな婿さんもろて家を継がせればええのんや。

おまえのとこ、男二人やったな。うちとこと同い齢くらいやろ。

だとすると、ひょっこり訪《たん》ねてきたのもわからんでもないな。子供に手がかからんようになると、何やこう、気が抜けてまうのんや。ほんで、今まで考えもしんかったことを、あれこれと考えるようになる。

ましてやおまえの場合は、俺とちごうてたいそうな人生や。忘れてたこともさぞ多かろうし、ストレスもきついはずやしな。

おまえの人生をやっかんでるわけやないけど、何や気の毒な気ィもするなあ。逃げ場がないいうのんはしんどいやろ。

どないした。老けこんだのはおたがいさまやけど、おまえがそこにヌッと現れたときな、幽霊やないか思たで。

商売上のことや銭金のことを言われても困るで。おまえの会社とうちとことでは月とスッポンやし、俺はこの通りの家出社長や。笑うな、こら。俺は親友としてやな、おまえのその幽霊みたいな顔色を心配してるのんやないか。

商売が順調なのは結構なことや。人間、苦労のあらかたは銭金で解決がつくしな。しかし、だとするといよいよおまえのそないな顔は気になる。見たところ体の具合もよさそうやし、家族に何かあったのんか。

ちゃうか。待て。あっさり言うな。俺がそのお悩みごとを当てたる。何せ暇なんや。女。そやな。まあ、その手の相談なら俺はベテランやし、正直なとこ、こないにけったいな立場に立たされたのも、その実績の積み重ねや。最高のレクチャーができる思うで。

話してみい。気の毒に、誰にも言えへんと悩んどるのやろ。なるほどそうとなれば、俺は格好の相談相手やしな。

性悪の女を納得させるぐらいのことはでけるで。やくざがらみの脅しやったら任しとけ。いっときはバクチで辰巳の身代を傾けたほどの俺や、信用でける親分もようけ知っとる。

どうも様子がおかしな。おい、ヨッちゃん。そこまで言うたんならはっきり言え。うちとこのかみさんなら気にせんでええよ。こいつはご覧の通り壁や柱と同《おんな》しや。第一、こないな秘密の砦《とりで》の中に生きとる女が、他人《ひと》様の秘密をよそにバラすはずはないやろ。

よし、コーヒーも入った。店は看板にしたる。

おい、おまえしばらく二階に上がっとれ。

ええのんか、聞かしても。女にも聞いてもらいたい、か。ほな、大人しく聞かさしてもらいます。もっとも、こいつに聞かしたところで何の役にもたたんのはうけあいやけど。

さて、どないな話やろな。

何やて、俺も知ってる女？

ちょっと待ちいな、ヨッちゃん。十年ぶりに会《お》うてやな、共通の女の話などあるはずないやろ。

シノ……シノ……？

どういう字ィ書くのんや。志乃、か。

ああ思い出した。おまえがほかした女やないか。

けったいやなあ。三十何年も昔にほかした女が、何で今さら悩みの種になるの。

なに、会うた？

そらロマンチックな話や。どこでどう会うて、どないなふうにおまえを悩ませとるのか、興味は尽きんな。

かみさんに解説せんならん。ええか。

あのなあ、志乃いう女は、ヨッちゃんがこっちの大学におった時分にな、長いこと付《つ》き合《お》うてたべっぴんさんなんや。そらもう、おまえなんぞとちごうて、新京極の喫茶店で働いてたときは、その子ォ目当てにお客がおし寄せたほどの美人やった。三十何年も前にコーヒー一杯二百五十円もした美人喫茶やで。いつも着物姿で、こう、髪をアップに結い上げてドアのとこに立ってたあの子ォの顔は、今でも忘られへんわ。

その子ォをな、ヨッちゃんは東京の会社に就職が決まったとたん、あっさりほかしよった。

それにしてもおもろい話やな。で、どないした。包み隠さず言え。知ってるおなごならなおさらのことや、俺が力になったる。

話は、それだけか。

ふむ。おまえ、疲れてるな。せやけど、疲れてるなの一言で片付けたら、友人として役立たずいうことになる。聞きながら俺なりに考えたことは言わしてもらうが、ともかく何よりも自分が疲れているいうことは自覚せなあかんで。

子供らは手がかからなくなった。商売も順調で、このごろは創業者のおまえがどうのこうのと指図せえへんでも勝手に動いとるのやろ。それに、男にも更年期いうもんはあるそうや。

こないな条件が揃《そろ》うて、おまえの心にぽかんと穴が開いた。そう思うて、まずまちがいはない。

ええか、ヨッちゃん。いちいち解説するのもあほくさいけど、道楽もせんと一途《いちず》に生きてきたおまえのことやし、そのあほくささいうのもようわからへんのかも知らん。俺の言うことは世間の道理や思て、冷静に聞いておくれやっしゃ。

まずな、ええか。この世に幽霊なんぞはいてへん。いてたまるかいな。そないなもんは昔っから物書きや噺家《はなしか》や、テレビや映画がでっち上げた作り話やで。要するに怖いもの見たさいう人間の本能の商品化や。まあ、話としてはおもろい、いう程度のものやで。

ただしな、四谷怪談の伊右衛門の気持ちはわからんでもない。おなごにえげつない仕打ちをして、すまんすまんと良心の呵責《かしゃく》に悩んでたら、見えんものも見るかもしれへん。つまり一種の神経症や。それにしたところで、おまえがあの女に伊右衛門ほどのえげつない仕打ちをしたとは思えん。

第一おまえ、志乃のことなんぞすっかり忘れとったんやろ。だったら良心の呵責もくそもあるかいな。

その場所に残った念なあ……そら生霊《いきりょう》いうことやな。あのな、ヨッちゃん。おまえにそないなこと言うた秘書な。なかなかのもんやで。

なかなかいうのんはな、つまりこういうことや。

親友の俺かて、あほくさ思うこないな話をな、おまえの性格もよう知らん、ましてや学生時代のおまえなど想像もできひん秘書がうだうだと聞かされれば、あほくさいのを通り越して頭にくるで。

その秘書、いくつや。

なるほどなあ、四十といえば俺たちが若い時分にはたいがいばあさんやったけど、今どきは女盛りのとばっくちや。おおかた仕事のようでける美人秘書やろ。人の世の酸いも甘いも、ようわかっとるはずや。もしかしたら仕事一途のおまえなんかより、よほど大人かもしれへんで。

そういう才色兼備のおなごがな、夜更のホテルのバーで、けったいな話を聞かされてみい。おまえが真顔であればあるほど、妙な疑いを持つで。

社長ったら、怖い話なんかして私を口説いてるつもりかしら。

笑うな、こら。助平話と怪談話はな、おやじがおなごを口説くときの常套《じようとう》手段や。

いやや ァ、うちこないな怖い話。ひとりで寝れしません。

すまんすまん。ほしたら朝までそばにいてやるさかいな。

まあ何とも古典的な口説き方やけど、プライドに拘《こだわ》るおやじからすれば、上手な水の向け方であることはたしかや。

はっきりそうは思わんでも、社長がうちを口説いてはるいうことがちらりと秘書の頭をかすめたとする。たとえ思いすごしにしてもや。そうなると女は一瞬の感情に左右されるしな、勝手に頭にくる。

その秘書がなかなかのものやいうのんは、身の躱し方や。話題を変えるでもなく、席を立つでもなく、逆におまえをビビらせるなんぞ、大したもんやで。

ええ女やな。今度紹介してくれへんか。いや、冗談、冗談。

生霊なあ……どないな言い方しいはったかは知らんけど、おまえならずとも男はみんなビビるわな。俺かてビビる。

ほかされた場所に念が残っていて、それがはっきり姿形になっとる、いうのんか。

怖いわ、それ。幽霊よりもありそなことやし。

あのなあ、ヨッちゃん。実は俺、その手の話には思い当たるエピソードがあるのんや。

本人を前にして何やけど、こいつとこないな形におさまったいきさつ。

今さらくどくどといきさつをしゃべったところでしょもない。せやけど、こうなるまでにはずいぶんすったもんだがあった。

伏見の女房はな、俺の歴代の女はみな知ってた。やきもち焼きの上にバイタリティ溢れる女房やさけ、浮気相手は必ずつきとめてまうのんや。俺も無器用なほうやし。

俺のお遊びは祇園と決まっとる。女房は酒屋いう家業がら、花街には先祖代々のネットワークを持っとるのんや。古いなじみのお茶屋とかクラブとか、お稽古ごと仲間の芸妓はんとかな。ほんで、俺の道楽はみな女房に筒抜けやった。

しかし、こいつは筋がちがう。木屋町のバーの止まり木で、ぼんやりしとった年増《としま》のOLさんや。ネットワークにも引っかからん。

女房はあれで、あんがい寛容なところがある。おやじもじいさまも道楽者やったし、他人様には、遊びも甲斐性《かいしょう》のうちやなぞと言い切るおなごや。せやけど、今度ばかりはお相手がわからへんのやから、嫌ァな気分だったのやろ思うわ。

かたぎの女とそないな関係になったのは俺も初めてのことやったし、もしバレたらどうなるかもわからへん。女房は女房で真黒な疑心暗鬼や。およそ一年か二年、家ん中はどこぞのお寺さんのお堂みたいな緊張感に包まれてた。

こいつとは週に一度くらい会《お》うてた。そのころから今と同じこの調子や。嬉しいも悲しいもない。のっぺらぼうの紙みたいな顔して、よう口もきかへんかった。ただ、花街の女とちごうて、俺の気を引こういうところはないし、物静かでうっとうしくはないし、むろん金もかからへんしな、ええおなごやなあとしみじみ思てた。

のろけても始まらんな。

そんなある日のことや。俺が寄合いから帰ったら、女房が帳場の板敷にへたりこんでシクシク泣いとるやないか。どないした、言うたらな、女房は泣きながら信じられんことを言うた。

あんたの女が、今さっき訪《たん》ねてきたんや、て。

そないなこと、あるはずない。平日の昼ひなかで、こいつは会社に行っとるはずや。いや何よりも、内気な性格のこいつが俺の家に乗りこんでくるなど考えられん。

女が訪ねてきたやて？　あほぬかせ。おまえ、そないなカマかけて俺の肚《はら》を探っとんのんか。

そやない。ほんまに訪ねてきたんや。今さっき酒蔵に行ったらな、樽《たる》のあいさに膝かかえて、わてのことじいっと見上げてた。物も言わんと、蛇のよな冷たァい目ェで、じいっと睨《にら》みつけとった。

ちょいと待ちいな。どないして他人が蔵の中に入るのや。第一、俺の女やてなぜわかる。

女房ならわかるにきまっとるやないの。ひとめでピンときたわ。信じられん言いはるのなら――ええか、あんた。痩せぎすで色の白いべっぴんさんやろ。長い髪をうなじでひっつめてて、白いカッターシャツ着てはった。口紅は人を食うたよな真赤や。そや、ルビーのペンダントつけてて、その胸元のここにほくろがあったわ。

俺は血の気を失ったで。まちがいない。こいつは俺のお古のワイシャツが気に入ってた。ペンダントは誕生日のプレゼントに買《こ》うてやった。胸のほくろなんぞ、目ェの前でじっくり見なければわからへんやろ。

それ、いつのことや。

つい今しがたや。十分もたたへんわ。

俺は店から飛び出して、酒蔵の中やあちこちを駆け回った。もしそないなことする女やったら金輪際ごめんや。まだそこいらをうろうろしとったらどついたろ思た。

むろんどこをどう探しても姿は見えん。ほんで、公衆電話からこいつの勤め先に連絡した。

どないしはった、と何ごともない声が返ってきた。勤め先は市内の四条大宮にある。伏見からは鳥が飛んでも着かへん場所や。

やっぱり女房のやつ、俺にカマかけたな思た。ともかく俺のあわてぶりで、どこぞに女がおるいうことははっきりしたわけやしな。

俺は気ィを取り直してこいつに訊《たん》ねた。

おまえ、うちとこの女房と会うたやろ。

ええっ、まさか。会うどころか電話一本かかってません。

ほしたら、どこぞで見られたか。何か思い当たるフシはないか。

堪忍して下さい、仕事中やし。そないなことよう知りません。

電話を切って、いったいどないなっとるのやろと首をひねりながら、俺は家に戻った。

女房のやつ、興信所でも使《つこ》うたのかと思た。探偵に写真とらせて、手ェのこんだ筋書きをこしらえたんやろ。何とか亭主に白状さして、女と縁を切らせる肚づもりやろ思た。それならそれで俺にも考えはある。養子の俺をさんざないがしろにしよってからに、この際積年の鬱憤を洗いざらいぶちまけて、手ェつかしたる。イニシアチブの奪還や。クーデターや。店のことからいっさい手ェを引いて、世間様なみの女房におさまるいうんなら、俺も道楽はやめたる。

俺は肚をくって家に入った。

ヨッちゃん、伏見の家にはたしかせんに何度か来はったことあるな。家はあのまんまや。二百年の間どこも変わってへん。文化財に指定されとるさけ、どこもいじくることができひんのんや。

間口八間の土間を上がると板敷の帳場で、奥が住まいになってる。

俺は今にもブチ切れそうな剣幕やった。帳場を抜け、暖簾《のれん》を引きちぎって奥に向かった。坪庭に面した廊下を踏み鳴らしてな、ともかく話の前に一発どついたろ思てた。

おい、どこや。出てこんかい。

坪庭ごしに俺は怒鳴った。向かいは夫婦の寝室や。八畳の座敷にツインベッドを押しこめて、へんてこな和洋折衷の寝間にしとったんや。堀から射し入る西陽《にしび》が、ベッドにうなだれて座る女房の影を、障子にくっきりと映してた。

なんや、まあだ芝居しとるんか。今さらショック受けたよなふりして、泣き落とすつもりか。

次の瞬間、俺は廊下のその場に立ちすくんでもうた。

うなだれた女房の影絵に向き合うてな、ぬうっと、女の影が立った。こう、ちんまりと足元に座っていたものが、ゆらありと立ち上がってな、今しも女房にくらいつく姿が、はっきり障子に映ったんや。

とたんに女房は金切声をあげて、障子もろとも廊下に転げ出た。

いややあっ、あんた、警察呼んで。

俺はわけもわからず寝室に飛びこんだ。もちろん、誰もいてへん。せやけど俺は、この目ェで女の影絵をたしかに見てた。

女房は坪庭まで遁《のが》れて腰を抜かした。

あの女や。家ん中まで入ってきた。ベッドの向こうに隠れてたんや。暗ァい顔して、わてを締め殺そうとした。

騒ぎを聞きつけて、店の者が集まってきた。もちろん寝室にも家ん中にも、怪しい姿はなかった。

番頭はしみじみ言うたよ。旦那さん、こないなこと続けはりますと、おかみさんはどうかならはりますえ。お遊びもたいがいにしいはって下さい。

そうは言われてもな、女房がおかしくなったわけではないのんや。俺もこの目ェで見たのやから、幻覚やない。シルエットはまぎれもなく、カッターシャツの襟を立て、長い髪をうなじでひっつめた、こいつやった。

こないな話、本人を前にして言うのも何やけどなあ。

せやけど、こいつは悪うない。女房を脅したわけでもなし、家宅侵入したわけでもない。あの日のあの時間、こいつは四条大宮のオフィスで、ふだん通りに仕事しとった。ただな、口にこそ出さへんかったけど、こいつは心底、俺に惚《ほ》れてた。何の悪気もなく、会いたくて会えん日には伏見の家の近くまできて、遠目に俺の家を見てたこともあるそや。

家のこととか女房子供のこととかをな、女に聞かせるのは俺の悪い癖やった。こいつはそないな話も、ふんふんと聞いてくれてた。しかし内心は穏やかなはずないわな。

あの日、伏見の家の酒蔵と寝室に現れたのは、女の生霊や思う。俺と一緒に暮らしたいいう女の念が、目ェに見える形になって現れたんや。

どう考えても、そうとしか思えへんかった。俺が家を捨ててこいつと暮らし始めたほんまの理由はな、そこまで思うていてくれるんなら、しゃあない思たからや。

この話は、ご本人のこいつには何べんも聞かした。ほれ、あほくさいう顔しとるやろ。ご本人はまったく信じへんのんや。

そらそうやな。たとえばその同じ時刻に本人が気ィ失《うしの》うてたとか、ぐっすり眠ってたいうのんなら、幽体離脱とかいう超常現象かもしれへん。それかてかなり無理な説明やけど。

しかしそんときこいつは、いつに変わらずオフィスで仕事しとったんや。べつだん何ごともなく、俺や女房のことをとりたてて考えたわけでもなかったそうや。

だとすると、これは超常現象さえ超えとる。ひとつの時間と空間にやな、同一人物が同時に存在したいうこっちゃ。

ま、おまえの秘書の言うた女の念とか生霊とかいうのんな、少くとも死霊よりは説得力があるで。

それにしてもなあ……。

いちおうは大学を出て、おたがい五十なかばの分別ざかりの男二人が、なるほどと納得する結論やないいな。

ほかに何か、合理的な説明はつけられへんものかいな。

ふむ、それもそやな。せっかく事の顚末を聞かしたんや、かみさんの意見も伺《うかご》うてみよか。ともかく生霊説は否定するはずやしな。無感情でとらえどころがないいうだけで、けっしてあほやない。

おい、女の立場からすると何や別の考えはあるやろ。言うてみい。

あのなあ、あんた。

ほんなら思うたこと言わせてもらいますけど、話すそばから笑わんといて下さい。

この人、自分以外の人間はみなあほや思てはるんです。物を言おうとすると、何ごてくさ言うとんのんや、て頭から押さえてかからはる。あげくのはてに、こいつは無口でええ、て。

幽霊は信じませんなあ。信じたところでそないなもん、ちいとも怖いことおへんし。

秘書さんが意地悪なこと言わはったのもたしかや思います。まさか社長さんに口説かれてるとは思わなかったやろけど、ちょっとからこうてみたのかもしれません。

こうお見受けしたところ、大変失礼ですけどな、こちらさんはお齢のわりには純情そうに思えますし。女いうのんは年齢とはあまり関係なく、底意地の悪いところがあります。残酷いうのんか、冷静いうのんか、ともかく心のどこかで男を子供扱いしとるんですわ。

その志乃さんいう方、お齢はおいくつですのん。

はあ、社長さんやうちの人よりひとつ下どすか。だとすると、私ともそう変わりませんなあ。

あのな、ここが肝心なとこや思うんですけど、五十を過ぎた女がいかにべっぴんさんいうたかて、はたちかそこいらのまんまの顔形で、いてはるはずはありませんわ。

先日、高校の同窓会がありまして、三十何年かぶりでクラスメートと会うたんですけど、ホテルのロビーに集合して、だあれも私のことわからへんの。私もあちこちに友達がいてはったのに、ひとりもわからへんかった。

そのうち担任だった先生がおいでにならはって、みんながいそいそとその周りに集って初めてわかったんです。あのころ四十だった先生は七十過ぎてもさほどお変わりになってない。せやけど十七、八の生徒らは五十になってもうたらわからへんのや。つまり、先生のお顔は四十のときにおおかた完成してはったんやけど、生徒は子供やったから顔形が変わってもうたんです。

ということはやはり、はたちかそこいらで別れた志乃さんを、社長さんがまちがいなくその人や思わはるのんは、おかしい思います。

あのなあ、村井さん。ひとつ怖いこと言うてよろしおすやろか。

ゆんべ祇園の石段下にいたはった女の人、志乃さんの娘さんとちゃうやろか。

女は母親に似ますえ。たとえ顔形は父親似でも、いずまいとか立ち姿とかな、要は遠目に見た雰囲気いうのんは、誰でもハッとするほど女親に似るもんです。

そやないいう場合は、齢の差ですなあ。娘は母親の齢を追っかけてゆくさけ、遅い齢の子ォやったり、親が早くに老けこんだりするとわかりにくい。

たとえば私の場合ですけど、母が四十過ぎにでけた末の娘やから似てるとは思えへんのです。子供らがみんなして苦労かけ通しでしたから、齢より老けてましたしな。ところが先日、大往生いたしまして、葬式のならわしいうんですか、親類兄弟で母のアルバムを見ましてん。みんなが母の若い時分の写真見て、これあんたやろ、言う。そらびっくりしましたわ。同じ年ごろの写真は、まったく誰もが見まちがうくらいそっくりなんです。

私が母の年齢を四十年も追いかけて生きてたから、実物を見比べてもわからへんのんやね。

そうそう、お葬式のとき、こないなこともあった。うちとこの在所は山科の農家なんですけど、お通夜の晩おそくに、私が提灯《ちょうちん》さげて門のとこに立ってたんです。ほしたら、母の幼なじみのおじいさんがお孫さんに手ェ引かれて参られまして、私の顔を見るなり、ひゃあ、いうて腰抜かしましてん。お孫さんが扶《たす》け起こして、じいちゃんしっかりせえ、ばあさまやない、おばちゃんやいうてね。それでもおじいさんは信じられへんのです。しばァらく私の前で手ェ合わさはって、ナンマンダブ、ナンマンダブ、て震えたはりました。

おそらくそのおじいさんは、私の齢ぐらいの母をはっきり覚えたはったんですね。そんで、うりふたつの私を幽霊や思た。

石段下の雨の中に立ってはった女の人。もしその人が志乃さんの娘さんやとしたら、何のふしぎもおへんのやないですか。

それともひとつ。その人は着物をお召しにならはってたと言わはりましたな。着物いうもんは、はやりすたりもないし、裄《ゆき》も着丈も洋服ほどは違わへんし、たいていは母から子ォへと伝えられてくもんです。

村井さんがまちがいない思たのは、そのお着物のせいもあるのやないですか。母親によく似た子ォが、母親のお下がりの着物を着て目の前に現れはったら、そらナンマンダブですわ。

どないしいはった、村井さん。お顔が真青やし。

あんた、もうこないな辛気くさい話、やめましょ。十年ぶりに訪《たん》ねて下さったのに、二人して脅かしてるみたいなもんや。

お酒、出しましょか。お燗《かん》より冷やのほうがよろしおすやろ。

お酒だけはええもんがあります。辰巳酒造のこもかむり大吟醸やて、伏見の奥さんがわざわざ提げて来ィはったん。うちの人はこれやないと悪酔いするやて。あほくさ。

この人な、毒入ってるかもしれへんからほかせ言うんです。上等やないか、この人が奥さんに毒盛られて死なはったら、天下の辰巳酒造もしまいや。

はい、どうぞ。私が先に飲みますよってな、どうぞご安心。ああ、おいしい。

あのな、村井さん。これから先の話は、酒の勢いでも借りんとできませんのんや。

どうして私の話を聞きながらそないに真青なお顔にならはったか、ようわかってます。

わかっていて怖い話を続けるのんは、女の底意地の悪さですな。

せやけど、うちの人はまるでわかってない。ほら、狐《きつね》につままれたよな顔してからに。

ええですか、村井さん。

仮に、ゆんべ石段下で見かけたその女が、志乃さんの娘やとします。

この仮定は怖い。お着物のお下がりを着てるいうのんはな、志乃さんはもう亡くなってるいうことや。私かて、母の着物は葬《とむら》いの形見分けでいただきました。女は死ぬまで着物を大切にしますよってな。

問題は――どうしてその娘さんが、きょうび着物姿も珍しい京都の町なかに、志乃さんの形見の着物を着て現れたか、いうことです。それも、村井さんの目の前に。

とりわけ、村井さんが三十何年も前に志乃さんをほかした祇園の石段下に、しかも吹き降りの雨の中で、これ見よがしに立たはっているのんは、偶然では説明がつきませんなあ。

よろしか、村井さん。

あんた、志乃さんに子ォがでけたんでほかしはったんやろ。

それでぜえんぶ説明はつく。その真青なお顔もな。

女は産みたい言う。男は堕《お》ろせ言う。いずれにせよ、そないな言い合いになれば男と女の仲はしまいや。

志乃さんはな、ほかされたんやない思う。村井さんに愛想をつかさはったんです。そこいらのことは男はんにはわからしませんやろな。

女は子ォを産んで母になるのとはちゃいますえ。子ォを身籠ったとたんに、母親になるんです。その点、男はちがう。赤ン坊の顔を見て、初めて父親です。

十月十日《とつきとおか》。この長いよな短いような時間は、どないに惚《お》れ合うた男と女でも、たがいを理解できなくする。男と女でなくなる。夫と妻でものうなる。母と、男や。

村井さんがこと細かに話さはった志乃さんとの出来事の中に、女としてはどうにも腑《ふ》に落ちない部分がありますのんやけど。

石段下で待ち合わせをして、出がけに雨が降り出したから行くのやめた、言わはりましたな。そない簡単に考えてた女を、ほかしたあとでもったいのうなって一所懸命に探さはったて、話が矛盾してますわ。

その日はたぶん、産むの堕ろすのいう話し合いどしたんやろ。村井さん、その話し合いにビビりましたな。ほいで、雨も降ってきたことやし、ほっぽらかしてしもた。腰が引けて、逃げ出しましたんやろ。

身籠った志乃さんはすでに母親やから強い。村井さんはまだ父親やないただの男や。

ただの男やから、雨のせいにもでけますわな。

ところが、ほかしたあとで怖くなった。話し合いに応じなかったいうことは、勝手にせえいうことや。勝手にされたら困る。ほいで、行方の杳《よう》として知れなくなった志乃さんを、必死で探さはった。

村井さん、未練が残ってとか言わはりましたな。

それは嘘《うそ》や思います。雨にこと寄せてほかした女に、何の未練がありますかいな。村井さんは未練やないほかの理由で、志乃さんの行方を探さはった。子ォを産んでしもたら困るからや。

どないです、村井さん。図星ですやろ。志乃さんをほかしたあとの村井さんの行動は、そう考えるほうがずっと自然です。

志乃さんは、子ォを産みましたえ。

これは女の勘ですけど。手ェついて頼んだら堕ろさはったかもしれへんけど、ほかされたら意地でも産みますわ。性格の強い弱いとか、銭金のことやなく、そこいらは男はんでは思いもつかぬ女の意地いうもんです。百人が百人、産みますわな。

そこまで考えれば、謎の女が志乃さんと村井さんの子ォやいう仮定は、仮定でのうなります。

気の毒に、志乃さんは若くして亡《の》うなった。病気か事故か自殺か、そこまでは想像できませんけど。

村井さんは志乃さんの消息を知らんかて、あちらは村井さんのその後はよう知っては ったはずです。立志伝中の人物もこうなると考えものですなあ。

娘さんには言うて聞かしはった思います。あんたのお父さんは、こないに偉い人なんやで。しっかりせな笑われるで、て。

年ごろになれば、見知らぬ父とのロマンスを聞かせてくれて志乃さんにせがんだかもしれへん。たぶん話した思います。村井さんが大きくならはるのは、志乃さんにとっても誇りやしな。こないなふうに愛してもろたて、娘さんに話さはったんとちゃいますやろか。

ほしたらお母さん、どうして別れはったん。

別れたんやのうて、ほかされたんや。必ず来てくれる思て、祇園さんの石段下でずうっと待ってたんやけどなあ。

娘さん、悩みましたえ。いくつもの恋を失うたびに、村井さんのこと恨みましたえ。

ほんで、悩ましたろ思た。どないして調べたかは知らへんけど、ゆんべ村井さんのお帰りになる車の前に立って、忘れてはったことを思い出させた。

なあ村井さん。これでけったいな話の説明はすべてつくやろ思いますのんやけど、どないです。

せやけどなあ。説明がついたところで、話のこの先が見えへんいうのんは怖いわ。これでおしまい、いうはずはない思います。

さあて、どないしたものやろか。

あんた、なにぼうっとしてはるの。さっきは相談に乗ったるから何でも言えて、大見栄切ってたやないか。

友達やったら尻ごみせんと、お悩みごとはきちんと聞いてあげなあかんえ。

私の意見いうたら、こないなところです。壁や柱としては、おしゃべりが過ぎたかもしれませんけど。

おやかまっさんどしたな、村井さん。

昼ひなかの冷酒は思いがけなく効いた。

酔いを醒ますつもりで、日ざかりの国道をあてもなく歩き出したのがなおいけなかった。街路樹はしおたれており、行きかうトラックの排気が顔をなぶった。

ポロシャツの背を濡らす間もなく汗が揮発してゆく。それでも体にしみこんだ酒は抜けなかった。

歩きながら意識が遠のくあやうさを感じて、自動販売機のジュースを飲んだ。

携帯電話を手にした若者が行き過ぎる。便利な世の中になったものだと、村井はしみじみ思った。

学生時代に住んでいた下宿には電話がなかった。公衆電話を使うにしても十円は貴重な金で、たとえば東京の親元への電話代があれば学食の飯が腹いっぱい食えたものだ。

村井は背広の内ポケットから電話機を取り出した。送信専用と決めているので、電源はいつも切ったままだった。機能についても何ひとつ知らない。使うときは手帳の電話番号をいちいち調べる。

もしあのころにこれを持っていたならば、自分の人生はまったくちがうものになっていただろうと思う。

志乃と自分とは携帯電話機を通して、緊密な意思の交換をしていたはずだ。子供の命をめぐって、言い争った記憶はなかった。忘れたのではなく、話し合う機会のないまま志乃は消えてしまった。

あのころ独り暮らしをしていた多くの若者たちは、とっさの通信手段を持たなかった。会う約束を果たすか破るかは、それぞれの自由な意思に委ねられていた。

だからこそ、石段下の約束には重い意味があったのだ。たとえどのような事情があったにせよ、話し合う機会の約束を破棄したことは背信にちがいなかった。

突然、手にした電話機が震えた。

あわてて取り落としかけ、発信番号を確かめる。この電話を知っているのは、秘書の木内孝子と東京の自宅だけだった。しかし電話機に表示されているのは、そのどちらでもなかった。

頭上に降り注ぐ陽光を見上げて、村井は電話機を耳にあてた。

「もしもし」

答えのかわりに、しばらく不穏な沈黙が続いた。

「ヨッちゃん。いまどこにいてはるん」

志乃だ。

熱にしおたれた街路樹に背を預けて、村井は答えた。

「ああ、詳しい場所はよくわからないんだけど、淀の競馬場の近くらしい」

重い溜息が耳元に吹きかけられた。

「どないしょ。ずうっと待ってんのやけど。暑うてかなんわ」

村井は時計を見た。時刻は二時三十分を回っている。志乃との約束は何時だったのだろう。

「ごめんな。俺、時間をまちがえたみたいだ」

「二時十五分て言うたつもりやったんけど。すみません、うちが三時や四時やごてくさ言うたのがいけなかった？」

志乃のおもかげがありありと瞼に甦って、村井はつなぐ言葉を失った。

「今から来てくれはる？」

答えるには勇気が必要だった。村井は足元を見つめ、掌を見て、今ここにいるわが身を確かめた。

「遅番との交替が三時やよって、マスターが早びけさしてくれるかどうかわからなかったの。すみません、二時に出てこれました」

口やかましい雇い主の顔も思い出した。村井が喫茶店を訪ねるたびに、胡散《うさん》くさそうな目付きで睨みつける男だった。

「ヨッちゃん――」

祈るように切実な声で、志乃は恋人の名を呼んだ。

「何だよ」

「うちなあ、ヨッちゃんにほかされた思たん。ほしたら目ェの前が真暗になってしもて、今も祇園さんの石段にへたりこんでます」

大楠の葉が涼やかな影を落とす石段に、志乃は腰をおろしている。四条通りを行きかう市電の響きが、耳に伝わってきた。

仮定はすべて邪推だったのだと村井は思った。

志乃は涙声で続けた。

「なあ、ヨッちゃん。お願いです。うちのことほかさへんて約束して。うちとうちらの子ォのこと、ほかさへんて。じゃまくさい思わはるんやったら、うち、ヨッちゃんに面倒かけへんようやっていくし。せやから、ほかさへんて約束して」

嗚咽《おえつ》が村井の胸を摑んだ。それは言葉の足らぬ志乃が、ようやくの思いで吐き出した声にちがいなかった。

「ほかさへん」

忘れ去っていた青春の言葉が村井の唇を震わせた。

「おまえ、ずうっと待ってたんか。俺が必ず来る思て、三十何年もそこでずうっと待ってたんか」

答えることを怖れるように、電話は切れてしまった。

背広を振って、村井はタクシーを呼んだ。そこに行くのは、けっしてたがえてはならない約束だった。

「お車《とも》が参りましたえ。おおきに、ありがとさんどした」

糠雨が玄関の式台を濡らしている。男衆が村井の足元を拭って、靴べらをささげ渡した。

「お気遣いいただいて、申しわけないね」

女将は先客のテールランプにていねいなお辞儀をしてから、村井の背広の袖を引き寄せた。

「いえいえ、気遣いなどしてません。こんどの秘書さん、ええお人どすなあ。お席の間じゅう社長さんのご様子をしっかり見たはって、こないに按配しはりましたんえ。ほんにようでけた秘書さんですわ。奥様もご安心やろし、たんとボーナス出して、せえだい大切にせなあきまへんえ」

木内孝子はドアの前に傘をさしかけて村井を待っていた。

ひどく長い宴席だったような気がする。夏風邪をひいているわけではないが、酔いは足元が怪しいほど回っていた。このごろ酒が弱くなったような気がする。

車は楠の森を滑り出た。車窓から雨空を見上げて、村井は助手席の木内に訊ねた。

「雷が鳴っていないかね」

「雷、ですか――いえ」

群れ惑うような糠雨が東山を染めていた。長い宴席の記憶は欠け落ちている。

「祇園の石段下につけてくれるかな」

かしこまりました、と運転手は答えたが、木内は訝しげに振り返った。

「石段下のどちらへ」

「交叉点でいい。そこに人を待たせているんだ」

少し考えるふうをしてから、木内孝子は言葉を選んだ。

「あの、雨も降っておりますし、この時間にお待ち合わせですか」

「心配しなくていいよ。君はこのままホテルに戻っていい」

「お訊ねするのは不粋でしょうか」

「ああ、不粋だね。そんなことより、僕は宴席で何か粗相がなかったかな。眠ってやしなかったか」

「いえ、いつも通りに。少しお疲れのご様子でしたけれど」

村井は咽元に手を当てた。ネクタイはきちんと結ばれている。しかしワイシャツを濡らしているのは雨ではなかった。

「生霊ねえ……」

「は？」

「君は生霊というやつを信じるか」

「おっしゃることがよくわかりませんけれど」

「魂が飛んで、もうひとりの自分がどこかで勝手なことをする」

「いやですねえ、社長。いきなり変なことをおっしゃって」

もうひとりの自分が、時空を自在に駆けめぐれるのであれば、人生の悔悟は何もあるまい。もちろん、過去の罪障を自分の都合で忘れる必要もない。

「なかったことにする、というのは、やっぱりまずいな」

はあ、と木内は気の抜けた返事をする。

「そういう生き方をすれば、誰だって立志伝中の人物になれるさ」

ライトアップされた随身門が、柔らかな雨の中に近付いてきた。

「社長さんがいてはった時分には、こない無駄なことはしてひんかったどすやろ」

運転手がワイパーの間を覗きこむように言う。

「京都の夜は暗いほうがいいね。真暗な通りを市電が光を投げながら走っていた」

寝静まった街角に車は止まった。

瞳を射るサーチライトに眉庇《まびさし》をかざして、村井は窓を開けた。

石段は白い光と、光にたわむれる雨にくるまれていた。丹塗りの随身門の下に藤色の雨傘が咲いていた。

ジーンズをはいた若者の痩せた手が浴衣の緋《ひ》の帯をかたく抱き寄せ、女はその肩にしどけなく頬を預けて、二人はぼんやりと雨に宿っているのだった。

「やはりホテルに帰ろう」

車は再び走り出した。随身門を彩るサーチライトが、ひとつずつ光を落としてゆく。

「ぼちぼちしまいですなあ」

楠の大樹を夜空に残して、石段下は闇に返った。

「もう少しお飲みになるのでしたら、ホテルのバーにでもお伴させていただきますけれど」

木内の心配りは有難いが、とてもその気にはなれなかった。

「いや、べつに振られたわけじゃないんだ」

すっかり肥えてしまった体を軋ませて、村井は雨粒のにじむリアウインドウを振り返った。

シートの背に顎を置いて目を凝らす。

青い火花をパンタグラフに散らし、闇を染めて石段下を行き過ぎる市電の耀《かがよ》いを、村井はたしかに見た。

その窓辺に寄り添う二つの影も、けっしてまぼろしではなかった。

長びく雨

綾辻行人

綾辻行人（あやつじ・ゆきと）
一九六〇年京都府生まれ。京都大学卒、同大学院修了。八七年に『十角館の殺人』でデビュー。〈館〉シリーズで新本格ムーヴメントの嚆矢となる。九二年、『時計館の殺人』で日本推理作家協会賞を受賞。主な著書に『霧越邸殺人事件』『どんどん橋、落ちた』『暗黒館の殺人』『奇面館の殺人』『人間じゃない』など多数。〈深泥丘奇談〉〈Ａｎｏｔｈｅｒ〉などのシリーズでは、ホラーと本格推理を融合。近年は『7人の名探偵』などアンソロジー参加も多い。

1

書斎の整理をしていたら、一枚の古い写真が見つかった。戸棚の抽斗《ひきだし》の奥から、昔のノートや書類などに紛れて出てきたのである。

B7判のモノクロ写真だった。

四隅の裏に糊《のり》の跡が残っている。かつてアルバムに貼り付けてあった証拠だが、その写真に関する私の記憶は、なぜかしら非常に曖昧《あいまい》だった。

写っているのは四歳くらいの男の子で、これはその頃の私自身に間違いない。四十年ほども前に撮られた写真である。しかしはて、こんな写真をこれまで、私は目にしたことがあったろうか。

撮影者は、八年前に他界した父だろう。

若い時分、写真家になるのが夢だったという父は、それが叶《かな》わなかったのちも趣味でよくカメラをいじっていた。カラー写真が主流になってくるまでは、自宅に暗室を設けて、自分でフィルムの現像や焼き付けまでこなしていた。きっとこれも、その時期に彼が撮ったものなのだろうと思う。

モノクロなので色は定かでないが、子供用のレインコートを着て長靴を履いて、両手でしっかり傘を持って……画面の中央で、私は独り雨の中に立っている。場所はどこかの川のほとり。遠景には、川に架かった橋の姿がぼんやり写っている。

ひどく暗い写真だった。

天候が悪くて画面全体が暗い、というのがもちろん第一の理由だけれど、加えてそこに立つ私の表情までが、どんよりと暗い。悲しげな、心細げな……あるいは何か、ものに怯《おび》えてでもいるような。

懐かしさよりも、何だかせつない気持ちのほうがまさった。——が、写真に関する記憶の曖昧さには変わりがない。撮られた時のことを憶《おぼ》えていないのは、年齢を考えれば当然としても、いま初めてこれを目にしたような気がするのは、いったいどうしてなのだろう。

しばらく写真を見ているうち、おや、と気づいたことがあった。遠景に写った橋の下にいくつか、何だろう、奇妙な影が並んでいるのである。

小さくて、焦点もぼやけていて、そのはっきりした形は分からない。橋から何かがぶらさがっているようにも見えるのだが、単なる写真の汚れなのかもしれない。光の悪戯《いたずら》でたまたま写り込んだ影なのかもしれないし、ネガに付いた傷か埃《ほこり》じゃないか、と云《い》われればそんな感じもする。

普段の私なら、さして気にも留めなかったことだろう。けれどもこの時は、なぜだか無性に気になって、落ち着かない心地になって……なおもしばらく、ためつすがめつ同じ写真を見つづけた。

2

雨の日が続いている。

梅雨《つゆ》どきなのだから仕方ないことだが、それにしても毎日毎日、よくこれだけの水分が大気に蓄積されているものだなと訝《いぶか》りたくなるくらい、雨ばかり降る。

天気がこんなふうだと、健康のためにと励行している散歩にも、おのずと出たくなくなる。物書きという職業柄、下手をすると終日家の中に閉じこもりきりで雨の音を聞いている羽目になり、あまりこれが続くとたいそう気分が滅入《めい》る。滅入るだけではなくて、何かの拍子にふいと、激しい不安や焦燥めいたものが込み上げてきたりもする。

今日も朝から、ずっと雨が降っていた。

湿り気を帯びた新聞を開くと、天気予報欄にはびっしりと傘のマークが並んでいる。

——ああ、いいかげん晴れてくれないものか。

「いいかげん晴れてくれないかなぁ」

窓辺に立って外を眺めていた妻が、湿り気を帯びた吐息とともに呟《つぶや》いた。

「良くないのよねえ、これだけ雨が続くと。——何日めだっけ」

「かれこれ二週間以上」

壁のカレンダーに目をやりながら、私は答えた。

「そろそろ二十日近くになるかな」

「良くないのよねえ」

と、妻は窓の外を見たまま同じ呟きを繰り返す。

「ほんと、いいかげんにやんでくれないと……良くないのよねえ。ほんとに良くない」

何がそんなに「良くない」というのか。疑問がよぎったけれども、それはほんの一瞬だけだった。「ところで——」と私は、先ほど書斎で見つけた写真を妻に差し出した。

「これ、どう思う」

受け取った写真に視線を落とすなり、彼女はちょっと首を傾《かし》げながら、

「ずいぶん昔のものね。——お義父《とう》さんが撮ったの？」

「——だと思う」

「たぶん黒鷺川《くろさぎがわ》よね、この川」

「――なのかな」

黒鷺川というのは、市の東地区を南北に流れる一級河川だった。いま住んでいる家とは、歩いて二、三十分の距離関係にある。

「何となくそんな感じがしない？」

云って、妻は写真に目を寄せる。

「この橋も……これ、今でもあるじゃない。猫大路《ねこおおじ》通りの北側に架かっている、ほら、あの何とかっていう太鼓橋《たいこばし》」

「ああ、そう云えば……」

歩行者専用のそんな橋が、現在もそのあたりに残っている。写真に写っているのは確かに、橋全体が半円を描いて反った形の、いわゆる「太鼓橋」だった。

「それにしても、えらくまた暗い顔をしてるわね。今にも泣きだしそうな顔」

「撮られた時の状況はまるで憶えていないんだけど。それよりもそこ、後ろの橋の下に変な影がいくつか写っているの、分かる？」

「――あ、ほんとだ」

妻は写真をテーブルの上に置き、全体を俯瞰《ふかん》するように目を細めた。

「ううん、ちょっと不気味ねえ。心霊写真だったりして」

およそ「霊」だの「超常現象」だのの存在を信じているはずのない彼女の口から、

「心霊写真」などという言葉が出たのには、いささか意表を衝《つ》かれた。むろん、まったくの冗談に違いないのだが。

「四十年ほど前の写真よね。季節はちょうど今頃かもしれない……としたら」

妻は私の反応を横目で窺《うかが》いながら、

「ひょっとしてここに写っているの、あれかもね」

「あれ？」

わけが分からず、私は訊《き》いた。

「何だい、その『あれ』っていうのは」

「分からないの？」

「――さあ」

「わたしよりずっと長くこの町に住んでいるくせに」

ああ、何だかいつだったかも、同じような文句を云われた気がする。

「ええと、それはその……」

どう応じたら良いものか戸《と》惑《まど》う私から目をそらすと、妻はそれ以上は何も云わず、ふたたび窓辺に向かう。私はテーブルから写真を取り上げようと腕を伸ばしたが、すると

そのとたん――。

ぐらあっ、と世界が大きく揺れ動きはじめた。何ヵ月ぶりかで降りかかってきた、

強い眩暈《めまい》だった。

たまらずテーブルに両手を突いて、私は椅子に腰を落とす。すると今度は――。

きいっ、きいいっ……と、何やら耳慣れない鳥の鳴き声が、外で降りしきる雨音の狭《はざ》間《ま》に聞こえた。――ような気がした。

3

翌日も翌々日も天気は終日雨で、私は家から一歩も出ずに過ごした。

さらにその翌日も朝から雨で、これで二十一日めかと思いながら私は、この日は必要を感じて午後から外に出かけることにした。行く先は件《くだん》の深泥丘《みどろがおか》病院である。

一昨日も昨日も、午後に一度ずつ眩暈に襲われた。強さは三日前ほどではなかったし、長く続くこともなかったのだけれど、ここはやはりまた病院で診《み》てもらっておいたほうが良いだろう。そう考えたわけだった。

「大丈夫よ、きっと」

と、家を出る際に妻が云った。

「これだけ雨が続いているんだから、誰だってね、不安定にもなるわよ。心も身体《からだ》も。眩暈もきっと、そのせい」

「──そうかな」

「わたしだってこのところ、あんまり調子良くないもの。いいかげんにやんでくれないと……ねえ、ほんとに良くない」

4

「……良くありませんよね、この雨は」

「そうよねえ。今日でもう三週間、降りどおしだから……」

深泥丘病院の薄暗い待合室で、患者二人のひそひそ話が耳に流れ込んできた。片方は私と同年配の、もう片方は何歳か年上と思われる、どちらも近所の主婦らしき女性だった。

「……そろそろ真面目に考えないといけないのかしら」

「そうよねえ。やっぱりそろそろ……」

「手遅れになる前に……」

「今夜か明日にでも、思いきって、ね」

「そんなふうに思ってる人、きっと多いんでしょうね」

「うちの場合は、おじいちゃんか下の子かっていう話になりそうだけれど」

「子供のほうがいいって聞きますね」

「でもやっぱりねえ、子供は可哀想《かわいそう》だし」

「そりゃあそうですよ」

「おじいちゃんは最近、どんどん惚《ぼ》けてきちゃってて、どうせ長くは……」

そこで片方――私と同年配のほう――が診察室に呼ばれ、会話は途切れた。残された年上の患者は、どこかしら胡乱《うろん》な眼差《まなざ》しでひとしきり周囲を見まわしたのち、私にまで聞こえるような深い溜息《ためいき》をついた。

5

「まったくよく降りますね」

開口一番、石倉《いしくら》医師はそう云った。左目を覆ったウグイス色の眼帯を、今日は何だか痒《かゆ》そうにもぞもぞと掻《か》きながら、

「これだけ降りつづくと、やはりいけませんねえ。この辺に住む人間はどうしても、日ごとに不安や焦りが募《つの》ってきてしまいます。あなたもそうでしょう」

「あ、はい」

不安、焦り……心中を無造作に云い当てられて、私は少なからず驚いた。

「ここまで長く雨が降るのは、私の記憶が正しければ四十年ぶりですから」

四十年ぶり？

三日前に書斎で見つけた例の写真のことが、そこに写っていた奇妙な影への違和感とともに思い出された。

「――で？　今日はどうされました」

「ええとですね、実はまた眩暈が……」

私が三日前からの症状を説明すると、石倉医師は「ふんふん」と頷《うなず》いて、

「まあ、そんなに心配されることはないでしょう」

と、すみやかに見解を述べた。

「基本的には前と同じで、ストレスに起因する自律神経性のものだと思いますが。――多少は規則正しい生活を心がけておられますか」

「はあ、いちおうは」

「適度な運動も？」

「それが、雨降りの日にはつい、散歩にも出ずじまいに……」

「煙草は控えておられますか」

「はあ……いいえ、やめられないでいます」

「なるほど」

医師はまた眼帯を掻きながら、

「ま、この雨ですからね、致し方ない部分もあるでしょう。前と同じ薬をお出ししますので、二、三日様子を見て、それでも症状が変わらないようなら、詳しく検査をしてみることにしましょうか」

「――お願いします」

カルテに所見を記入したあと、石倉医師は改めて私の顔を見据えながら、

「仕事のほうはお忙しいですか」

と訊いた。

「ええ。おかげさまで、相変わらずそれなりには」

「お名前はちょくちょくお見かけしますよ。あいにく私、最近はほとんど小説を読む時間が取れないもので……」

「いえ。あの、どうぞお気になさらず」

「さぞやストレスの多い仕事だろうとお察しします。健康を第一に考えるなら、思いきってしばらく休筆されるのが最良の策だろうとも思うのですが」

云われなくても、そうしてしまいたい気持ちは山々だった。が、諸々《もろもろ》の状況がなかなかそれを許してくれないのである。

私の困った表情に気づいたのだろう、医師はやんわりと笑みを浮かべて、

「いやいや、あまり深刻に考えすぎるのも、かえって良くありません。まあそうですね、今回の症状はたぶん、この雨がやめばおのずと治まるでしょうし」

「雨がやめば、ですか」

どういう脈絡があるというのだろう。

「あのですね、先生」

と、そこで私は質問に転じてみた。

「長く雨が続くと、どうしてそんなに『良くない』のでしょう。何だか最近、そういった声ばかり耳にするのですが」

すると医師は、おやぁ？という顔をして、

「そりゃあ、この辺で『長びく雨』と云えば『良くない』に決まっています。皆さん、それを嫌と云うほどご承知ですからね」

「と云いますと？」

「水害ですよ」

医師は「当然ではないか」と諭《さと》すように、そう答えた。

「それこそ平安の昔から、このあたりは再三再四、ひどい水害に苦しめられてきたのです。黒鷺川が大氾濫《だいはんらん》することもあれば、山手の谷筋で土石流が発生することもあった。そのたびにいったい、どれだけ多くの人々が犠牲になったか。――まさかあなた、この話をご存じなかったのですか」

「は、はい？」

　私はすっかり狼狽《ろうばい》してしまい、意味不明の言葉を返した。

「いやその、ええ、ですがまあその……」

「幸い、この半世紀は大きな水害は起こっていません。ですが、今回のように二十日以上も途切れなく雨が続くと、人々の心にはおのずから、過去の災害の恐怖が呼び起こされてしまうのです。四十年前もそうでした。雨が長びくほどに不安や焦りが膨らんでいって、ついには……」

　私は内心、大いに悩まざるをえなかった。

　医師が語るようなこの土地の歴史を、どうして私は知らないのだろう。そのくせどうして、医師の云うとおり、長びく雨の音を聞くうちにふいと、不安や焦燥めいたものが込み上げてくるのだろう。どうして……。

「土地が持つ記憶というのは、住む人間の心に浸透するものなのです」

　こちらの疑問を見透かしたかのように、石倉医師は云った。

「どのように浸透するかについては、もちろん個人差があるでしょうが」

6

咲谷《さきたに》という名の、例の若い看護師が診察室にやって来たのは、私が石倉医師に礼を述べて椅子から腰を上げようとした時だった。涼やかな笑顔で私に会釈すると、彼女は医師のそばに歩み寄り、声を低くしてこんな報告をした。

「四一五号室の小林《こばやし》さんが、先ほどお亡くなりになりました」

医師は少しも表情を変えずに「そうか」と応じて、

「ご遺体のほうは?」

「ご遺族のご了承を、これから」

「小林さんの家は確か、地元の旧家だったね」

「はい。ですので、おそらくすんなり了承していただけるだろうと思います」

「昨日亡くなったお二人については、どんな塩梅《あんばい》かな」

「どちらのご遺族も、やっと納得してくださいました。お返しするのは数日後になるということで、ご了解いただいています」

「それは良かった」

……何の話だろう。

病理解剖、あるいは大学の解剖実習のための献体とか、そのあたりに関係した問題なのかもしれない。

「どうぞお大事に」

石倉医師が私に向かって、軽い咳払《せきばら》いを添えて云った。「早く出ていきなさい」というメッセージをそこに読み取って、私は慌てて椅子から立ち上がったのだったが——。

「あと何体か……可能なら、よその……調達……」

「シーツとロープの……」

「足りないようなら、どこか……」

「何とか……明日の夜までには……」

診察室を出てドアを閉める際、中で交わされる医師と看護師のそんな会話を、途切れ途切れにではあるが、耳が拾っていた。

7

その夜、病院で石倉医師に聞かされた話を妻に伝えると、彼女は「何を今さら」とでも云いたげに眉《まゆ》をひそめた。

「ほんとにもう、わたしよりずっと長くいるくせに……何でそんなことを忘れちゃってるわけ」

訊かれて、私もみずからに問いただすしかなかった。

私は——。

私はいったい、それをもとから知らなかったのか。もともとは知っていたのを、いつしか忘れてしまっていたのか。あるいは……。

三日前に見つけた古い写真のことも気になった。あの写真に関する記憶の曖昧さも、もしかしたらこの件と何か関わり合いがあるのだろうか。

「そうそう」

と、妻が口調を改めて云いだした。

「裏の道を少し行った角に、明智《あけち》さんっていうおうちがあるでしょ。あそこのご主人がね、ゆうべ自殺されたそうよ」

「自殺？」

本人との面識はまったくなかったが、近所でそんな事件があったと聞くと、驚かないわけにはいかなかった。

「どうしてまた」

「明智さんのご主人、気象台にお勤めだったそうなの。予報士の資格も持ってらして……

だからね、責任を感じて首を吊《つ》ったんじゃないかって話だけど」

「責任って――」

何とも云えない居心地の悪さを感じつつ、私は訊いた。

「まさか、この雨の？」

「かもね」

そっけなく答えて、妻は点《つ》けっ放しになっていたテレビの画面に目を向ける。おりしも流れはじめた天気予報が、この地方では明日も引きつづき雨が降るだろう、と告げた。

病院で出してもらった薬を服用したにもかかわらず、就寝の直前になって軽い眩暈に襲われた。私は倒れ込むようにしてベッドに横たわったが、それでもなかなか治まってくれない、緩やかな世界の回転の中で――。

降りつづく雨の音に交じって、ふとまた、きいいっ……という耳慣れない鳥の鳴き声が聞こえた。――ような気がした。

8

翌日は夕方から、某社の担当編集者との打ち合わせと会食の予定が入っていた。空模様は昨夜の予報どおりとなり、できれば外出はしたくない気分だったのだけれど、だいぶ前からの約束なので安易にキャンセルするわけにもいかない。妙なものでしかし、久しぶりに仕事関係者と会って話をするうちに、かえってだんだん心がほぐれてきて、ほぐれついでに私は、久しぶりにずいぶん酒を飲んだ。時間は胡乱なうねりを帯びて流れ過ぎ、すっかり酔って正体をなくす手前で私は、帰りのタクシーに乗り込んだ。時刻はすでに深夜の二時をまわっていた。

運転手に行く先を告げ、座席のヘッドレストに後頭部を沈めた。それからまもなくして、目の前の現実がどろり、と輪郭を失った。――ような気がする。

私の意識は夜の底に沈み込む。

底の底までずぶずぶと沈み込んだあげく、反転して急激な浮上を始め、瞬《また》くまに天高く噴き上がった。ざんざんと降りしきる雨の中を、そのまま猛烈なスピードで旋回しつづけるうち――。

いつしか私は一羽の巨鳥と同化して、夜闇に溶け込んだ異形の翼をはばたかせていたのである。

きいっ、という甲高い鳴き声が、無数の雨粒を震わせて夜を裂いた。

きいっ、きいいっ……!

巨鳥は徐々に旋回のスピードを緩め、深夜の町に降下しはじめる。

見憶えのある建物の影が、やがて迫ってくる。なだらかな坂道の途中に建つ、鉄筋四階建ての……深泥丘病院の病棟の。夜目にもなぜか、はっきりとそれが見て取れた。

巨鳥は病棟の屋上に舞い降りる。

殺風景なコンクリート張りの屋上だった。けれどもその中央に造られたペントハウスは純和風の木造建築で、何やら神社の殿舎のような趣《おもむき》さえたたえている。そして——。

ペントハウスの屋根の端には今、いくつもの異様な物体がぶらさがっていた。

いったいそれらは何なのか。何を意味するものなのか。

満足に考えるいとまもなく——。

きいいいっ！

巨鳥はひときわ甲高い声を発し、それらのうちの一つに飛びかかっていった。屋根からそれを吊り下げているロープに、怪物じみた真っ黒な嘴《くちばし》が喰《く》らいつく。鋭利な刃物を振るわれたように、ほとんど一瞬にしてロープが断ち切られた。切れたロープの端を素速く銜《くわ》え取ると、その先端にそれをぶらさげたまま、力強いはばたきでふたたび夜空に舞い上がり……。

降りつづく雨の中、巨鳥は一直線に目的地をめざす。そこがどこなのか、この時点で私にはおおかた予想がついていた。

黒鷺川だ。

あの川に架かった、あの古い太鼓橋がおそらく、この巨鳥の行く先なのだ。そうしてそこで……唐突な暗転。

……意識の離脱。

絶望的なまでに虚《うつ》ろな虚空《こくう》をえんえんと落下しつづけ……はっ、と目を開くと私は、走行するタクシーの中にいた。

あたふたと車内を見まわし、両手で自分の身体をまさぐった。時計を見ると、乗ってからまだ十分も経《た》っていない。

……今のは？

何だったのだろう。今のあの、異様な……。

視界が、さらには頭の中身が、ゆっくりと不規則な揺動《ようどう》を続けている。酔いのせいとも眩暈の発作ともつかなかった。

「ええと……すみません。行く先を変えていただけますか」

私はもつれる舌で運転手に告げた。

「黒鷺川の堤防沿いを、猫大路通りのあたりまで……お願いします」

9

「こんなところでいいんですか」

付近にめぼしい民家もない堤防沿いの路上で、私はタクシーを停《と》めた。雨はざんざんと降りつづいている。運転手が不審に思うのも無理はなかった。

「いいんです、ここで。――ありがとう」

釣り銭は受け取らず、車を降りた。

降りたとたん、横殴りの雨が吹きかかってくる。大急ぎで傘を開いたが、ほとんど用をなさない。ものの十秒で、身体の半分はぐしょ濡《ぬ》れになってしまった。

確かこのあたりだった、と思う。

ここから北へ、もう少し行ったあたり。そこに確か、あの太鼓橋が……。

役立たずの傘は潔くたたんでしまって、私は街灯もまばらな深夜の路上を歩きだす。

堤防から河原に下りる石段が、どこかその辺にあるはずだ。

ほどなく、それは見つかった。――ところが。

石段の上から川のほうを見下ろすなり、私はぎょっと立ちすくんでしまった。

水が――。

川の水かさが増えて、普段は付近住民の憩《いこ》いの場となっている河原が、完全にその姿を消してしまっているのだ。

見えるのは、黒々とうねる濁流だけだった。物凄《ものすご》い勢いで流れる水の音が激しい雨音と溶け合って、夜を騒然と震撼《しんかん》させていた。

ここまで増水した黒鷺川を見るのは、記憶にある限り初めてだった。

もしもこのまま水位が上がりつづけて、堤防が決壊してしまったら。——想像すると戦慄《せんりつ》が走った。

早くもうここから逃げだしてしまいたい、という気持ちを何とか抑え込んで、私は道をさらに北上する。——やがて。

目的の橋が見えてきた。

黒鷺川の濁流に架かった古い太鼓橋。

四十年前のあの写真にも写っていた、あの……。

顔を叩《たた》く大粒の雨を手の甲で拭《ぬぐ》いながら、私は暗がりの中、せいいっぱいその橋の様子に目を凝らす。そして、見た。

橋の欄干《らんかん》から川面《かわも》に向かって、いくつもの異様な物体がぶらさがっているのを。——ああ、そうだ。きっと四十年前のあの日にも、この橋にはこんなふうにして、あれが……。

私は必死で目を凝らす。

どれもが皆、同じ有様だった。大きな白いシーツを頭からかぶせられ、その上から首にロープを巻きつけられて……。

……あれは。

あれは死体だ。人の死体だ。

いくつもの人の死体が、そのような同じ恰好《かっこう》であの橋に吊《つる》されているのだ。

改まって考えるまでもなく、視覚的な直感のみで、いったいそれが何なのか、何を意味するものなのか、私は悟った。悟らざるをえなかった。

長びく雨を鎮めるために、もしかすると何百年も昔からこの土地で続けられてきた、それはつまり……。

誰もが知っている。

知らないはずがない。

材料やサイズは大いに異なるけれど、この国の人間ならば誰しも子供の頃からお馴染《なじ》みの、ああ、それはつまり……。

きいいいいっ！　と、甲高い鳴き声が頭上で聞こえた。

振り仰いでもしかし、その姿はどこにも見えない。ただ、闇に溶け込んだ巨大な翼のはばたきだけが、かすかに感じ取れた。

10

翌日、空は朝からすっかり晴れ上がった。

ここしばらく味わったことのないような爽快《そうかい》な気分で、私は独り午後の散歩に出かけた。まばゆい初夏の陽射《ひざ》しの下、あちこちの家のヴェランダで、真っ白なシーツが何枚も風にはためいていた。――さて。

せっかくだから久々に深泥丘を越えて、如呂塚《にょろづか》線の線路が見えるあたりまで足を延ばしてみようか。

除夜を歩く

有栖川有栖

有栖川有栖（ありすがわ・ありす）
一九五九年大阪府生まれ。同志社大学卒。書店勤務を経て、八九年『月光ゲーム』でデビュー。同作探偵役〈江神二郎〉シリーズなど、論理性を重視する本格推理作品を一貫して手がける。二〇〇三年、『マレー鉄道の謎』で日本推理作家協会賞受賞。〇八年、『女王国の城』で本格ミステリ大賞受賞。一八年、〈火村英生〉シリーズで吉川英治文庫賞受賞。近著に『鍵の掛かった男』『狩人の悪夢』『濱地健三郎の霊《くしび》なる事件簿』『インド倶楽部の謎』など。

1

一九八八年が去ろうとしている。

残すところ六時間を切った。今年が昭和最後の大晦日《おおみそか》になるだろう。

時折、おかしな噂《うわさ》が耳に飛び込んでくる。天皇はもうお亡くなりになっているのだとか、東京都内の某所を歩いているのを見掛けた人がいるとか。

天皇が危篤《きとく》に陥ったのは、マスメディアが発達してから初めてのことだ。色々な情報や憶測が流れる。自粛ムードも半ば日常化したが、大きなニュースがいつ飛び込んでくるかという落ち着かない空気が日本中に蔓延《まんえん》していた。新聞社やテレビ局は昭和を懐古したり総括したりする番組や記事の準備を完了し、雑誌は識者各位に寄稿を依頼ずみだろう。

とはいえ、庶民にとっては遠い世界の出来事でもある。人々はそれぞれの喜びや悩みとともに自分の日常を生き、大晦日の宵を迎えた。

そして僕、有栖川有栖《ありすがわありす》は、いつものように今出川《いまでがわ》駅で地下鉄を降りると、冷たい西風に向かって歩いている。河原町あたりでは、最後の買い出しに押しかけた人出がいったん引き始める頃か。このあたりには歳《とし》の瀬の賑《にぎ》わいもなく、静かに新年を迎える準備に入っていた。

正月の朝ぐらいは家にいろ、と父も母も苦い顔をしたが、適当にいなして出てきた。あまりにも色々なことがあった年を、同じ体験をした先輩とともに送りたかったから。そんな気持ちを、両親はぼんやりと察してくれたようだ。言葉には出さなかったが。

西陣の家々からは、温かそうな灯が洩《も》れていた。江神《えがみ》さんの下宿からも。くたびれた外観に似合わない立派な注連飾《しめかざ》りがつけられ、犬矢来《いぬやらい》や玄関の扉の汚れがきれいに拭われている。江神さんがホースを手にして洗っている姿を思い描いた。

「言われたとおり手ぶらできましたよ」

そう言いながら訪ねていくと、胡坐《あぐら》をかいて本を読んでいた先輩は、「そのへんに座れ」と空いたスペースを指した。自分の部屋の片づけはしていないようだ。いや、本が五つの山に積み上げられているのは整頓の結果か。大掃除とはいかずとも、ガスストーブを使っているので本を散乱させておくわけにはいかないだろう。

できることなら望月《もちづき》と織田の先輩にもここにいてもらいたかったのだが、二人は帰省してしまった。例年のことらしいのだが、江神さんだけが京都に留《とど》まっている。

「みんな実家に帰って、この下宿屋で年を越すのは俺だけや。飲み食いするものは買い込んであるから、手土産を持参してもろうたら困る。――コーヒーでも飲むか?」

インスタントではあるが、上等のものを淹《い》れてくれた。体が温まって、ほっとする。

江神さんには帰省先がないらしい。家族と疎遠になっているのだ。そのあたりの事情もよく判らないままで、何かと謎の多い人だ。今夜から明日の朝にかけてたっぷりと時間があることだし、二人きりという機会を利用して、その謎のいくつかの答えを探ってみたい気もした。

「元旦は、いつも大家さんご夫妻宅でおせち料理の相伴《しょうばん》に預かってる。お前の分も用意してくれるそうやから、ありがたくいただけ。で、ジュースもおやつもある。問題は今夜の晩飯をどうするかや」

「あそこでかまいませんよ」

「お前がよかったらそれで決まりやな。七時ぐらいに食べに行って、遅い時間に年越しそばを食いに出よう」

あそことは、近くにできた牛丼屋だ。今すぐに行ってもいい腹具合だったが、江神さんがおいしそうにコーヒーを味わっていたので、しばらくダべることにする。

「梅田を歩いてたら、『天皇陛下がお気の毒や』っていう声を聞きました。うちの親も同意見です。天皇としての人生って、特別すぎて想像を絶しますね」

下血の量が刻々とテレビ画面の片隅で報じられ、輸血につぐ輸血で最期を引き延ばされる。一般人の身には決して起きないことだ。そのことについて江神さんに何か意見はないかと思ったのだが、興味がなさそうだ。それでも、ひと言だけ洩らした。

「見方を変えたら、どんな人生でも特別や」

そうだろうか？　江神さんが言うと鵜呑《うの》みにしてしまいそうだ。

「『昭和の次は何やろうね』と話してる人もいましたよ」

お気楽な話題だが、誰しも関心のあるところだ。何しろ昭和生まれにとっては初めての改元なのだから。

「そんな話もモチとしたな。偉い先生が中国の古典から二文字を選んで作るから、どんなものになるか予想もつかん」

「大正天皇が崩御した時は、誤報を流した新聞があったそうですね。光文《こうぶん》という候補がリークされたので、昭和に差し替えられたんやとか」

事実は公表されないままなので、光文は候補に挙がっていなかった、という説もある。最近は、そんな元号に関する豆知識も乱れ飛んでいた。当時、新元号は何にも勝る特ダネだったらしい。現在も水面下で同じようなスクープ合戦が繰り広げられているのかもしれない。

「次の元号が何になるか、予想は難しいとしても推理できませんか？」

無茶なことを言ってみたら、江神さんと望月はそれに挑戦ずみだった。さすが、と感心するべきか。

「ずばり的中させるのは不可能や。ただし、イニシャルだけやったら絞り込める。アルファベットのどれかに賭けるとしたら、元号ゲームの本命がKで対抗がHやな」

「なんでそうなるんですか？」

「明治、大正、昭和をM、T、Sと略すことがある。生年月日の記入欄にも使われる。重複したら不便やから、その三つは避けるやろう」

めっきり減ったとはいえ明治生まれの方もご存命だから、Mまで避けるのは合理的だ。

「さらに、イニシャルで賭けるとしたら音が一つずつしか対応しない母音のA、I、U、E、Oは不利なので除外する」

「賭けるんやったら、それも理屈ですね。すごく大雑把《おおざっぱ》ですけど」

江神さんは手近にあった新聞を取り、余白にメモをしていく。

「これで八つ消えた。残る十八文字のうち、もともと元号のイニシャルになり得ないものがある。L、P、Q、V、Xや。これも消すと、残りは十三文字。そのうちで賭けるに不利なのは、対応する音が少ないC、F、R、W、Y」

「CやFも省きますか。それはええとして、Rって対応する音が少ないですか？　ラリルレロと五つありますよ」

「単語の頭にくる音としては、日本語では使用頻度が顕著に低いやろう。漢語に限っても、単語の頭がラ行の音というのは少ない」

江神さんは強引に進める。

「次に濁音を候補から落とす。これは時代の空気に拠《よ》った心理的考察や。清々《すがすが》しさや安らぎに欠けて、みんなが漠然と期待してる新元号にそぐわん」

思い切りがよすぎるけれど、もとより遊びなのだから異を唱えるよりも最後まで聞いた方が面白そうだ。僕が頷《うなず》くと、江神さんはB、D、G、J、Zをメモに加え、残るはN、H、Kになった。

「うわ、日本放送協会ですか」

「驚くほどのことでもない。単なる偶然や。これが三大有力候補で、中でも最有力はK」

「理由は？」

「統計に拠る」

暇人の二人の先輩が『広辞苑』で過去の元号一覧に当たったところ、N音で始まる元号は五回、H音は十回現われていたのに対し、K音は他を圧して六十三回もあったのだそうだ。これでは勝負にならない。かくして本命がK、対抗がH、穴がNという推論が導かれるわけだ。無難な線で選べばK、偉い先生がちょっと捻《ひね》ったらHというところか。

「絞れるもんですね」

素直に感心していたら苦笑された。

「イニシャルで賭けるとしたら、という前提を設けてのゲームや。実際の新元号がKになる可能性は大して高くない。切り捨てた可能性を足したらKを凌駕《りょうが》するやろう」

それもそうだ、と江神さんに翻弄《ほんろう》される。

「江神さんとモチさんが真剣に考えてるところが目に浮かびました。こんな推理ゲームをしてる日本人は、どれぐらいいてるんでしょうね」

「ごく少数であることを祈る」

それから年末にしたアルバイトのことなどを話している途中、本の山の中に妙な本を見つけた。いや、おかしなものではなく、昨年来ベストセラーとなっている話題のビジネス書なのだが、この部屋にはまったく似合わない。『MADE IN JAPAN――わが体験的国際戦略』、下村満子《しもむらみつこ》とE・ラインゴールドの共著で、ソニーの盛田昭夫《もりたあきお》会長の写真が表紙を飾っている。どうしたことかと訊《き》いてみると、望月の忘れ物だという。

「あいつが友だちから借りて、持ち歩いてた本や。一週間前、うちに遊びにきた時に『なかなか面白いですよ』と言《ゆ》うて、忘れていったんや」

「就職を意識しだしたんですかね、モチさん。ビジネス書なんて柄にもない」

「言うてやるな。一応、経済学部生やぞ。それと一緒に持ってたんは広瀬隆《ひろせたかし》の『危険な話』やったけどな」

そちらは原子力発電の危険性について警鐘を鳴らしたベストセラーだ。僕も友人に借りて読み、もやもやとした気分になったままだ。

『MADE IN JAPAN』を本の山に戻そうとして、今度は見慣れないルーズリーフがあるのが目に留まった。背表紙に〈EMC クラブノート〉と書いてある。

「それ、初めて見ました」

「ん?――ああ、これか。去年のクラブノートや。見せてなかったな。見せるほどのもんやないから」

そう答えて、江神さんはルーズリーフを抜き出す。受け取って開くと、まぎれもなくわがサークルの落書き帳だった。江神部長、望月、織田の筆跡で埋まっている。現在と同様に、読んだ本の感想やらつまらない冗談が並んでいるだけだが、拾い読みしているとここにいない両先輩の声が聞こえてくるようで楽しい。

ページをめくる僕の傍《かたわ》らで、江神さんはキャビンをふかす。感想を求められたので、「全然変わりませんね」と答えた。それ以外にコメントが出てこない。

「ちょっと早いけど、出掛けようか」

江神さんが言うのに「はい」と答えようとした時、面白そうなものを見つけた。創作らしいものがあるではないか。

「『仰天荘殺人事件』、望月周平って……モチさんが書いた小説ですか？　刺激的なタイトルやないですか」

こんなものを書いているとは知らなかった。自信作ならばとっくに自慢されているだろうから、出来の方はあまりよろしくないのかもしれない。だが、不出来であってもクイーンファンの先輩のお手並みが拝見したい。

「犯人当てや。モチが発表した唯一の作品でもある。大仰なタイトルに騙《だま》されて期待しすぎるなよ。仰天するほどしょぼいトリックが出てくる」

やけに辛口の江神さんであった。

「長いやないですか。ああ、しかも最後に読者への挑戦が入ってる。これは受けて立つしかないな。読者への挑戦で終わってますけど、解決編はないんですか？」

「ない」

この犯人当ては、もちろん江神部長と織田の二人だけに出題されたもので、解答は作者が口頭で行なった——というのは正確ではなく、織田が見事に正解を言い当てたので、望月はすでに書き上げていた解決編を提示しなかったのだそうだ。ハードボイルドファンに真相を見抜かれて、望月は肩を落としたに違いない。

「信長さんが正解を出すとは。江神さんには解けなかったんですか？」

「俺が読み終える前に、あいつが答えをばらしたんや。ちゃんと読んで考えたとしても、正答はできへんかったかもな。馬鹿馬鹿しすぎて」

えらい言われようだ。しかし、織田が解いたのだから、ちゃんと解けるようにできた問題なのだ。ならば、と気負いかけたが、江神さんに止められた。

「腹ごしらえをしてから戦え」

2

仰天荘殺人事件

望月周平

登場人物

満月《まんげつ》修平《しゅうへい》……推理作家・探偵
行天《ぎょうてん》　驚介《きょうすけ》……仰天荘の主人（元サーカス団長）
行天艶子《つやこ》……その妻（元空中ブランコ乗り）
剣崎《けんざき》キヌメ……家政婦（元ナイフ投げ）
獅子谷《ししがや》丈吉《じょうきち》……客（元猛獣使い）
道家《みちいえ》司《つかさ》……隣人（元道化師）

江田《えだ》警部

S高原での取材を終えた後、満月修平はT町まで戻って宿をとるつもりだったが、道に迷ってしまった。日は暮れて、午後からどんより曇っていた空は、とうに真っ暗である。雪がちらつきだし、おまけに愛車の調子がよくない。

「チクショウめ。こいつは参ったな」

舌打ちしながらおんぼろのベンツを走らせるが、どこを走っているのか見当がつかない。やがて、明かりが灯《とも》った一軒の民家を見つけたので、そこで道を尋ねることにした。民家というより邸宅と呼ぶのがふさわしい。門もなかったので車止めまで進入して、玄関のインターホンで呼びかけると、中年の女の声が返ってきた。

「少々お待ちを」

一分ほどしてドアが開き、黒いポロシャツの上にカーディガンをはおった初老の男が現われた。ここの主《あるじ》だろうか。小柄で肩幅もせまいが、彫りの深い顔立ちに威厳がある。来意を告げると、「まあ中へ」と、玄関ホール脇の応接間に通された。

「ひどく迷われましたな。ここからT町までは遠い。山を三つ越えなくては。K町の方が近いんだが、そちらは宿がない」

「しくじりました。昨日からだいぶ無理をして走らせたので、峠で立ち往生したらまずいな」

「車のことがご心配ですか。でしょうな」

主は、ベンツのくたびれ具合を見たのだろう。忌憚《きたん》のないところを言ってから、いっそ今夜は泊まっていかないか、と言う。満月は遠慮をしたが、主は親しみのこもった口調で熱心に勧めた。不意の客を泊める部屋ぐらい、いくつでもあるのだろう。

「では、お言葉に甘えて」

「それがいい。今夜は私の六十五回目の誕生日でしてね。隣人や知人を招いて、ささやかなパーティをやるんです。粗餐《そさん》の用意しかありませんが、よろしければお付き合いください」

ここで初めて自己紹介をし合った。

「ほお、満月修平先生でしたか。これは奇遇だ。妻の艶子が御作を愛読しています。びっくりするでしょうね」

男の名は行天驚介。かつて仰天サーカスの団長をしていたという。今はサーカスを解散して隠居の身だとか。空中ブランコ乗りだった女性団員と結婚して悠々自適らしい。この邸宅に、仰天荘という名がついていると聞いた。びっくり・仰天・驚愕《きょうがく》が彼の人生のテーマなのだそうだ。

「何か驚くような仕掛けが施されているんですか？」

「いいえ、そんなものはありません。推理小説のネタにならず、恐縮です」

家政婦らしい女がコーヒーを運んでくると、鷲介は言う。

「この人も元団員なんですよ。ナイフ投げの達人でした」

その女、剣崎キヌメは陰気な顔でうなずいた。今の境遇に満足していないのか、スポットライトを浴びていた人とは思えぬ暗い雰囲気をまとっていた。

「妻や仲間をご紹介しましょう。高名な推理作家さんが飛び入りとあれば、みんな喜ぶでしょう」

隣の広いリビングには、三人の男女がいた。

暖房がよく効いた部屋で、肩が出るドレスを着ているのが行天夫人の艶子。夫より二十歳は若く、なかなかの美貌で名前どおり熟年の色香を漂わせている。

色黒でがっちりとした男が、獅子谷丈吉。肩幅が広くて上背もある。サーカスでは鞭をふるって虎やライオンに芸をさせていたという。

もう一人の男、道家司は、小太りで愛嬌のある目をしており、子供好きがしそうだ。元道化師と聞いて納得した。

「満月先生が突然いらっしゃるなんて、夢のようです。昔からファンですのよ。著者近影で拝見するより、ずっとハンサムでいらっしゃいますね」

はしゃぐ艶子に、満月は「おそれいります」とほほえむ。

「獅子谷さんは、今はK町でペットショップをなさっていますの。道家さんはお隣にお住まいです」

道家が何をして暮らしているのかは言わなかった。

「サーカス時代のお仲間が、近いところに固まっているんですね。仲のよろしいことで」

満月が言ったとき、微《かす》かに気まずい空気が流れたように感じられた。何か事情があるのかもしれない。

午後七時になるとダイニングに移動して、晩餐となった。艶子、獅子谷、道家からプレゼントをもらって、驚介はにこにこと笑う。贈られたのは、ネクタイ、万年筆、シガレットケースだった。もちろん満月には何の用意もなかったので、来月発売の最新刊を送ることを約束した。

「それはうれしいプレゼントです。できればサインを入れてくださいますか。妻の名前を添えて」

「サインなら、目の前でいただきたいわ。これにお願いします」

そう言って艶子は、満月の著書を差し出した。代表作の『青死館殺人事件』だ。著者名がでかでかと表紙で躍っている。全員の注目の中で満月がすらすら署名すると、彼女は感激の体《てい》であった。

食卓に供されるのは、粗餐どころか最高級のワインと豪勢なご馳走だった。美酒美食に慣れた満月の舌も大いに楽しむ。獅子谷や道家の話も愉快で、歓談の中、キヌメだけが黙々と料理を運んだ。

食後のデザートがすむとリビングに戻って、さらに話が弾む。艶子が空中に舞う姿がいかに美しかったか、ライオンが芸をしてくれないピンチでどれだけ獅子谷が哀しげな顔をしたかなど。道家が渾身《こんしん》のギャグで笑いを取り損ねたとき、焦って汗まみれになっていたことも今ではいい想い出らしい。

キヌメが二日酔いでステージに立ったとき、みんながハラハラしながら見守った話も出た。コーヒーを出しにきた当人がそれを聞いたので、気分を害するのではと案じたが、けろりとして言った。

「一番ハラハラしたのは、私でございます」

爆笑が起き、キヌメも微笑した。ちなみに、その時にナイフ投げの的の前に立たされたのは道家だったということだ。

「あのときは僕、死を覚悟しましたね。キヌさん、完全に目が据わっていたんだもの。今だから笑い話だけれどね」

仰天サーカスが解散したのは経営に行き詰まったせいだが、団長の驚介を初めとして全員に悔いはなさそうだった。やれるところまでやった、という思いがあるらしい。獅子谷と道家は、今も鶯介を「団長」と呼んでいた。

「これを満月先生にご覧いただきましょう」

艶子が取り出したのは、サーカス時代のアルバムだった。華やかなステージ写真やら楽屋でのスナップやらがきちんと整理されている。

セクシーな衣装に身を包んだ艶子はまさにサーカス団の華だったであろう。タキシードで男装したキヌメは颯爽《さっそう》としている。鞭で虎を操る獅子谷は精悍《せいかん》そのもの。だんだらの衣裳でおどける道家には、綱渡りの曲芸を披露しているショットもあった。蝶ネクタイでお客に挨拶をする団長も、見事な男っぷりだ。

「ジンタの演奏が聞こえてくるようですね」

そう言いながらページをめくっていた満月は、あるステージ写真に目を留めた。

「この方が奥様の相方だったんですか？」

空中ブランコに片手を掛けた若い男が、艶子と並んで立っている。

「ええ。飛岡健一《とびおかけんいち》さんといって、その人と組んで演技をしていました。私の師匠みたいな人でもありました」

何故《なぜ》か表情が曇っている。夫が続けて言った。

「素晴らしい空中ブランコ乗りだったんですがね。稽古中の不幸な事故がもとで引退してしまった。あれだけは仰天サーカス最大の痛恨事でした」

安全ネットがはずれて、大ケガをしてしまったのだという。どうしてそんなことが起きたのか、理由は不明のままだ。多額の保険金が下りたのがせめてもの幸いだったが、引退してから飛岡は身を持ち崩し、四十になる前に体を壊して他界したそうだ。

しんみりとなってしまった。満月はアルバムを閉じ、艶子に返した。

十時になったところで、鷲介が言う。

「先生、風呂が沸いていますよ。温まっていらっしゃい。自慢の浴室なんです。風呂から上がったら、もう少しおしゃべりしましょう」

(風呂に入れるのはありがたい。できれば、そのあとベッドに直行したいんだけれどな)

と思いつつ、満月はていねいに答えた。

「まことにありがとうございます。では、そうさせていただきます」

いい潮時とばかりに、道家も腰を上げた。

「僕は、そろそろ失礼しましょう。ご馳走になりました」

「もう帰るのか？　まあ、君とはいつでも会えるからな。しかし、だいぶ降ってきたぞ」

鷲介は窓を指さす。夕方からちらちら舞っていた雪は、本降りになっていた。

「吹雪《ふぶ》いているわけでもないし、これぐらいは平気です。それに、待っていてもすぐにはやみませんよ。夕方のテレビでやっていた天気予報によると、明け方近くまで降るそうですから。最近の予報はよく当たりますよ」

「そうか。ところで、石はもう大丈夫なのか？」

「最近は落ち着いています。まだ出てくれないので、いつ動くか心配で」

この会話の意味は、あとになってわかった。道家は尿路結石を抱えていて、それがまだ排出されていない、と言っていたのだ。

「じゃあ、足もとに気をつけてな」

「はい。では、皆さん。おやすみなさい」

道家は、コートをはおって帰っていった。隣家といってもすぐ横に並んでいるのではなく、間に木立や小川があり、百メートルばかり離れているそうだ。

驚介と獅子谷だけがリビングに残り、艶子は食事の片づけをするキヌメの手伝いをするようだ。満月は、自慢の浴室とやらでゆっくりと湯につかった。

風呂から上がり、部屋着に着替えてリビングに戻ろうとしたら、二階からコートを着ながら獅子谷が降りてきた。突然だが、帰らなくてはならないと言う。

「急な御用ができたんですか？」

「まあ、そのようなことで……。今朝から店の空調の具合がよくありませんでした。それで特別の調整をしなくちゃならないのに、どうも忘れて出てしまったみたいなんですよ。下手をしたら商品の動物が死んでしまいます」

「それは大変だ」

　幸いにもと言うべきか、獅子谷だけはアルコールをまったく受けつけない体質だったのでジュースしか飲んでおらず、車を運転することに支障はなかった。

　まだ雪は降っていた。それでも事情が事情だけに、どうしても帰らなくてはならないらしい。

「これしきは雪のシーズンを告げる前触れみたいなものですから何でもありません。お会いできて光栄でしたよ、先生」

　獅子谷が去ると、満月はしばらく驚介の話し相手を務めさせられた。疲れていたが、なかなか解放してくれない。十一時を過ぎたところであくびをすると、主は手にしていたウィスキーのグラスを置いた。

「お引き止めしてしまって申し訳ない。もうこんな時間ですか。どうぞ部屋でゆっくりなさってください」

「はい。いいお部屋なので、よく眠れそうです」

　二人は同時に立ち上がったのだが、酔いが回っていたのか驚介が大きくふらつく。満月が手を伸べたのも間に合わずに、主は足をもつれさせて倒れた。

「ぐっ！」

激しく転倒したわけでもないのに派手な悲鳴をあげた。右手を床に突いた際、手首を挫《くじ》いたらしい。

「どうかなさったの？」

ドアが開いて、艶子が顔を出した。部屋の前を通りかかったのだ。夫が右手首の痛みを訴えると、困った表情になる。

「湿布が切れているのよ。氷で冷やします？」

「挫いただけだから、時間がたてば治るだろう。このままでいい。何もせん」

驚介が言うと、艶子はそれっきり言い返さなかった。言いだしたら聞かない頑固な夫なのだろう。

「水で少し冷やしてくる」

驚介が洗面所に行ってしまったところへ、コーヒーを盆にのせたキヌメがやってきた。

「旦那様はどこへ？」

「ちょっと洗面所。あら、いい香りねえ。私と先生でいただきましょう」

キヌメがわずかに眉をひそめたが、艶子は気にもしない。満月は、やむなくまたソファに腰を下ろして、しばし雑談に付き合った。

と、夜も更けているというのにマントルピースの上の電話が鳴る。艶子はすばやく出た。

「ああ、お久しぶりです。ニューヨーク暮らしはいかがですか？　主人に代わります」

驚介がちょうど洗面所から戻ってきた。

「田中《たなか》さんから電話？　書斎で出よう」

と言って奥の部屋に行ってしまった。そこへキヌメが驚介のためにいれ直したコーヒーを運んでくる。

「あの人は書斎で電話をしているわ。持っていってあげて」

「かしこまりました」

元はサーカスの仲間で、自分の方が年下だというのに、艶子はすっかり女主人としてふるまっている。キヌメはどんな心持ちなのだろう、と思いながら、満月はまたあくびをした。

「すみません、お疲れでしたね。お休みになってください」

満月修平は、ようやくベッドにたどり着けた。

毛布にくるまったままカーテンをめくってみると、なお雪は勢いよく降っていた。ガラス窓一枚を隔てて、こっちは極楽だ。そう思いながら、たちまち眠りに落ちていった。


翌朝。

目覚めると七時半だった。雪はすっかり上がり、青空が広がっている。予報どおり明け方前にはやんだらしい。

満月は、すぐにベッドを出て着替える。階下へ降りて洗面をすませ、人の声がするのでのぞいてみると、廊下で艶子と獅子谷が話していた。

「おはようございます」

二人は明るい声で言った。どうして獅子谷がいるのか、と満月は尋ねた。

「昨日、大事な手帳を忘れて帰ってしまったので、こんな朝っぱらから申し訳なかったけれど取りにきたんです。すぐに仕事で必要なものだったので。昨日からミスばかりでお恥ずかしい」

手帳は、リビングのソファの座面と背もたれの間に埋まっていたそうだ。

「見つかってよかったわ。ほっとしたところで、朝食でも食べていってください。うちの人は八時を過ぎないと起きないから、少し待ってね」

キッチンで物音がしていた。キヌメが朝食の支度をしているのだろう。

「すみませんね。では、それまで朝の散歩でもしてきます。満月先生もごいっしょにどうですか？　すぐ近くに面白いものがありますよ」

「ほお、どんなものでしょう？」

「見てのお楽しみです」

そう言われたらついていくしかない。満月は、獅子谷とともに裏口から庭に出た。

庭は、巨大なテーブルクロスを敷いたように真っ白く覆われていた。あたりの木立も雪をかぶって、絵本の挿絵のような景色になっている。

獅子谷とともに、満月は木立の中へと続く道を進んでいった。朝の空気の冷たさが気持ちいい。

「この道を抜けると小川があって、その向こうに道家さんのお宅があります。面白いのというのは、小川の手前にある小さなお稲荷《いなり》さんです」

もともとはそこに神社があったのだが、それが何十年も前に火事で焼失し、稲荷の祠《ほこら》だけが残っているのだという。

「そのお稲荷さんの狐が、かっと目を見開いていて珍しいんです。びっくりしたような顔なので、団長は仰天稲荷と呼んでよくお参りしています」

どんなものかと思ったら、それしきのことか。満月はがっかりしたが、朝の散歩自体を楽しむことにした。

小動物の足跡一つない細道をたどっていくうちに、その仰天稲荷とやらが見えてきた。おとぎ噺《ばなし》に出てきそうなささやかな祠で、その屋根にも雪が積もっている。

「おや？」

一歩先を行っている獅子谷が、妙な声を発した。

「誰かいるぞ。何をしているんだろう？」

祠の前で男が正座をし、猫のように背中を丸めて、額を雪の上にこすりつけて稲荷を拝んでいる。まるで土下座だ。どうやら鷲介のようだが、おかしなことにコートも上着もまとわず、黒いポロシャツ姿だった。

「団長？」

近寄ってみると、やはり鷲介だ。その肩に手を置こうとして、獅子谷は飛び下がった。

「先生。あ、あれ！」

満月も見た。拝み伏した恰好《かっこう》をした鷲介の後頭部には裂傷があった。傷口の血はすでに固まっていて、体のそばの白雪の上には赤黒くなった血が散っていた。無惨だ。満月は遺体の左の手首を取り、脈がないことを確認した。

「なんてこったい」

後頭部の傷は一つではなく、少なくとも三回は殴打されていた。凶器らしきものは近くには見当たらない。

視線をずらすと、死体の右手のそばに何かある。文字だ。鷲介が今際《いまわ》の際《きわ》に書き残したものか？　かなり乱れていたが、片仮名の「ミチ」のようにも読める。

（これは何だ？）

気になったが、素人が現場検証をしている場合ではない。

「獅子谷さん、見てのとおり事故や自殺ではありません。鷲介さんは、何者かに撲殺されたんです。現場はこのままにして、すぐ警察に通報しなくては」

その役目を頼もうとしたが、元猛獣使いは尻餅をついたまま立ち上がれずにいた。

「ここにいてください。遺体や周囲のものに手を触れてはいけませんよ。わかりましたね？」

「は、はい」

へたり込んだままの男を残して、満月は仰天荘へと駆け戻った。


死体発見の一時間後。

艶子、キヌメ、獅子谷、満月、そして隣家から飛んできた道家の五人は仰天荘のリビングに集められ、所轄署からきた江田警部の事情聴取を受けた。

江田はよれよれのコートにぼさぼさ頭の鈍重そうな男で、外見も動作も牛を連想させる。しかし、目つきだけは鋭かった。

「死亡推定時刻は、午前二時から五時というところです。皆さんがお休みになっていた間でしょうね」

キヌメ、満月は「はい」と答えたが、残りの三人は違った。

まず艶子だが、

「二時前に、アメリカのスーザンから電話がかかってきました。田中さんの奥さんです。

旦那さんが留守の間に相談したいことがある、と言って。夫婦間の悩みの相談で、四時過ぎまでぶっ通しで話し込みました」

「そんな時間に三時間近くも長電話ですか。しかも国際電話で。いくらかかることやら」

「深刻な相談事だったもので。電話を切ってから、もちろんすぐに寝ました。だから今、ひどい寝不足です」

スーザンの証言が得られたら、二時前から四時過ぎにかけて艶子はアリバイがあることになる。

次に道家。

「夜中に背中の一点が猛烈に痛みだしました。二時半過ぎのことです。尿路結石を抱えているので、『またきたか！』と思って痛み止めを飲もうとしたら、あいにくこれが切れていた。それで救急車にきてもらったんです」

K町の病院に運んでもらい、薬で痛みを治めてもらってから、朝八時のバスで帰宅した。そこで警察官の訪問を受け、あわててこちらにきたのだった。

「救急車がきてくれたのは四時半ぐらい。こんな田舎なのでひどく時間がかかるんです。病院で痛みを止めてもらったのが五時半近く。その間、七転八倒でした」

「結石ですか。尿管にできた石が動いてひっかかると、ひどく痛むんですね。しかし、その痛みがどれだけのものか、本当に痛んでいるのかどうか、本人にしかわからない」

江田が皮肉っぽく言ったので、道家は不服そうだった。

続いて獅子谷が昨夜の行動を語る。

「私はK町でペットショップを経営しています。店の空調が故障していたので、三時頃までその調整をしていました」

誕生パーティに招かれ、泊まりがけのつもりで仰天荘にきていながら、その件でK町に帰ったことはすでに江田に説明ずみだった。

「私が帰宅していたことは確認していただけるでしょう。腹がへったので三時半頃にコンビニへ行ってラーメンを買ったからです。四時から六時まで仮眠して、七時半にまたここにきました。忘れ物を取りに」

宿がないK町にも、救急病院やペットショップやコンビニはあるのだ。

江田は、つまらなそうに言う。

「こことK町は、車で片道一時間弱でしょう。三時半にコンビニに行ったことが証明されても犯行は可能ですね」

道家も獅子谷も、ほとんど容疑者扱いである。現場付近をたまたま夜中に通りかかる人間などいないし、物盗りの犯行とも思えない。身近な者が疑われているのだ。

獅子谷はうつむいてしまう。額には汗がにじんでいた。よほど気の小さな男らしく、現場からふらふらと戻って以来、汗を浮かべたままだ。これで猛獣使いがよく務まったな、と満月はあきれていた。

「不審な物音を聞いたりはしませんでしたか？」

その問いに、仰天荘にいた三人と隣人の道家は「いいえ」と答える。リビングで長電話をしていた艶子も、夫が家を出ていったことにすら気がつかなかった。

「鷲介さんは、真夜中にどうしてあんなところに行ったんでしょう？」

艶子がはっきりと答えた。

「見当もつきません。そんな時間にお稲荷様を拝みにいくはずもないのに」

「奥さんにもわからない。犯人が巧言を弄《ろう》して呼び出したんですかね」

ここで江田は、ビニール袋に入った紙切れを出して見せた。

「書斎の机にこんなメモがありました。空になったコーヒーカップの横にあったんですが、何かわかりますか？」

ミミズが這《は》ったような筆跡で、数字が書かれている。

「アメリカの知り合いの新しい電話番号です。学生時代の友人で田中一郎《いちろう》さんといいます。スーザンは、その奥さんです」

艶子が答えた。昨夜十一時過ぎに電話がかかってきて、鷲介は書斎でそれに出た。その後で、引っ越し先の電話番号を伝えてきたんだ、と話したそうだ。

「この番号にかけて確かめさせてもらいますよ。一郎さんにもスーザンさんにもお訊きしたいことがある。……それにしても乱雑なメモですね」

「電話がかかってくる前に右の手首を挫いたので、左手で書いたんだと思います」

夫人が言うと、江田はフムフムとうなずいた。メモは机の左寄りにあったのだ。

「なるほど。……いや、それだとおかしいな。ご主人は亡くなる前に、右手で雪に文字を書き残した形跡があった。どういうことでしょうね」

「さあ、私には何とも。どんなことが書いてあったんですか？」

満月の急報を受けて彼女も現場に駆けつけてはいたが、夫の変わり果てた姿にショックを受け、その文字は目にしていなかったらしい。

「判読が難しいんです」

江田は言葉を濁した。あれが「ミチ」であれば道家司を名指そうとしたとも解釈できるが、「ミチ」と断定するのがためらわれたからだろう。

「読めないんですか？　主人のダイイング・メッセージなのに」

「何のことですか、そのダイイング・メッセージというのは？」

「お約束のボケをありがとうございます」

うやうやしく言ってから、満月が用語解説をした。

「はは あ、死に際に犯人の名前を書き残したメッセージですか。そんな被害者ばかりなら警察は苦労をしないんですが」

そして全員に尋ねる。

「なぜ行天鷲介さんが襲われたのか、心当たりがある人はいませんか？」

いない。

江田は鋭い視線をすっと横に走らせて、ソファの端に座っている隣人を見た。

「道家さん。いかがですか？」

元道化師は、自分だけ重ねて問われたことが心外そうだった。

「さっぱりわかりません」

「そうですか。捜査にご協力いただき、ありがとうございます。またあとでお話を聞かせてもらいます」

事情聴取はひとまず終わり、獅子谷はハンカチで汗を拭った。

部屋から出かけたところで江田は振り向き、ひとこと言う。

「満月先生、あなただけきていただけますか」

江田警部は、死体発見の現場に居合わせた満月修平の意見を求めてきた。満月がただの推理作家ではなく、現実に起きた難事件をいくつも解決している名探偵でもあることを聞き及んでいたのである。

「これまでにわかっていることをお話しします」

そう言いながら、江田は満月を犯行現場へと導いた。遺体は搬出されていたが、まだ鑑識課員の作業が続いている。大きく目を開いた狐が、人間たちが右往左往する様を祠の中から見つめていた。

「祠のすぐ裏を小川が流れています。深さ三十センチもない浅い川です。まだ調べ始めたばかりですが、さっそく川底から凶器らしきものが発見されました。長さ約五十センチの鉄パイプで、このあたりに落ちているようなものではありません」

「犯人が用意してきたものですか。つまり、これは計画的な犯行だと？」

「はい。それから、少し川下で被害者のネームが入ったコートを見つけました。川岸から張り出した灌木《かんぼく》の枝にひっかかっていたんです」

（犯人が剝ぎ取って川に捨てたのか？　コートを処分することに意味があるとも思えないが）

満月は疑問に思ったが、それは口にせず江田に尋ねる。

「最も重要なことをお聞かせいただきましょうか。雪がやんだ時間はいつですか？」

「おお、それです。気象台に照会してこの地域にかぎった詳細な情報を確かめたところ、午前四時頃ということです」

「死亡推定時刻は午前二時から五時でしたね。被害者の背中に雪はなかったことからして犯行時刻は午前四時以降ということになりそうですが」

「おっしゃるとおり。大事なことなので確認したいのですが、被害者の背中に雪がなかったこと、ここまでの道に足跡がなかったことは間違いありませんね？」

「ええ、断言します」

「ムチャクチャ不可解ではありませんか。雪がやんでからの犯行だとしたら、被害者らがここまで歩いてきた足跡と、犯人が立ち去った足跡が残っているはずです。ところが、そんなものは存在しない。二人とも空が飛べるんでしょうか？」

満月は、鼻息を荒くする警部をなだめる。

「確かに謎ですが、事実としていったん受け入れましょう。その答えが見つかれば、犯人もわかるのでは」

「はあ。では、不可解な事実を謎として受け入れましょう。その件は棚上げして、これはどうです？」

江田は、足もとに視線を向けた。

「被害者が書き残したらしき文字です。『ミチ』と読めます。ダイイング・メッセージとやらならば、道家司を示しているようにとれますが……」

語尾をぼかして、満月の見解を聞こうとする。

「被害者は右手首を痛めていました。この二文字が書けたとは思えません。道家に罪をなすりつけるための偽装工作ではないでしょうか」

「火事場の馬鹿力ならぬ死に際の馬鹿力で書こうとしたのかもしれない。しかし、二文字で力尽きたんですよ」

警部と言い合っても答えは出ない、と満月は判断した。

祠の柱に血痕がついている。犯行の際に飛んだものだろう。

「被害者はここで殺されたんですね？」

「疑いの余地はありません」

「額《ぬか》ずいてお稲荷様を拝んでいるところを殴られたわけではなさそうですが」

「立っているところを後ろから殴打された模様です。ああいう姿勢になったのは、たまたまでしょう」

苦しみながらうずくまり、それがたまたま祈りの姿勢になった、と警部は見ているのだ。

（それはどうだろうか……）

体の向きはまさに稲荷に正対し、頭だけが祠の屋根の庇《ひさし》の下にきていた。ちょっとできすぎた偶然だ。

（犯人は、この殺人を仰天稲荷に捧げたかのようだ。しかし、それもおかしなことだな）

祠の裏手から、小川のせせらぎが聞こえていた。そちらに回ってみると、ゆるく蛇行した川の五十メートルほど川上に茶色い家がぽつんと立っている。

道家宅だ。小川と家の間には赤松の木立があり、風景画のような眺めだった。その家のまわりに不審な足跡はなかったそうだ。

風流を愛する満月は、ここで一句詠んだ。

（人の世の哀しみ隠す雪景色。――まずまずだな）

手帳にメモする彼の背中に、江田が問いかける。

「昨夜から被害者宅に滞在し、事件直前の様子をご覧になっていた満月さんは、何か異状に気づかれませんでしたか？」

飛岡健一の死が話題に上ったところで妙な雰囲気になった。そのことを江田に伝えはしたが、それしきは異状とまでは言えない。

「口論もなく、楽しい集いでしたよ。その夜にこんな悲劇が起きようとは。私としたことが不覚です」

「先生が飛び入りでいらしたのに、犯人は計画を実行した。不敵な奴です。あるいは無知ゆえの蛮行か」

そこへ私服刑事が寄ってきて、警部に報告を始めた。満月は、遠い家を見やったまま聞いていた。

道家が午前四時半頃に救急車で搬送されたこと、獅子谷が自宅近くのコンビニで同じく三時半頃に買い物をしたこと、アメリカの田中夫妻に連絡をとって艶子の証言に偽りがないことが確認されたという。彼らがシロであれクロであれ、すぐにばれる嘘《うそ》はつかなかったわけだ。

江田は腕組みをして、鈍重にうなった。

「デカの勘ですが、やっかいな事件になりそうな予感がします」

「そうでしょうか？」

満月は、くるりと振り返って言う。

「とおっしゃいますと？」

「私には、おぼろげながら真相が見えています。これでまず間違いはありますまい」

「なんですって！」

仰天する江田の顔がクローズアップになったところで——

読者への挑戦

ここで作者はフェアプレイの精神にのっとり、賢明なる読者諸兄に謹んで挑戦する。動機に行天驚介を殺害した犯人の名前と、そう推理した理由をお答えいただきたい。なお、犯行は単独
ついては解決編がうだうだと語るので、推理してもらわずとも結構。なお、犯行は単独

犯によって行われた。

(書き急ぎと技量不足のため、現場の状況や事実関係に判りにくい点があるやもしれぬため、ご不明の段は作者に質問していただいてもかまわない。お気軽にどうぞ)

望月周平

3

牛丼を食べ、江神さんの部屋に戻った二十分後。問題編を読み終えた僕は、ノートから顔を上げた。

「熟読してたみたいやな。どうや?」

江神さんは缶ビールを片手に訊く。

「ふざけた書きっぷりですけど力作ですね。モチさんがこんなものを書いていたとは知りませんでした」

仲間内——しかも読んでくれるのはたった二人——で遊ぶために書いたものだから、小説としては他愛もないが、それでもこれだけの長さのものを書くにはかなりの根気を要する。アイディアを箇条書きにせず、小説仕立てにしたところに感心した。

それに比べて、推理作家を志望していると公言しながら、この僕は大学に入ってからただの一枚も小説を書いていない。夏の出来事があって以降はとてもそんな気分になれなかった、と自己弁護できたとしても、それ以前だって原稿用紙に向かってすらいない。不甲斐《ふがい》ないにもほどがある。

「そんな真剣な顔をせんでもええやないか、アリス。作者のモチが恐縮するぞ」

僕の心中を知るはずもない江神さんは、からかうように言った。

「楽しく読みました。作者自身を美化してモデルにした満月修平って、笑いそうになりますね。江戸っ子みたいにしゃべるし。裕福そうやのに、ぼろい車に乗ってる理由も判りません。おんぼろのベンツというのが洒落《しやれ》てると思うたんかな。江田警部の名前は、江神と織田の合成でしょ。牛みたいって、満月とえらい違いやないですか。せやのに挑戦状の最後がやけに謙虚なのもおかしい」

いかにも学生の遊びという感じだ。

「犯人は判ったか？」

単刀直入に訊かれたので、ある登場人物の名前を即座に挙げようとして思い留まった。

「初めての作者のフーダニットを読んで挑戦に応じるのは難しいですね。偉そうな言い方になりますけど、出題のレベルが不明ですから」

「出題のレベル？」

「はい。単純な例として、犯人は左利きであることがほとんど明示されていて、さりげない描写から左利きの人物を選び出すだけならフーダニットとして初歩の初歩です。けど、作者がすごくハイレベルの出題をすると知ってたら、『そんな簡単なわけはない。これは罠《わな》だ』と考えるやないですか。モチさんがどれだけの書き手かが未知数やから、そのへんの加減が判りません」

「言わんとするところは理解した。この作品の出題レベルは初歩の初歩……と言いたいところやが、そうとも断じにくい。出来の粗さが目眩《めくら》ましになってるからな。犯人だけやったら、素直に伏線をたどったら判る」

ならば、あいつだ。

「そう聞いたら犯人の名前は見当がつきました。見破ったつもりです。ただ、トリックが……」

そいつが真犯人だとしたら、何らかのトリックを弄したはずなのだ。それが解けない。

「挑戦文には『トリックも見破れ』とは書いてないぞ」

「それはそうでしょう。そんなことを書いたら、アリバイのある人物が犯人やと打ち明けてるのも同然です」

「さっきも言うたとおり、信長は犯人を的中させた。けれど、トリックまでは言い当てられへんかった。それも無理はない、という変なトリックが使われてるからや」

ひどい言われようだ。

「ただ――」と江神さんは言う。何か美点を指摘して作者をかばうのかと思った。

「これは興味深いミステリとも言える。本格ミステリが内包する根本的な問題について考える材料としてはうってつけや」

「えっ、凡作かと思うたらそんな問題作ですか。本格ミステリが内包する根本的な問題。江神さんがそこまで言うんやから、何かあるんやな。どこがそんなに興味深いんやろう」

すぐには教えてもらえない。

「それについては後で話そう。せっかくのモチからの贈り物や。犯人が見えたんやったら、トリック解明にも挑んでみい」

「やってみます。それにあたって、モチさんが与えてくれた権利を行使させてください」

〈書き急ぎと技量不足のため、現場の状況や事実関係に判りにくい点があるやもしれぬため、ご不明の段は作者に質問していただいてもかまわない〉と但し書きみたいなものがついていた。作者本人はこの場にいないが、江神さんは解答を知っているのだから代理を務めてもらいたい。

「ええぞ。何でも訊け」

「まず、どんな明敏な犯人でも雪がやむ時刻を前もって正確に知ることはできません。

できるのは、せいぜい天気予報を信じることだけです。この小説の場合、犯人は予報を信じて、それがうまくいった、と考えていいんですね？」

「作中に『最近の予報はよく当たりますよ』という台詞《せりふ》があった。あれは、そういうことで話を進めます、という作者のお断わりみたいなもんやろう」

現実の殺人計画者なら予報を信じ込んだりしないだろうが、これはゲームのための小説だ。それでよしとしよう。

「では次に、現場と道家司宅との位置関係がどうなってるのか、です。祠の裏がすぐ小川で、その川上に道家宅があって、小川と家の間は赤松の木立だと書いてあります。その木立の間にロープを張ることは可能ですか？」

サーカスにいた頃、道家は綱渡りもこなしていた。ロープが張れるのなら自宅から小川まで足跡をつけずに行けるし、長靴でも履いて小川を渡れば雪の上に足跡を残さず犯行現場にたどり着けたはずだ。小川から祠まではジャンプか。

「テキストを読んだら可能とも不可能とも取れるな。もし可能やったとして、意味があるか？」

「道家は、午前四時半以降のアリバイしかありません。犯行推定時刻は二時から五時。一一九番に電話をした後、救急車がくるまでに驚介を殺害したのかもしれません。四時を過ぎたら雪がやんでいたから、ふつうに現場まで行けば不審な足跡が遺《のこ》ります。それを避けるために、綱渡りという特技を利用したんです」

「救急車の到着時刻はだいたい予想できたとして、雪が四時頃にやむことが予想できたか？　明け方にやむ、という予報が出てただけやぞ」

「そろそろやみそうだ、というのを見計らって一一九番したのかも」

「仮にそうやとしても、犯人は道家で綱渡りをした、というだけでは説明のつかんことがある。被害者の驚介は、どうやって足跡をつけずに現場まできたんや？　元団長も綱渡りができたという伏線はないし、うまい具合に木から木へロープが張れたとしても、犯人がそれを回収する機会も方法もない」

江神さんもとぼけるのが上手だ。元団長に綱渡りをさせずとも、足跡が遺っていない説明はつく。

「それしき何の不思議もありません。いたってミステリ的な答えができます。被害者の方は、雪が降っている間に現場にきてたんですよ。犯人が言葉巧みに呼び出していたんでしょう。『午前三時に仰天稲荷の前で待っていてくれ。大事な話がある。遅れるかもしれないけれど、待っててね』という具合に」

「それで被害者は、雪の中で顫《ふる》えながら素直にじーっと待ってた？　凍死するわ」

「防寒着をいっぱい着込んでたんですよ。見つかったのはコートだけですけど、ほんまはもっといっぱい着てたわけです。コート以外のものはずっと川下へ流れていった」

近眼でもないのに江神さんは目を細め、僕の顔をしげしげと見た。

「お前とモチの思考回路はよう似てるな。ひょっとしたら、この小説にとって最高の読者かもしれん」

「どういうことですか？」

「結末を知ったら判る」

焦《じ》らすようなことを言ってくれる。

「驚介は雪が降っている最中に現場にきた、犯人は雪がやんでから綱渡りをしてきた。この仮説には不自然なところがありますけど、完全に否定することはできません」

「よし、そういうことにしておこう。――すると、『ミチ』というメッセージは、そのまま道家を示してるわけか。被害者は死に際の馬鹿力を発揮して、右手であれを書いたと言うんやな？」

「いいえ」と答えて、江神さんを混乱させてみる。

「違うのか？」

「はい。ここまで道家が犯人のようにしゃべりましたけど、あいつはシロでしょう。今、僕が言うたままが解答やとしたら、ミステリとしてどこも面白くありませんから。ダイイング・メッセージが『ミチ』で道家が犯人で、足跡の謎の答えが綱渡りやなんて外道です」

江神さんは含み笑いをした。

「ミステリとして面白くないから解答ではない、というのはええとして、正解も外道なんやけどな」

「道家犯人説は、ただつまらない。モチさんが用意した正解もつまらないものだとしても、こういうつまらなさではないはずです」

「道家宅と小川の間にロープが張れるか、と質問してきたけど、お前は最初から道家が犯人やと思うてなかったわけや」

「綱渡りができて、小川の近くに住んでいる道家が犯人やというのはモチさんが撒《ま》いた餌です。と同時に、作中の犯人が仕掛けた罠でもあります。真犯人は、こんなトリックの可能性で捜査陣を惑わせたかったんです。そのために『ミチ』という偽の手掛かりを遺した。エラリー・クイーン好きのモチさんらしい手口です」

「『ミチ』が偽の手掛かりやという確証はあるか？　奇矯《ききょう》なダイイング・メッセージもクイーンの趣味や。書き遺したのは被害者自身で、意外な意味がないとも限らんやろう」

「ああ、確かにそれもクイーンっぽいですね。面白い解釈は、満月修平犯人説です。彼の名前がマンゲツであることを被害者はよく知っていたはずですが、死の直前に意識が混濁し、うっかりミチヅキと書きかけたのかもしれません」

「作者自身がモデルの満月が探偵役かと思ったら犯人だった、か。それやったら意外な結末や」

「でも違いますね。満月を犯人だと特定する伏線が皆無です」

「ないな」

江神さんは煙草《タバコ》に火を点《つ》ける。

「満月犯人説なんか唱えたら、モチさんが高笑いしますよ。『ダイイング・メッセージから犯人が特定できるわけがないやろ。憶測だけでロジックがないやないか』って」

絶対に言う。そういう人だ。

「結局のところ、お前は誰が犯人やと思うんや？」

「言うてもいいですか？——獅子谷丈吉です」

「あっと驚く意外な犯人ではないな」

「登場人物がごく限られていますから仕方がありません。これだけやったら、『犯人の名前だけ当てられても、痛くも痒《かゆ》くもないわ』とモチさんが言うに決まっています。肝心なのは、獅子谷を犯人とする根拠でしょう。……犯人は、獅子谷で合《お》うてるんですよね？」

「ご名答。それで正解や。信長なんかせせら嗤《わら》いをしてたわ。『ロジックどうこうでなく、こいつだけ動きがおかしくて浮いているやないか。夜中に長電話してた奥さんや結石で救急車を呼んだ元ピエロも臭うけど、獅子谷の怪しさが香ばしすぎて一発で判る』と」

ボロクソだ。

「技術的な失敗ですね。作者としては耳が痛いところでしょうけど、推理のプロセスがなかったらモチさんは降参せえへんかったんやないですか？」

「ところが、それも信長はちゃんと当てた。犯人が誰か直感で判ったら、後づけの理屈が作れる。かくして望月先生の牙城は崩れ落ちたんや」

「見てみたかったですね、その死闘の一部始終」

「犯人を当てられたモチは、当然の反問をした。『獅子谷が犯人やとしたら、現場の状況に説明不能の点がある。それにはどう説明をつけるんや？　何かトリックがあると言うならそれも解明してくれ』と。信長は、これには解答できんかった」

「それなりの推理で犯人は当てたけど、トリックは破れなかった。それやったら引き分けかな。——江神さんは、トリックの解明に挑んだんですか？」

「モチに解答を迫られたから適当に答えた。結果は、めでたく的中やったな。自慢にもならんけど」

「そうですか。それやったら僕も考えてみます。時間をください」

「ゆっくり考えたらええ。時間はなんぼでもある」

「参考までに訊きますけど、犯行の動機は何やったんですか？　飛岡の死に秘密がありそうでしたね。関係者たちは仲よしではなく、わだかまりを持ってるようなことも仄《ほの》めかされていましたけれど」

「犯人とトリックを当てられた望月先生は、『動機は何や？』と信長に訊かれて、『どうでもええやろ』と答えた。不貞腐《ふてくさ》れてしもうて、ついに語らず」

「人を殺した動機が『どうでもええやろ』はすごいですね。じゃあ、動機は完全に無視して考えます」

この部屋で謎解きに没頭するのは、「四分間では短すぎる」をどう解釈するかというゲーム以来だ。

時計を見たら、まだ九時を過ぎたところだ。僕たちが黙ると、階下からテレビの音が聞こえてきた。大家さん夫婦は『紅白歌合戦』を観《み》ているらしい。先攻は紅組で、トップバッターは中山美穂《なかやまみほ》。

4

煙草を灰皿で揉《も》み消す江神さんに、僕はかねて気になっていたことの一つを尋ねてみる。

「満月修平の代表作は『青死館殺人事件』ということになってますけど、江神さんが執筆中の幻の巨編のタイトルは『赤死館殺人事件』でしたね。そっちはどこまで進んでるんですか？」

「さぁ、どこまで書けたんやろうな。タイトルだけやから幻の作品やったりして」

涼しい顔ではぐらかす。

「案外、もう完成してるんやないですか？　それを十年かけて推敲《すいこう》するんでしょう。この部屋のどこかに大傑作の原稿があるのかと思うと、興奮します」

「アホらしい。お前の妄想癖も重症やな」

「赤死館というのは、もちろんポオの『赤死病の仮面』から取ってるんでしょうけど、内容もポオの小説に関係があるんですか？」

「妄想に任せる」

『赤死病の仮面』は、あまりにも見事な怪奇小説だ。ある国で、感染すると全身から血を流して死ぬという疫病が爆発的に広まる。国王は、生き残った臣下や友人たちを城に集めて外界との接触を完全に断ち、城外で恐ろしい病が猛威をふるう中、恐怖を忘れるための饗宴《きょうえん》にふけった。ある時、国王の発案によって複雑に入り組んだ奥の部屋で仮装舞踏会が催される。と、黒檀製の時計が深夜の零時を告げたところで、死装束をまとって赤き死の病に罹患《りかん》した者の扮装をした者が紛れ込んでいることに人々は気づく。仮面と衣裳を剝ぎ取ってみると何もなく、その正体は赤き死の病そのものであった。

「あれ、大好きなんですよ。最後の一文を松村達雄《まつむらたつお》の訳で覚えてるぐらいです。黒檀製の時計が止まって、かがり火は消え――」

「『そして、暗黒と荒廃と「赤死病」とが、あらゆるもののうえにそのほしいままなる勢威をふるうばかりであった』」

暗唱してみせようとしたら、先を越された。

「さすがは『赤死館殺人事件』の作者。荘厳《そうごん》な閉ざされた城で奇怪な連続殺人が起きるんやないですか？　城外で疫病に冒《おか》された人々がばたばたと無意味に死んでいく中、城内では過剰な意味で装飾された連続見立て殺人の犯人探しが繰り広げられる。無意味と過剰な意味のコントラストがカッコええやないですか」

部長は苦笑した。

「大した想像力やな。感心するんやったらお前が書け。それは、お前自身の着想や」

情けないが、現状では手に余る。

「江神さんが書いたものを読ませてください。閉じた城をどう描くか、そこにどんな意味を盛るのか興味があります」

「閉じた城がいたくお気に入りらしいけど、そんな大仰でわざとらしい装置を用意するまでもなく、この現実世界そのものも牢獄《ろうごく》のように閉じてるやないか。一番スケールが大きくて無慈悲なまでに完璧な〈閉じた城〉や。自由に動き回れるのは有限の空間でしかない。世界もそうやし、一人一人の人間も肉体に閉じ込められてる。心や魂と呼ばれるものは、肉体を離れることはない」

「それは、ミステリというゲーム的な空間に仮構する〈閉じた城〉とは話が違います」

「ああ、違うな。そもそもミステリにおける〈閉じた城〉は、現実ほど徹底的に閉じてない。嵐の孤島や雪に降り込められた山荘に限られた数の登場人物を集めたとしても、外部の人間がどうにかして侵入する可能性はどこかしら残る」

「どうにかして侵入した、というのは反則でしょう」

「お約束の上に成り立ってるから、反則てな言葉が出るんや。本物の〈閉じた城〉はミステリの外にある」

「韜晦《とうかい》ですね。そうやとしたら、ポオはあの小説で何が伝えたかったんですか？」

「恐怖を伴う怪奇と幻想に決まってるやないか。それを描こうと腐心し続けた作家なんやから。寓意《ぐうい》を汲《く》み取るのは読者の自由やけどな」

「怪奇と幻想を描くのに腐心してるうちに、推理小説を発明したわけですね？　推理小説は謎を解いてしまうから、怪奇と幻想に対する理知の勝利のように映《み》りますよ」

「数学的才能も詩人としての才能も、ポオは卓越してた。怖いほどものが視えたやろうな。『ユリイカ』なんて宇宙論は、どれだけものが視えたかをよく示してる。けど、ポオを魅了してその興味の中心に座してたのは怪奇と幻想で、とりとめもないものに堕しがちなそれを結晶化させるための触媒として使われたのが推理やろう」

「そうかな、と思いますけど。……『仰天荘殺人事件』は怪奇と幻想の結晶やとは思えませんね。エラリー・クイーンにしても、そんなことを考えて小説を書いてなかったと思います」

「ポオがしたことと後続のミステリ作家がしたことには連続性と隔絶がある。ミステリは、とうに生みの親のポオを離れて独り歩きしてるから、親が想像もしなかった性格を持つようになった。——アリス、お前はなんでそんなにミステリが好きなんや？」

あらたまって問われても返事に窮する。

「それはまぁ、面白いからです。って、この答えは賢そうに聞こえませんね。パズルやマジックの面白さとは別の何かがあるような気はしてるんですけど、どう表現したらええのか……」

江神さんは、僕の目を見ながら話した。

「怪奇と幻想に必ずしも拘《こだわ》らなくなったミステリに残るのは、推理の魅力や。ただ、それは科学者や歴史学者が駆使するものとはどこか手触りが違う」

「ええ、似て非なるものやと思いますね。科学者や歴史学者は真実探求の手段として推理しますが、ミステリの推理は自己目的化してます。だいたいミステリにおける謎は、人間がまだ見ぬ真理や真実ではなく、解かれるために作者がこしらえた人工の謎です」

「そうやな。ありもしない架空の殺人事件の真相を推理するんやから。どれだけうまく書いてあっても、そこがつまらん、と見下す人は今も少なくない」

「たくさんいますね。推理自体は文学的でもなんでもありませんから。けど、推理に感動することもあるんやけどな」

「同感や。なんで感動する？　職人的な匠《たくみ》の技に感服というだけでもないやろう」

「多分、それだけではありません。何か違うから読み続けてるような気がします」

「それはな、人間の最も切ない想《おも》いを推理が慰めるからや」

やけにウェットな表現が出てきた。

「具体的に言おう。名探偵の推理は、殺されて物言えぬ被害者の声を聞くのに等しい。ミステリが推理の巧みさを楽しむだけのものやったら、ああまで殺人事件を中心に描く必要はないやろ。殺人を扱った方が刺激的で、問題に切実さが出るということもあるやろうけど、殺人事件がミステリの中心的モチーフになることには必然性がある。当たり前に響くやろうけど、被害者が絶対に証言できない、というのが重要なんや」

「化けて出ない限り、証言《ごんげ》してくれませんね」

「そのとおり。怪奇と幻想の権化たる怪談に名探偵の出番はない。死者が現われて恨み言をしゃべったり、死者の想いがこの世に残存して何かを伝えようとしたりしてくれる。

そうであればいいのに、という人間の想いが怪談には込められてるんやろう。現実には、人の想いが死後も物理的に遺ることはない。ないからこそ、そうであれば、と希《ねが》う」

幽霊の実在を信じている人もいるけれど、それは幽霊が実在しないことと矛盾しない。また、信じれば視えることもあるだろう。ならば幽霊は実在するではないか、とも言えるかもしれないが。

「そうであれば、という希いは根強く根源的や。にも拘《かか》わらず、ミステリは容赦なくそれを否定する」

「ええ。ミステリは、超常現象全般を認めません。鉄の掟《おきて》です。あえて味つけに使う例外的な作品もありますけど」

「そう。ミステリは、アンチ怪談性を帯びてる」

「発生史をたどれば、怪奇と幻想の結晶を創ろうとしたポオに行き着くのに、変な具合ですね」

「親から離れて独り歩きを始めた結果や。けれど、アンチ怪談であるミステリは対立するどころか両者はある地点で再会する。この二つだけが死者の想いに手が届くんや。ポオの意図せざる展開やろう。ミステリの基本的な形式は始祖のポオが早々に完成させた、と言われる。そうやったとしても、ミステリの意味のすべてもポオが用意したとは思わん」

いくつか質《ただ》したい。

「ミステリって、源流をたどったらゴシック小説につながっていますよね。古城を亡霊が徘徊《はいかい》するような、非現実的で恐ろしい物語に」

「いくつかある源流の一つは、そうやな。ゴシック小説との関連は大きい」

「つまり先祖に怪談がいます。それがポオより後にアンチ怪談性を帯び、いったん別れた後でまた怪談と再会するわけですね。でも、江神さんは『ミステリの本質は幻想小説』だと言うたことがあります。アンチ怪談性を持った幻想小説なんですか？」

ミステリの本質は幻想小説。それを聞いたのは、夏の矢吹山でのこと。命の危機に瀕《ひん》しながら、僕は江神さんとミステリ談義に耽《ふけ》った。差し向かいでミステリについて語り合うのは、あれ以来だ。

「俺がそんなことを言うたか？」

忘れてしまったのか、戯れに忘れたふりをしているのか。

「言いました。あるところで」

「さっきから言うてるようにミステリは超自然的なものをいっさい排除するから、アンチ・ファンタジー的でもある。アンチ・ファンタジー性を獲得したことで、怪奇と幻想の結晶となって誕生したわけやから、それは極度に屈折した幻想小説とも言えるやろう」

さらに言う。

「およそミステリほど頑なに超自然的なるものを否定する小説はない。純文学を含めて、ミステリ以外の小説にはしばしば得体の知れんモノやコトが出てくるやないか。これは俺の考えやけど、超常的なるものを完全に否定してくれる小説は、時としてありもしないものを信じさせるより清々しい。そういう小説に存在していて欲しい、と思う」

こんな話になるとは思わなかった。今夜、僕たちはいつもと違う空気を呼吸しているせいなのかもしれない。

「ミステリこそ、得体の知れない推理や真相を並べてみせることがありますよ」

言い返してみたら、江神さんは頷く。

「歪《ゆが》んだり捻じれてたりしててもええんや。精緻に検証したらどのミステリの推理にも穴や綻《ほころ》びはあるやろう。むしろ、それがミステリの推理やないか。幽霊が実在しないのと同様に、名探偵による間然するところのない推理も非実在や」

「幽霊も名探偵の推理も、非実在の幻ですか」

「〈閉じた城〉の中やからこそ見られる幻かもな」

この話も一応は閉じそうだ。

「現実の中で、あるいは小説の中で、人は言う。『死んだあの人は、こんな想いを抱いていたのでしょう』。想いは察するしかない。怪談とミステリの中では、幽霊や名探偵を介して人は断定する。『死んだあの人は、こんな想いを抱いていた』。怪談とミステリの中でだけ――」

そして江神さんは、そっけなく付け足す。

「もし俺が死んだら、何を考えてたのか、何がしたかったのか、モチや信長と推理してみてくれ」

どうして唐突にそんなことを言うのか、と驚いた。まるで江神さんに死期が迫っているように聞こえたのだ。

「どうかしたか？」

こちらを向いた目はよく輝いていて、死の影などあるはずもない。顔をそらした時の目は見られなかったが。

「推理しようにも材料が乏しすぎます。親しくさせてもらってますけど、僕らは江神さんの家族構成も生い立ちも聞いたことがない。秘密だらけで推理できません」

「家族構成や生い立ちを知らんと、俺がどういう人間か判らんのか？　それはおかしいやろう」

どさくさ紛れに何か話してくれるかと思ったが、門は開かない。あっさり退けられてしまった。江神さんには、過去や家族について打ち明けたくない特段の理由があるようだ。

「秘密にするほどのものは背負うてない。妄想癖を発揮しすぎたら、そのうち何もないことを知って失望するぞ。その時になって、『もっと奥がある人かと思ったのに、見損ないました』なんて言わんといてくれよ」

これ以上はとても踏み込めない。きつい態度や言葉で拒まれたわけでもないのに、江神さんは瞬時に柔らかな壁を築いていた。

「判りました。けど、『もし俺が死んだら』やなんて、縁起の悪いことは言わんといてください。ああ、僕が謝るべきかな。ふだんから長老呼ばわりして、すみませんでした。そのせいですね。江神さんが年寄りじみたことを口走ったのは」

努めて軽い調子で言うと、部長は両手で髪を掻《か》き上げてから、そのまま大きく伸びをした。

「年寄りじみてて悪かったな。失礼なことを」

「すみません」

「何回も謝るな。――狭い部屋に閉じこもってるだけというのもつまらん。外に出てみようやないか。冷たい空気で頭を冷やしたら、仰天荘で何が起きたのかが見えてくるかもな」

江神さんは気分を変えたいのか。望むところだ。

「かまいませんけど、どこへ行くんです？」

「ええところがある。年寄りにも若者にも大人気の場所や」

5

京都の大学に入ったのだから、自由な時間を利用して古都の四季を満喫しよう、と思っていた。しかし、いざ通いだしてみると実行するには至らず、いくつかの神社仏閣を巡っただけで三大祭りも見逃した。嵯峨野《さがの》方面は未踏のままで、先日訪ねた観光スポットは駅前の京都タワー。

まだ三年あると思っているうちに、見たかったものを見ず、行きたかったところに足を運ばないまま卒業を迎えてしまう。それは、よその地方から京都の大学に進んだ学生にありがちなことらしい。

だから、江神さんの「おけら参りに行こう」は願ってもない提案だった。大晦日に京都にいるのだから絶好の機会だ。西陣から祇園《ぎおん》の八坂《やさか》神社まで歩くとなると結構な距離だが、ためらいはしない。

出掛ける前に江神さんは、大家さんにひと声掛けていた。

「おけら火をもろてきます」

おけら木——薬草の根でできた護摩木《ごまぎ》——を焚《た》いた火を吉兆縄《きっちょうなわ》につけて持ち帰り、それを火種にして雑煮を作ると、その年を無病息災で過ごせるという。京都人にとっては子供の頃から慣れ親しんだ風習だ。ＪＲも各私鉄も初詣客のために終夜運転をする。この夜に限って鉄道各社はふだん火気厳禁の車内に火のついた縄を持ち込むことを許可していたので、大阪や神戸までおけら火を持って帰る人もいた。大晦日ならではの非日常性が面白かったのだが、今年から禁止になった。去年の五月に京阪電車の七条－三条駅間が地下化されたことがきっかけで、危険とされたらしい。

江神さんは、赤と黒のスキーウェアを着込んだ。古着屋で買ったものだそうで、とても暖かそうだ。よく似合っていて、一端《いっぱし》のスキーヤーに見えた。

「超自然現象って、完全に否定することはできませんよね」

今出川通を東へ。大学の方に歩きながら、ふと思いついたことを言った。

「現に、僕らもそんな体験をしたやないですか。先月、花沢医院で」

そこにいるはずのない男の子を、望月と僕は目撃した。悪戯《いたずら》を仕掛けた織田が用意していたのは髪の長い女の子の人形だったのに。どこかに男の子の人形も隠してあるのではないかと家中を捜してみたけれど、発見できなかった。

「あの時は雰囲気に呑《の》まれて狼狽《ろうばい》したけど、説明がつかんわけやない」

「あれっ、そうですか？」

あの時、不可解な現象に江神さんも混乱していたはずだ。

「女の子の人形の長い髪が、影に見えたんやろう。それでお前とモチはおかっぱ頭の男の子と錯覚したんや。子供の顔は、男女の差が小さい。加えて廊下は暗かった」

「あっさり言うてくれますけど、それは江神さんが見てないからですよ」

「お前が見たのも一瞬だけやないか」

「モチさんと僕が、揃《そろ》って同じ錯覚をしたんですか？　納得がいきません」

「そう言われたら実物を見てない俺は黙るしかないから、未処理箱に入れて謎のままにしよう」

「迷宮入りか」

風が出てきていた。気温もかなり低くなっているようだが、それなりの恰好をしているので寒さはあまり感じない。

どこからともなく赤ん坊の泣き声が聞こえてきた。苦しみを訴えているかのようなそれが、風に吹かれて顫《ふる》える。

「江神さん。あの子、どこで泣いてるんですか？」

部長は耳を澄ましてから、まるで緊張感のない口調で答える。

「あの子って……猫やないか。どうしたんや、アリス。よう聞け」

「こんな季節に、猫があんな声を出すかな」

「野良猫が何かを威嚇《いかく》してるんやろう。往来の真ん中で怖がらんでもええ」

猫の声にしか聞こえなくなった。

「それより、まだお前の推理を最後まで聞いてなかった。獅子谷を犯人と指摘する理由は何や？　モチの習作を手厚く供養してやるために、それを聞かせてもらわんとな」

歩きながら話すのにいいネタだ。

「被害者の驚介は、アクシデントで右手首を挫いて字が書けなくなっていました。フーダニットですから、無意味に挿入されたエピソードとは考えられません。そこから推理を巡らせたら答えにたどり着きます」

被害者が右手でダイイング・メッセージを遺したかのようだったが、それは道家を陥れるための偽装工作だ。犯人は、驚介が右手を痛めて字が書けなくなっていることを知らなかったのだ。

「驚介が右手首を挫いた時、満月と妻の艶子はその場にいた。まずその二人を消去できるな」

江神さんが、僕を試すように言う。

「元ナイフ投げの……えーと、剣崎キヌメも知っていたはずです。書斎にコーヒーを運んだ際に、驚介がアメリカの知人と電話で話しながら、左手でぎこちなくメモを取っている場面を見ているはずです」

「見たという確証は持ちにくい書き方ではあったけど、見たんやろう。作者はそう思って欲しそうやった。素人が遊びで書いたんやから、そのへんは意を汲んでやろう」

「キヌメも消去したら、残るのは道家と獅子谷です。どうしてもこの二人が怪しいわけです」

「あいつらは『朝までずっと眠っていました』ではなかったしな。道家は消去できるか？」

「きれいには消せません。常識的な見方になりますけど、わざわざ自分に疑いを向けるようにメッセージを書いたりはしないだろう、というのが根拠です」

「ミステリの犯人は大胆なことをするぞ。あえてやったのかもしれへん」

「やりかねませんね。でも、そうしたんやったら、どこかの時点で『このメッセージは偽物である』と警察に見破ってもらう必要があります。そうしてこそ、初めて自分に疑いを向けさせるメリットが出るんやないですか？　ところが、偽物であると判断してもらう材料がありません」

「なんでや？　現にお前は、あれは偽装工作やと看破してるやないか」

「それは、被害者が右手首を痛めたことを僕が知ってるからです。ところが作中の道家は、その事実を犯行前に知る機会がありませんでした。この状況の齟齬《そご》から導かれる結論として、道家は犯人ではない」

「なるほど」

烏丸《からすま》今出川の交差点を過ぎ、大学に沿って歩く。右手の京都御所では、黒々とした木立が風にざわついていた。

英都女子大を通り過ぎる。脇道に入って少し行けば、望月が下宿している瑠璃《るり》荘だ。僕が推理研に入って初めて遭遇した事件は、あそこで起きた。

「そのへんは甘いんやけどな」江神さんは言う。「誰が犯人であっても、驚介が右手首を痛めてることに気づく機会はあった」

「え、そうですか?」

「厳密に言うとそうなる。当たり前のことながら、犯行時に犯人と被害者は接触してるやろ。稲荷の前で会うなり言葉も交わさずに襲いかかったのかもしれんけど、短いやりとりがあった可能性も捨てきれん。もしそうやったら、『右の手首が痛くてかなわない』と驚介が口にすることがあってもおかしくないから、右手首を挫いたことを知っていたのが誰なのか、考えても無駄なんや」

今度は僕が「なるほど」と言った。

「話が飛ぶようやけど、六十二年前に新しい元号の発表があった時、現場からの速報を記者から受けた新聞社のある人間がこう言うたそうや。『ショウワのショウは、日偏に召す? そんな字があるのか』」

言われてみれば、昭の字がつく熟語が浮かばない。当時は馴染《なじ》みの薄い漢字だったのか。

「俺の部屋にモチが忘れていった本があったやろ。『MADE IN JAPAN』。あの表紙の世界的実業家がいつの生まれか知ってるか？」

「盛田昭夫ですね。いかにも昭和初期の生まれという感じの名前ですけど」

「あの人は大正生まれや。昭和生まれと間違われがちらしい。昭和の昭の字はずっと前からあったから、『盛田氏の親御さんは何故そんな字を知っていたのか？』と不思議がらんでもええわけやが、ある知識や情報をいつどこで得たのか、他人が正確に知るのは難しい」

　鷲介が右手首を掻いたことを、誰がいつどこでどのように知ったかも窺《うかが》い知れない、ということか。

「けど、それやったらモチさんが一生懸命に張り巡らせた伏線はすべて無駄ということになります」

「そう、無駄」

「非情な判定ですねぇ」

「厳しいようやけど仕方がない。フーダニットを書くというのは、非情な判定者の前に首を差し出すようなもんや。その首は、十中八九、落ちる」

恐ろしい。首筋がひやりとした。

「つらい定めですね」

「ミステリの世界の習いやな。斬り落としながら、ミステリを愛する輩《ともがら》はみんな泣いてるわ」

「待ってください、そうすると、鷲介が右手首を挫いたことを知っていたのは誰か、ということを起点に僕が組み立てた推理も、意味がないということですか？」

「いいや、どこまでも正しい。それこそ出題者の意図に合致した推理やからな。結論から言うと、お前の推理はモチが用意した解答そのままや。鷲介は右手で字が書けなかったことをキヌメも知り得た、というところがミソらしい」

「可愛《かわい》いなぁ、モチさん」

生意気なコメントをしてしまった。推理作家志望のくせして、自分は何も書いていないのに。

「正解したと喜ぶのは早い。獅子谷を犯人にするためには、現場の不可解な状況の謎も解いてもらわねばならんよ、ホームズ君」

江神さんは煙草をくわえて言う。風の中で火を点けるのに少し手間取った。

「言われるまでもありません。そこが第二の壁なんですよ。獅子谷は三時半にK町のコンビニに現われています。アリバイの証人を作るためにわざわざ買い物をしたんでしょうね。鷲介の死亡推定時刻は二時から五時の間。K町と現場とは車で一時間の距離やから、三時半の買い物の後で現場に向かえば、犯行は可能です」

「しかし、ことはそう単純やない」

「はい。四時に雪がやんだのに、現場付近の雪の上には足跡がまったくありませんでした。では、犯行は彼がK町に帰る前に行なわれたのか？　チャンスはありましたが、それも変です。雪がやんだのは四時。雪が降ってる間に殺害したのなら、死体の上に雪が積もります」

「K町に帰る前に殺したのか、いったん帰った後で引き返して殺したのか。どっちにしても現場の状況に合わんな。どうする？」

「どうしましょう？」

河原町通に出る手前に煙草屋があったので、江神さんはその店先の吸い殻入れに煙草を捨てた。そうなるようタイミングを見計らって吸い始めたのだろう。こういう人だから、留年を繰り返すのも何らかの計画に基づいているのに違いない。

「江神さんは、トリックに関わるその部分も『めでたく的中』させたんでしょう。うーん、どこから斬り込んだんやろうな。あのノートを持ってきたらよかった」

夜道を歩きながらは読み返せないが。

今出川通をまっすぐ行って、賀茂《かも》大橋を渡った。高野川《たかのがわ》と賀茂川の合流点に架かる橋で、北側の三角州《さんかくす》に糺《ただす》の森《もり》、正面に大文字山《だいもんじやま》が見える。五山《ござん》の送り火の夜、この橋に立てば、〈大〉の字のみならず松ヶ崎妙法《まつがさきみようほう》の〈法〉の字も望めるそうだ。

今年が、昭和最後の大晦日が、まもなく去ろうとしている。特別な儀式が行なわれてもよさそうなものだ。行く方に見えるあの山で、スペシャル企画として、見たことのない送り火を燃やせばよかった。老いも若きも万感の想いを込めてそれを仰ぐ。

夜空に浮かび上がる文字は〈終〉でどうだろう？　冗談がきつすぎるか。

6

鴨川《かもがわ》を渡ったところで右に曲がり、川端通《かわばたどおり》の川側を南へと歩いた。山側には学校や研究施設、病院が立ち並ぶ道だ。今夜は車の進入が規制されていて、大勢の人がぞろぞろ南へ歩いている。そのうちの何割かは八坂神社を目指していると思《おぼ》しい。

「色々あったな」

会話の切れ間に、江神さんが言った。

「僕が大学に入って九ヵ月しかたってないのに、ありすぎです。あんまり色々あったんですごく早く感じられたり、その反対にもう何年もこのサークルにいるような気がしたりもします。七月にモチさんの実家に遊びに行ったことなんか、大昔のことみたいや」

「クリスマス前に、矢吹山で知り合った女の子から手紙が届いた。俺の住所は教えてなかったから、大学の教務課気付や」

驚かずにいられない。

「誰からですか？」

あのキャンプ場に女の子は何人もいた。江神さんが答えたのは、予想したとおりの名前だ。ちょっと変わった子だった。

「『お変わりありませんか？　こちらはみんな元気にしています。ご心配のないように』という内容で、『大学の方に変な手紙だと思われないように住所を書きましたが、お返事はいりません』とあった。読ませてやることはできへん。『読んだら捨ててください』ということやったから、燃やした。お前のことを特に気遣ってるみたいやったぞ」

そう聞いて恥ずかしくなると同時に、「こちらはみんな元気にしています」という言葉に救われる思いがした。何故「読んだら処分してください」とまで書いたのか判らないが、そういう性質の手紙だったのだろう。他の者の目に触れることがどうしても嫌で、江神さんにも一度だけ読んでもらえば充分だったのかもしれない。

「つらい記憶は薄れてきたか？」

そんなふうに訊かれたのは、山を下りてから初めてだった。少なくとも僕の前で、江神さんだけでなく望月、織田の両先輩も山で起きたことについて、ほとんど話題にしてこなかった。腫れ物に触らぬようにというのではなく、互いに干渉することを控え、しかるべき時間をかけて一人一人で呑み下す経験だと考えて、そうふるまってきたのだと思う。

「薄らぎましたよ。でも、つらかったり苦かったりする中に、忘れたくない記憶もあります」

「ああ、それは心に銘したままでええやないか。特にお前はそうするべきや。作家になりたいんやからな」

とだけ言って、江神さんは話を謎解きに戻した。

「それで、モチの小説の方はどうや？」

僕は、作中に嵌《は》め込まれた伏線らしき記述に注目することにした。

「適当にしゃべりますから、ほっといてください。口を動かしながら考えます。――死体はポロシャツ姿で、被害者のコートは川下で発見された。コートはネーム入りやけど死体の身元を隠す必要はない。それやのに犯人がコートを処分しようとしたのはなんでやろう？　処分したんやなくて脱がすことが目的やったんかな」

横目で江神さんを見たら、親指を立てる。着眼点はいいらしいが、そこから先に進めない。

「死体の姿勢についての描写がくどかった。お稲荷さんの祟《たた》りがどうこうという話でもないのに、背中を丸くした正座で額ずいてるやなんて、わざわざ書くのには理由があるはずや」

親指が二本立った。やはりこれも謎を解く鍵か。

望月は伏線の隠し方が下手だな、とは思わない。露骨に怪しげな描写でありながら、その意味が摑《つか》めないというのは楽しい。僕は楽しませてもらっている。

「生前の被害者に獅子谷が贈ったプレゼントは何やったかな。ネクタイとか万年筆とか、どうでもよさそうなことが書いてあったけど。それが何かトリックに関係……」

親指が下を向いた。ほっといてください、と自分が言ったのに、これではヒントをどんどん与えてください、とお願いしたようなものか。

「獅子谷だけアルコールを受けつけない体質だったとか、凶器が鉄パイプだったというのは、関係がありませんよね。他に引っ掛かるところはないかなぁ」

江神さんに放置されて、それから一キロほど無言のまま歩いた。荒神橋東詰《こうじんばしひがしづめ》を過ぎ、丸太町通《まるたまちどおり》を渡って、三条京阪が近くなる。

「あかんわ。さっきからずーっと思考が空回りしてる。そもそも俺は何を考えてたんや？」

馬鹿にされるかと思ったら、その自問は江神さんから高く評価された。

「何が問われてるのかを正しく見極めること。それが正解への近道になる。――頭を整理してみろ。挑むべき問題は仰天するぐらいシンプルや」

犯人は獅子谷丈吉。これは確定している。彼は三時半頃にK町にいた。現場からK町までの移動に所要する時間は一時間。犯行時刻は二時から五時の間だから、彼に犯行が可能だったのは二時から二時半の間もしくは四時半から五時の間である。後者だとしたら自分の足跡をつけずに犯行を行なったことになるが、どんなトリックを使ったのかを暗示する伏線らしきものが見当たらない。前者だと仮定しよう。その時間帯に行天驚介を殺害したのなら、現場付近に足跡が遺っていなかったのは当然だ。雪は四時まで降っていた。が、死体の上にも雪が遺っていなかったことと矛盾する。何かそうなるような事態が出来《しゅったい》したか、さもなくば獅子谷が細工を施したのではないか。つまり、僕が挑むべき問題は――

「……雪が降っている最中に戸外で殺人を犯しながら、死体の上に雪が積もらないようにする方法」

「鮮やかな要約やな。そう、ただそれだけのことなんや。シンプルすぎて拍子抜けしたやろう」

謎の貧弱な姿が露《あら》わになった。こうなったら一気に真相まで攻め込めそうだ。

「そのトリックを成立させるのに、死体のコートが邪魔やったんですね？　死体をああいう形にする必要もあった」

雪の上に正座し、背中を丸めて額ずく。そういう姿勢をとらせたら、死体に雪が積もる面積は最小限になる。おまけに被害者は小柄という設定だ。消すべき雪の量はごく少ないのだ。

死体に関しては、こんな描写もあった。頭が祠の屋根の下にきている、と。頭に雪が積もらなかったのは屋根の庇がカバーしていたからだ。消すべきは背中の雪だけ。背中に雪が降り積もるのを防げないのなら、積もろうとする雪を吹き飛ばすか、溶かせばいい。吹き飛ばすために必要なのは風、溶かすために要るのは熱。扇風機のような装置を使ったとは思えない。

「熱で……溶かした」

部長は無反応だったが、突き進む。

「背中を温めたらええんや。そのために邪魔だったからコートを脱がせて捨てたんやろうな。具体的にどうしたか？　大袈裟な装置は不要で、ごくありきたりのものを使えばできた。被害者が着たポロシャツの背中に……使い捨てカイロを貼る」

背中の部分の内側一面に何枚も貼りつけたのだ。人間の体ではなく、シャツそのものを温めるために。コートよりもポロシャツの方がずっと薄いから、表面まで熱が通りやすい。

「そうしておいたら背中に降ってきた雪は次々に溶けて、積もることはない。ただ、それをそのままにしておくわけにはいけへんから、警察が死体を見分するまでに使い捨てカイロを剝がさなくてはならない。そのチャンスは——ありましたね」

試験官は「あったな」と答える。

獅子谷が「すぐ近くに面白いものがありますよ」と満月を散歩に誘ったのは、もちろん一緒に死体発見者になってもらうためだ。彼自身と、証人になってくれる第三者の二人が発見者にならなくてはならない。証人として選ばれた第三者こそ満月だ。死体と対面すると腰を抜かしたふりをする。そうすれば、家人に報せたり警察へ通報したりするために満月が仰天荘に引き返さなくてはならず、その間に獅子谷は一人きりになれたから、カイロをすべて剝がすことができたわけだ。

「剝ぎ取るまではええとして、そのカイロをどう処分したんでしょうね。川へ捨てたけど警察が見つけられなかった、ということかな。都合がよすぎるけど」

「拾い忘れてる伏線があるぞ。獅子谷についての描写を思い出せ」

あれしきの短い小説だから、じきに思い当たった。死体を発見した後、獅子谷はよく汗をかいている。いや、現場から戻って以来、「汗を浮かべたまま」だった。

「……そうか。現場の近くにトリックの小道具を迂闊《うかつ》に捨てられないので、剝がしたカイロを自分の体に貼り直したんですね？　獅子谷は肩幅が広くて背も高い、と登場シーンで紹介されてたから、貼りつけるスペースには余裕があった。犯行が二時過ぎやとしたら、死体発見時、カイロが熱を発してからまだ六時間ぐらいしか経過してない。充分に温かかったから汗をかいてた」

「そこまで。犯人の名前を言い当てたのみならず、使い捨てカイロのトリックも見破ったんやから、お前の勝ちや」

「江神さんが言うたとおりですね。……しょぼいトリック」

三条大橋の上は賑やかだった。八坂神社へ向かう人の流れが、こちらに押し寄せてきている。おけら火がついた吉兆縄を手にして、神社から帰る人も見掛ける。縄を小さく振り回しているのは先端の火が消えないようにするためで、夜の闇にくるくると描かれるオレンジ色の輪がきれいだ。もちろん人込みの中では危険だから、周囲に気をつけなくてはならない。

南座《みなみざ》がある四条大橋東詰《しじょうおおはしひがしづめ》までくると、河原町から渡ってくる人、河原町に向かう帰りの人でごった返し、警察官が車と人の整理にあたっていた。そんな中で、僕たちは浮世離れした話に没頭する。

「事件の構図を整理すると、どうなるんでしょう？　獅子谷は使い捨てカイロを利用したトリックで、雪が降っている最中にすませた犯行を雪がやんでからの犯行に見せかけたかったわけでしょう。でも、それはおかしい。死体の周囲の足跡は雪に埋まってしまうんやから、雪がやんでからの犯行に見えへんやないですか。作中の警部、『ムチャクチャ不可解』とか言うてましたよ。そんな状況を作る必然性がありません」

「それがあるんや。獅子谷がした工作は、もう一つあったやろう」

「偽のダイイング・メッセージ『ミチ』ですか。道家に罪を着せたかったみたいですね。けれど、それも現場の状況と食い違《ちご》うてしまうやないですか。道家が犯人やったら、やはり犯行は雪が降っている間ですよね。雪がやむより早い時間に救急車でK町の病院に運ばれたんですから。……あれっ？」

それは結石が原因だから当人すら事前に予測できなかったハプニングで、獅子谷が殺人計画に織り込めなかった要素だ。

「結石のことは無視してええ」江神さんは言い切る。「道家が救急車を呼んだのは想定外のことやけど、それがあってもなくても計画に影響はない。獅子谷はこう考えた。帰宅した道家はじきにベッドに入り、朝まで眠るだろう。その間のアリバイを証明する術《すべ》はない。そして翌朝、不可解な状況で死体が見つかる。犯行現場の周辺に犯人や被害者の足跡がなく、かつ死体の上にも雪がない。この矛盾を強引に説明しようとしたら、どうなる？」

「もしかして……」

まさか、と思った。

「俺の部屋で、さっきお前が聞かせてくれた推論や。被害者は雪が降っている最中に現場にきた。犯人は雪がやんでから綱渡りで川に入ってそのまま歩いて現場にきた。これや」

「警察がそんな無理のある推理をしてくれる、と獅子谷は期待したんですか？　そのために死体に降る雪をトリックで溶かした。リアリティがまるでないやないですか」

「そんなもん、突っ走る望月先生の頭にはなかったんやろう。これは推理小説研究会内のゲームや。現にお前自身、道家には犯行が可能やったと認めたやないか」

あの時、江神さんは言った。僕と望月の思考回路がよく似ており、僕はこの小説の最高の読者かもしれない、と。その言葉の真意を思い知った。

「いや、それはそうですけど、犯人が偽の手掛かりを仕込んだのは警察の目を欺くのが目的でしょう。僕らがどう推理するかを獅子谷が予想するのは変です」

「ごもっとも。しかし、犯人の獅子谷はイコール作者のモチやからな。本格ミステリに淫《いん》したらこうなることもあるわけや。そんな無茶なトリックに警察が思い至るかよ、と言われないように、作者はひと工夫してる。道家が疑われやすい状況を作ってるやないか。それが偽のダイイング・メッセージや」

「でも、僕はそれがあからさますぎるので道家犯人説を採りませんでしたよ。ダイイング・メッセージが『ミチ』で、特技の綱渡りがトリックではミステリとして面白くない、って」

頭が痛くなってきた。本格ミステリは、しばしば歪《いびつ》さを孕《はら》む。しかし、この作品の場合は何と言うか――歪さが歪だ。

「偽の手掛かりが絡《から》むと、ややこしいことになりますね」

「石黒が偽の手掛かりを嫌《きろ》うてたな」

「へぇ、そうなんですか」

久しぶりにその名前を聞いた。推理研の創設者は、うるさい読み手らしい。

「エラリー・クイーンに作例が多いやろ。エラリーが捜査に乗り出してくるのを見越した犯人が、名探偵の推理を狂わせるためのトラップを仕掛ける話。それをされると、探偵とともに犯人を当てようとする読者は手掛かりの真偽の検討を逐次余儀なくされる。石黒に言わせると、『読者にとって的が遠くなる。射程距離を延ばさせるのは卑怯《ひきょう》じゃねぇか』ということらしい」

「はぁ」

「推理が複雑化して煩わしくなることが不満やったらしいけど、それだけでもない。推理の厳密性をどこまでも高めたら、あらゆる手掛かりの真偽が決定不能の逢着《ほうちゃく》に至って、探偵による完璧な推理が不可能になる。あいつが問題視してたのは、そういう事態や」

「いきなり聞いても漠然としか理解できませんけど、『仰天荘殺人事件』も該当するように思います。せやから江神さんは問題作と評したんですね」

「違う」

きっぱり否定された。

「偽の手掛かりで『探偵による完璧な推理が不可能になる』んやったら大変やないですか」

「どんな情報が隠されたままかもしれない状況にあっては完璧な推理・推断が不可能になる。それは、ミステリの外の世界も同じやろ。というより、小説の内部の情報は有限のものとして描けるから、推理の不可能性はむしろ現実の世界にある。そんな世界で困難に直面することはあるとしても、みんな日常を生きてるし、完璧・無謬《むびゅう》は実現されないまま、警察も司法もひとまず機能してるわな。ミステリが、わがこととして抱え込むべき問題やと俺は考えん。それにさっきも言うたとおり、もともと名探偵の推理というのは〈閉じた城〉の中やからこそ見られる幻かもしれへんのや。論理の幻。それで何が悪い？」

もう八坂神社の手前まできていて、信号待ちをする人でごった返している。雑踏に揉まれながら、そんな抽象的な話をされても咀嚼《そしゃく》できたものではない。

「話を戻していいですか？　モチさんの小説は、本格ミステリの根本的な問題を考える材料としてうってつけや、とか言うたやないですか。それはどういうことなんですか？」

「俺が問題とするのは素朴なことで、『仰天荘殺人事件』以外の多くの作品にも表われる。それが何か判るか？」

新たな挑戦状を突きつけられてしまった。

7

朱塗りの西楼門《にしろうもん》の柱に、〈十二月三十一日午後七時　除夜祭〉とあった。御神火の点火など、祭事は七時から始まったらしい。石段を上って門をくぐると、本殿への参道にたくさんの露店が並んでいた。甘い匂い、空腹を誘うようなおいしそうな匂いがあたりに漂う。吉兆縄を売る店もたくさんあった。店によって値段にばらつきがあったので、江神さんは顎に人差し指をやって、百円でも安いものを見定めてから買い求める。吊《つ》るしてある縄を受け取ると、「ほら」と僕に渡す。二メートルほどの長さがあったので、左手に巻きつけて持った。

そのまま本殿まで進んで参拝した。二礼してから柏手《かしわで》を打ったものの、何を祈るか考えていなかったので、来年はいい年になりますように、とだけ胸の中で唱えた。

顔を上げたら、神仏の加護を祈るタイプの人でもなさそうなのに、江神さんはまだ手を合わせていた。長髪の間から覗《のぞ》く横顔は穏やかで、髭《ひげ》を生やしたら瞑想《めいそう》するキリストの顔になりそうだ。神社で祈るキリストというのはおかしいけれど。

「行くか」

ようやく面《おもて》を上げた。

「あれですね」

境内の三箇所におけら灯籠があり、赤々と火が燃えていた。〈白朮火《おけらび》授与所〉という看板が出ている。列に並んで、縄の先に火をいただいた。

「何か香りがしますね」

「この縄は、竹の繊維でできてるんや」

「ああ、それで」

「火の扱いに気ぃつけよ。人に当ててもあかんし、消してもあかん」

「責任が重いな。こんなふうにするんですか？」

くるくると小さく回してみた。

「京都らしさがやっと味わえました。ええもんですね」

「横に立ってるのが俺ですまんな。来年は彼女とお参りにこい」

「ええ、そうしますけど、江神さんこそ女っ気がなさすぎでしょう。もしかして、その方面ですごいことを隠してませんか？　実は子供がいてるとか」

「神前でしょうもないことを言うな」

「江神さんがどんな人を彼女にするのか、興味がありますね」

「荷物は抱えん主義や」

この人らしくない表現だ。

「それは女性に失礼でしょう。認識がおかしいなぁ。荷物どころか、向こうが江神さんを持ち上げて運んでくれるかもしれへんのに」

「運ぶって、どこへ?」

「幸せの国です」

「そういうこともないとは言えんな。三十を過ぎたら考えよう」

「なんで二十代のうちに、やないんですか?」

「気分や、気分」

人出は、ますます増えてくる。紅白歌合戦が終われば、さらに初詣客がどっと繰り出してくるだろう。小腹が空《す》いてきたので、年越しそばの予定は変更し、露店のお好み焼きを境内の隅で食べた。

「モチさんの作品が提起する問題点について伺《うかが》いたいですね。疑問を抱えたまま年を越すのは嫌です」

江神さんは、もったいぶらなかった。

「『仰天荘殺人事件』には偽の手掛かりが出てきたけど、お前がたどり着いた結末より先はない。道家のしわざに見せかけようとして獅子谷がやったんや。それも罠で、実は獅子谷を陥れるために艶子やキヌメがすべてを仕組んだ、とは考えられん。獅子谷がああいう動きをすることが予測できたはずがないからな。しかし、あの推理では消去しきれてない可能性がある」

「何か見落としてますか、モチさんも僕も？」

「言い掛かりめくけど、俺は以前からミステリを読むたび気になることがあった。それは、作中で別のトリックが使われた可能性を消去する方法がないことや」

「どういうことですか？」

「言葉のままや。たとえば『仰天荘殺人事件』の場合、使い捨てカイロをトリックに使《つこ》うたことになってるわな。そうやったらカイロを回収する機会があった人物が犯人やということになる。しかし、カイロ以外の何かを利用したら、死体の第一発見者になる必要がないかもしれんやないか」

「何を利用するんです？」

「それは知らん。お前や俺や、作者のモチも見逃してる便利な何かや」

「例を挙げてもらわないと」

「それができへんのが問題なんや。意外なトリックを使うたんやないのか、と疑いだしたらキリがなくなる。けど、疑い続けることをミステリは読者に要求するやないか。

『できないだって？　それはあなたがトリックに気づいていないだけだ』と」

　確かにひどく素朴なジレンマだ。しかも、それは解消できないことのように思える。

「ポオは『盗まれた手紙』でモノの意外な隠し方をテーマにした。あれを史上最初の〈犯人によるトリック〉と取ることもできるけど、ポオが描きたかったのは盲点の見つけ方で、トリックそのものと言うよりトリックの原理や」

「現在のミステリは〈犯人によるトリック〉で満ちていますけど、それはポオを起点にしていない、ということですか？」

「無関係ではないけど、根本的な違いを感じる。ポオが手品の原理を考察したんやとしたら、後世の作家はそれに触発された小説を書いているうちに、手品そのものの考案に夢中になってしまった」

　首を傾《かし》げたら、江神さんは食べ終えたお好み焼きの舟をゴミ箱に捨ててから言う。

「もっと平たく言うと、こうや。エラリー・クイーンばりのロジカルな推理で、犯人は大晦日の午後十一時にある手紙を京都から投函《とうかん》できた人物であることが明らかになったとしよう。容疑者五人のうち、Aはその時刻に東京にいた。よってAは犯人ではない——と言いたいところやけど、断定はできへん。そういう推理が成り立つことを見越したAは、何らかのトリックを考案して、東京にいたというアリバイを偽装してる可能性があるからや。容疑者たちがどこでどんなトリックを使用しているかは決定しようがないから、あらゆる推理は効力を失う。『そんなアリバイの偽装ができるというのなら具体的に説明しろ。せめてアリバイを偽装したと疑う根拠を示せ』ではすまない。ミステリでは、シロだと思っていた人物のアリバイが突如として崩され、『こいつが犯人だったんですよ。偽のアリバイに騙されましたね』というのも常套《じょうとう》なんやから。考えもつかないトリックの可能性は、常にある。『仰天荘殺人事件』の真犯人をスーザン田中にすることもできるのがミステリや」

「エラリー・クイーンばりのロジカルな推理でも効力を失うんやったら、名探偵の推理はどれも空振りっていうことになるやないですか」

「何かが存在しないことの証明は困難や。プロバティオ・ディアボリカ。悪魔の証明と言われる。『この島に白い猫はいない』という命題やったら、徹底的に島中を調べて、その命題は正しいと証明できるやろう。『この昆虫は絶滅して、もうどこにもいない』になると、立証は極度に難しい。『このミステリにおいてトリックを弄した者はいない』は不可能や。ありそうもないことを書いて読者の裏を掻くのがミステリの属性になってるせいで」

大きな話になってきた。

「トリックが使われているかどうかも探偵や読者には判らない、ですか」

「絶海の孤島で殺人事件が起きたとする。島にいたのは五人。この中に犯人がいる、とも断定できなくなる。トリックで外部から侵入した人間がいる可能性が残る」

「精緻なロジックで、五人しかいないと証明したらええわけでしょう。作者は苦労するでしょうけど」

「できるか？　ミステリの世界では、トリックはロジックに優先するぞ」

そこは検討の余地がありそうにも思えたが、もしそうなら面倒なことになる。

「江神さんは、ミステリそのものを転覆させましたね」

「ミステリはあらかじめ底が抜けてる、と言うてるんや。数学的なパズルや、論理学が研究対象とする論理とは断絶してる。困った顔をせんでもええ。繰り返すけど、その論理は幻なんや。どんな幻を描いたかでミステリの価値は決まる。俺にとっては、そういうもんや」

「最後は悪魔の証明の前に膝を屈するのが避けられないとして、ぎりぎりまで論理的な推理を積み上げようとする作品をどう評価しますか？」

「最高やないか。素晴らしく人間的で、詩的や」

おけら火を提げて帰ることにする。きた道を引き返すのもつまらないので、門を出たところで右に折れて東大路通《ひがしおおじどおり》を歩く。

「今年は機関誌を作るどころやなかったけど、来年こそは出しましょう」

ぜひそうしたい。

「巻頭はお前の小説やな。〈読者への挑戦〉つきの」

「首を斬り落とされる覚悟で発表します。巻末は『赤死館殺人事件』の序章です」

「それはどうかな」

書き出しだけでも読んでみたかった。

厳かな音が響く。除夜の鐘だ。

「知恩院《ちおんいん》さんのそばを通って帰ろうか。信長の下宿先のそばまで行ってもええ。疲れたらどこかで休もう。この道を行ったら、あっちからもこっちからも鐘が聞こえてくるぞ」

「いいですね。今夜は京都の大晦日を堪能します」

気温は一度もないのでは、というほど下がっているだろう。それでも気分が高揚して、寒さはまるで感じない。やらなければならないことがある。江神さんに感嘆してもらえるようなミステリを書き始めなければ、と込み上げてくる焦りも楽しいほどだ。

澄んだ高い鐘の音が響いている。

「あれが知恩院さんのやな」

「クぉーんっていうのですか？」

「そう。あそこは十時半ぐらいから撞《つ》き始める」

「その向こうで鳴ってるのは、どこの鐘です？」

「方角からしたら、南禅寺さんか」

「除夜というのは、旧《ふる》い年を除くという意味ですよね」

「やろうな。新しい年まで、あと十五分や」

そんなことを言いながら歩いていると、すれ違う人の流れに見覚えのある顔があった。揃いのマフラーを巻いたカップルだ。左側の女性を知っている。背の高い傍らの男性を少し見上げて笑っているので、目が合うことはなかった。

やり過ごしてから、僕は江神さんに報告する。

「今すれ違った女の子、誰やと思います?」

「知らん。全然見てなかった」

「いつか江神さんと河原町を歩いてた時、僕が呼びかけたのに無視した子ですよ。ほら、ハンカチを返そうとして――」

「ああ、ロック喫茶で顔馴染みになった子か。それがどうした?」

「これから八坂神社へ初詣に行くんでしょうね。うれしそうな顔をして、彼氏とおしゃべりしていましたよ――手話で」

――彼女、耳が聞こえへんのかもしれんな。

江神さんの洞察は正しかった。それが半年後に、不意に確かめられた。除夜の鐘を聞きながら。

「知恩院に寄りましょう。それから、どういうルートで帰ろうかな」

帰るべき部屋は遠い。

「気ままに歩いたらええやないか。京都の道は碁盤の目や。なんぼでもルートはある」

「なんぼでもありますね」

僕は、おけら火をくるくると回した。

午後三時までの退屈な風景

岡崎琢磨

岡崎琢磨（おかざき・たくま）
一九八六年福岡県生まれ。京都大学卒。二〇一二年〈このミステリーがすごい！〉大賞・隠し玉として『珈琲店タレーランの事件簿 また会えたなら、あなたの淹れた珈琲を』でデビュー。同作で一三年、第一回京都本大賞受賞。〈珈琲店の日常の謎〉をテーマとしたベストセラーブームを作る。主著に『道然寺さんの双子探偵』『新米ベルガールの事件録 チェックインは謎のにおい』『さよなら僕らのスツールハウス』『春待ち雑貨店ぷらんたん』『夏を取り戻す』など。

「アオヤマさんは……」

ふいに切間美星《きりまみほし》バリスタの声が途切れたので、僕は顔を上げた。

「アオヤマさんはその、常連客でいらっしゃいますから、あらためて説明するまでもありませんが……ご覧のとおり、うちは小さな喫茶店です。たった二人でもじゅうぶん営業していけるような」

「二人と一匹、では？」

「猫は人手に数えませんよ。猫の手も借りたい、と思うことはありますが」

美星バリスタが微笑《ほほえ》んだので、僕は安心して正面に視線を戻した。僕のほうはすっかり満たされつつあるのに、彼女が不機嫌だというのは困る。そう思ったのはしかし、杞憂《きゆう》に過ぎなかったようだ。

彼女はいま、今日この喫茶店で起きた出来事の解説を試みている。僕自身も目撃した風景が、彼女の言葉によって詳しく、理解をともなって再現されていく。

夢を見るような心地よさのなかで、つられるように僕の意識は時間をさかのぼり始めた。発端はおよそ一時間前――。

＊＊＊＊＊

午後二時。

京都の街の一画を占める純喫茶タレーランには、いつもと変わらぬ退屈な時間が流れていた。

僕はもう三〇分以上もこうして、カウンターに並ぶ椅子の上で背中を丸めている。この店のバリスタ――コーヒーを淹《い》れる専門家のこと――を務める切間美星は、先ほどから泡を飛ばしつつ食器を洗ったり、エスプレッソマシンの手入れをしたりといった仕事にかかりきりで、ちっとも僕の相手をしてくれない。注文された飲み物の用意はむろん、接客から掃除に至るまで、喫茶店の営業に必要な実務の大半を彼女が担っているので、忙しいのは仕方のないことだと思う。

フロアの隅に目を向けると、美星バリスタの大叔父にあたる藻川又次《もかわまたじ》老人が、幸せそうに居眠りをしている。彼がこっくりこっくり船を漕《こ》ぐたび、腰の下で椅子がギシギシといびきのような音を立てる。彼はこの店のオーナーであり、一応は調理も担当しているが、基本的にはいかに手を抜いて仕事に取り組むかということにばかり情熱を傾けている人なので、居眠りくらいでは美星バリスタもいちいちとがめない。僕が初めてタレーランへやって来た日から、早いもので半年はゆうに過ぎたけど、その間にも老人のサボりぐせは日に日にひどくなっているような気がする。

　店内には二組の客がいた。平日の昼下がりならこんなもんだろう。僕に見覚えがないくらいだから、いずれも一見《いちげん》さんに違いない。時にはそういう人たちとコミュニケーションをとって暇をつぶすこともあるが、今日はあいにくそんな気分にもなれない。扉の隙間《すきま》から忍び込む四月の陽気は気だるさを誘発して、僕は柱時計を見ながらひとつ、大きなあくびをした。

　──あと一時間も、こんな退屈が続くなんて。

　ぐっと伸びをするついでに、僕は椅子の上で体を一八〇度回転させた。正面に現れた大きな窓とのあいだには、四人掛けのテーブル席が二つ、どちらも二人組の客で占められている。

　向かって左、店の入り口に近いほうのテーブル席にいるのは親子だろう。母親はまだ若いが落ち着いた雰囲気で、右肩のあたりでひとつに束ねた髪や丈の長いスカートといった装いに上品さがにじみ出ている。幼い息子はたどたどしくも人の言葉をしゃべり、母親の隣ではなく向かいに座るさまは、《もう赤ん坊じゃないんだぞ》と強がっているようで微笑ましい。お行儀よく背筋を伸ばし、ストローをしっかり握ってジュースを飲んでいる。

その子と背中合わせの状態で、右側のテーブル席に座っているのは、おじさんともお兄さんとも呼べそうな年格好の男性だ。何となくお金持ちっぽい感じのするスーツや腕時計を身につけているけれど、それが嫌みでないのは丸みを帯びた顔に人のよさそうな印象を受けるからだろうか。同伴者を気遣うせわしない仕草や、自分だけ注文したナポリタンを驚異的な速さで食べてしまうところもどこかユーモラスだ。

彼とテーブルをはさんで向かい合う女性は、対照的にみすぼらしい身なりをしていた。この季節には涼しかろうに、裸足に色のはげたサンダルを履いて、ぺらぺらのワンピースには装飾もポケットもない。ほんの申し訳程度の化粧をし、長い黒髪もぱさついている。恋人なのだろうか、だいぶ歳上に見える男性の空回り気味の会話にも口をはさまずに聞き入るさまは、もの静かというより卑屈と表したほうがしっくりくる。

左に母子、右にカップル。さいわい二組とも僕の視線を気にする風でもない。もちろん僕も彼らに格別の興味を抱いたわけではなかったが、ただじっと座っているよりはまだ、いくらか退屈もまぎれるだろう。

僕はしばしこのまま、彼らの観察を続けてみることにした。

午後二時一〇分。

「……あれ、バッグに穴が」

右のテーブルにて、ほとんど独り言のように、女性がつぶやいた。

「えっ、どこ。ユミちゃん、ちょっと見せて」

すぐに男性が心配する素振りを示し、ユミと呼ばれた女性は彼にショルダーバッグを渡す。サイズの小さなそれを男性が開け、携帯電話とハンドタオルを取り出すと、中はもう空っぽになった。バッグは見るからに粗末な造りで、ガーゼのような生地は薄く、いままで破れなかったことのほうが不思議だ。外にはポケットのひとつもなく、裏返しても内側に仕切りすらなかった。これでは穴が開いたら使い物になるまい。

「あ、ほんとだ」マーカーくらいの太さの穴に、同じくらい太い人差し指を突っ込みながら男性は言う。「そうだ。ぼくが新しいバッグを買ってあげるよ」

「そんな、悪いです、カズオさん」

もの憂げに手を振りながら、ユミは言う。息が多く混じった弱々しい声だ。

「いいんだよ。遠慮しないで」

「でも、いつもいろいろ買ってもらってばかりで」

「ぼくにしてあげられるのは、そんなことくらいしかないから。ユミちゃんがちょっとでも幸せになってくれるのなら、それがぼくの幸せなんだよ」

聞いているだけでうすら寒くなるような台詞も、カズオにとっては大真面目と見え、バッグを返すときに浮かべた笑みは誇らしげである。僕はふと、薄着の彼女がますます寒い思いをしていなければいいが、と考えた。

「今日でぼくたち、出会ってちょうど一年だろう。今夜は盛大にお祝いといこう。夜景のきれいなレストランを予約したんだ」

京都は条例で建物の高さが制限されているから、真にきれいな夜景が見たければ比叡《ひえい》山《ざん》か大文字山《だいもんじやま》にでも登るしかない、という話を聞いたことがある。それは極端な物言いで、実際にはレストランからでもじゅうぶんきれいに見えるのかもしれないが、いずれにしても僕はそんな夜景を見たことがなかった。

出会ってちょうど一年、か。交際して一年、と言わないところに二人の微妙な関係性が垣間見える気がするのは、ごく身近でよく似た例に思い当たるからだろうか——僕は美星バリスタを盗み見たが、彼女は反応することもなく何かの作業を継続していた。彼女のことはさておき、どうもちぐはぐな感じのするカップルである。

「それは楽しみ。ありがとうございます」けれどもユミは、うれしそうに笑うのだった。

「陽《ひ》が暮れるまではどうしましょうか」

「今日はこれから、京都駅の劇場でミュージカルを観《み》ようと思ってたんだ。半年も前から楽しみにしてた演目でね、チケットならここに……あっ！」

カズオはチケットを取り出そうとして口の空いたセカンドバッグをひっくり返し、中身を派手にぶちまけてしまった。床に長財布やチケットなどが散乱したばかりか、ユミの足元まで転がっていったものもある。缶詰くらいのサイズの小箱で、ビロードに包まれているが中身が何なのかまではわからなかった。

「大丈夫ですか」

騒ぎに気づいて、美星バリスタがカウンターから出てこようとした。

「いえ、すみません、大丈夫ですから」

カズオはあたふたとバリスタを制止し、荷物を拾い集めようとする。ユミが拾い上げたものを除く大半をひとりで回収するまでに、一〇回近くも《すみません》と連呼していた。それからいったんは椅子に座ったが、ユミの憐《あわ》れむような視線にいたたまれなくなったのか、モゴモゴ言いながら再び席を立ってトイレに入ってしまった。

カズオが戻ってくるまで、こちらのテーブルに動きはないだろう。僕は観察対象を隣のテーブルへ移す。

午後二時二〇分。

「マーくん、おいしい?」

左のテーブル。ジュースを飲んで《ぱー》と息を吐いた息子に、母親がにこやかに問いかけた。

「うん、おいしい。ママは?」

息子はいじらしく、母親に同じ質問を返す。母親はコーヒーの入ったカップを軽く揺すって答えた。

「ママのもおいしいよ」

「それ、何？」

「これはね、コーヒー。大人の飲み物」

「こーひー」《ひ》が《し》に聞こえる舌足らずな発音で、マーくんは母親の言葉を繰り返した。「どんな味がするの」

「一口飲んでみる？」

母親はいたずらっぽく笑い、席を立ってテーブルの反対側へ回った。息子をひょいと抱えると、空いた椅子に座ってひざの上に息子を下ろす。そしてコーヒーの入ったカップを手前に引き寄せながら、息子の顔をのぞき込んで言った。

「お砂糖入れてあげようね」

「うん」

マーくんは力強くうなずくも、その顔はこわばって見える。未知の飲み物を前に緊張しているようだ。赤ん坊じゃないところを示したくてコーヒーを飲んでみることにしたのかもしれないが、母親に抱かれた姿といい、砂糖を足してもらっているところといい、完全に裏目に出てしまった形だ。

テーブルに備えつけのシュガーポットは、付属のスプーンで一〇杯もすくえば中身が空になってしまうくらいの大きさである。陶製で、真っ白な表面を等間隔の溝が数本、さらりと斜めに流れている。母親はその蓋を開け、中に差してある小さなスプーンで砂糖を山盛りにすくってコーヒーに入れた。それからカップの載ったソーサーに添えられたスプーンに持ち替え、カップの中身をかき混ぜると、一杯すくって息子の口に含ませる。マーくんはそのときこそ進んでコーヒーを飲んだが、直後には顔をしかめて黙り込んでしまった。

「…………」

「どうだった、マーくん。おいしかった？」

「……うん、おいしいけど、ぼくはもう少し甘いほうが好きかな」

まさか、ここで強がるとは！　たしかに彼はもう、ただの赤ん坊ではない。

「それじゃ、もっとお砂糖入れてあげようね」

ここは素直に、《苦いからもういらない》と答えておくべきではなかったか。ことによるとそんな後悔の念が、マーくんの頭をよぎったかもしれない。けれどもそうした経験がきっと、子供を強くするに違いない。

母親は再び砂糖を山盛りに、しかも今度は二杯も入れている。一方マーくんもしたたかで、そのすきにジュースでちゃっかり口直しをしている。果たして迎え撃つことができるのか、それとも彼を知り尽くす母親にもてあそばれてしまうのか。

そんな母子の駆け引きに夢中になっていると、カズオがトイレから戻ってきた。

「ミュージカルの開演の時間が近づいてきたね。そろそろ行こうか」

触り心地のよさそうなハンカチで手を拭きながら言う。先ほどの粗相はなかったことにしたいらしいが、一言も触れないのがかえって不自然に感じられた。

ユミが仕度をするあいだに、カズオはレジに美星バリスタを呼んで会計を済ませた。そのまま二人、手をつなぐにはやや遠い距離を保ちつつ店を出ていく。見ていて飽きないカップルだったので、これから僕の退屈はいちだんと増すだろう。

午後二時三〇分。

二度目の試飲でも、マーくんはコーヒーが口に合わないことを認めなかった。

母親はこの状況をすっかり楽しんでいて、もはや溶けきれる量でもあるまいにさらに砂糖を追加しようとする。が、シュガーポットの中身が底をついてしまったようで、スプーンの当たるカチャカチャという音がした。

「お砂糖、なくなっちゃったね」マーくんの声は心なしかうれしそうである。

「そうねぇ」

ところが、母親はきょろきょろと首を回すと、上半身をねじって無断で隣のテーブルのシュガーポットと交換してしまった。眠りこけている藻川老人はもとより、美星バリスタもそれに気づいた様子はない。僕が何か合図でもしたほうがいいのか、余計なお世話だろうか……などと考えていた、そのとき。

「あらあら！　何してるの」

母親がいきなり甲高い声を上げた。見るとマーくんの指にはびっしり砂糖がついている。どうやら交換したばかりのシュガーポットの中に手を突っ込んでしまったらしい。

母親の暴走を阻止するために、とうとう最終手段に出たようだ。

すぐに美星バリスタが異変を察知し、テーブルへと駆け寄った。

「大丈夫ですか。おしぼりお持ちしますね」

「どうもすみません。ほら、ごめんなさいは」

先ほどまでのひねた様子はどこへやら、マーくんは泣き出しそうな顔で固まっている。

「お気になさらないでください。小さい子のしたことですから」

バリスタは苦笑しつつ、シュガーポットを手に取った。すると母親が、それを見つめながら何気ない調子で訊《たず》ねた。

「その砂糖、捨てるんですか」

「え、まぁ、そうですね」

何とも答えにくそうだ。子供が手を突っ込んだ砂糖をそのまま使い続けるわけにはいかないが、だからと言って親に向かって《汚いから》とも言えない。母親はしばし何事か店の奥へ向かいかけた足を止め、美星バリスタは困惑している。

を思案し、やがて思いきったように告げた。

「捨てるんだったら、もったいないから私にくれませんか」

これには僕も面食らった。なんて図々しいんだ、と愕然《がくぜん》とした。

「いえ、そういうわけには……」

いつでも客に対して慇懃《いんぎん》さを忘れない美星バリスタも、さすがに不快感を隠しきれていない。そんなことを認めていては、次回から砂糖欲しさにわざと子供の手を突っ込まないとも限らない。細かいことに気が回る美星バリスタならきっと、そのくらいは考えたはずだ。

同じことが母親自身の頭にも浮かんだのか、彼女は追加で次のように申し出た。

「弁償しますから。それならいいでしょう？　悪気があったわけではないんです」

続く一瞬、美星バリスタは無表情になった。かと思うといつもの、いやいつにもましてさわやかな笑みを浮かべて言う。

「わかりました。では、移し替える袋をお持ちしますね。少々お待ちください」

これまた急な方針転換である。これ以上、厄介な客に関わりたくないという気持ちはわかる。が、そんなことでこの店は大丈夫なのだろうか、と僕は少し心配になった。すぐに奥の控え室へ引っ込むのかと思ったが、美星バリスタは途中でフロアの隅へ歩み寄り、ついに居眠りをしていた藻川老人を叩き起こした。それから何事かを耳打ちすると、藻川老人はよしきたとばかりに立ち上がり、寝起きとは思えない機敏な動きでタレーランを飛び出していってしまった。

バリスタは控え室へ消え、フロアには母子と僕だけが残される。

午後二時四〇分。

フロアに戻ってきた美星バリスタの手には、透明のポリ袋とじょうごがあった。それを見て、母親は顔を曇らせる。

「あの、袋だけでいいですよ。私、自分でやりますから」

実際、ポリ袋はシュガーポットが丸ごと入る大きさだったから、袋の内側でシュガーポットをひっくり返せばそれで済むはずだ。

ところが美星バリスタは、どちらも渡そうとしない。

「いえいえ。こぼしてしまってはいけませんので」

言うが早いか、じょうごの先端を袋に突っ込むと、その上でシュガーポットを一気にひっくり返した。窓から射《さ》し込む陽の光にプラスチックのじょうごが照らされ、陰になって見える砂糖が袋へと落ちていくさまは、オブジェと実用を兼ねてこの店に置いてある砂時計とよく似ている。

小ぶりのシュガーポットから砂糖が落ちきるまでは五秒とかからない。その、中身が空っぽになろうかというときだった。

「ちょっと！」

美星バリスタが悲鳴を上げた。母親が腕を伸ばし、じょうごと袋を奪おうとしたのだ。

ふいを突かれればひとたまりもなかったに違いない。ところがバリスタは動揺こそしたものの、じょうごを握る指に力を込めていたと見え、母親の思うままにはさせなかった。揉《も》み合いになった二人を、マーくんはぽかんとして見上げ、僕はハラハラしつつ見守ることしかできない。

決着は、どちらの勝利とも言いがたかった。

母親が大きく反動をつけてバリスタを突き飛ばしたことで、じょうごと袋が二人の手を離れ、床を砂糖まみれにしてしまったのだ。

そして、そのとき床に落ちて硬い音を立てたのは、プラスチック製のじょうごだけではなかった。

「あっ――」

母親は叫び、テーブルのそばに素早く屈《かが》み込んだ。バリスタに背を向け、床から拾い上げたものを胸元に当てている。

「あきらめてください。そんなことをしても無駄です」

しかし、美星バリスタは冷静だった。母親のすぐ後ろに立ち、はたで聞いていてもぞくっとするほど鋭い声を、彼女の頭上に降らせたのだ。

「あなたのしようとしていることは犯罪ですよ」

観念したのか、母親は虚《うつ》ろな目をして、閉じていた手をゆっくり開く。

そのときカランと鐘の音がして、タレーランの扉が開いた。

「すみません……あっ、それ」

やってきたのは、一五分ほど前に店を出ていったばかりの女性、ユミだった。ひどく驚いた様子で、母親の手のひらに載るものを指差している。隣にカズオの姿はなく、ひとりで戻ってきたようだ。

母親は顔を上げ、ユミの姿を視界にとらえた。と、それまで幻を見るようだった目に力がこもり、恐ろしい形相へと変わる。

「返すわよ。返せばいいんでしょう、こんなもの！」

立ち上がると同時にわめいて、母親は持っていたものをユミに投げつけた。そしてマーくんの手を引き、地団駄を踏むようにしてお代も払わずに店を出ていってしまった。

突然の事態に対処できるわけもなく、ユミは呆然《ぼうぜん》と立ち尽くしている。

美星バリスタは腰を落とし、母親に投げられて床に転がっているものを拾った。先ほど母親がそうしたように、手のひらに載せてじっと見つめている。

それは、ダイヤモンドの指輪だった。

「ありがとうございます」

ユミは深々と頭を下げ、か細い声で礼を述べた。

「彼が、わたしにくれるはずだった指輪をなくしたと言って取り乱していたので、戻ってみたんです。もしかしたら、バッグをひっくり返したときに飛んでいってしまったんじゃないかって。でも、見つかってよかった」

「ええ。持ち逃げされなくて本当によかったと思います」

美星バリスタは微笑み、こっくりとうなずく。

ユミもにこりとしてこれに応じ、バリスタの持つ指輪へと手を伸ばした。

「……え？」

直後、ユミがつぶやくまでの光景が、僕にはスローモーションに見えた。

ゆっくり指輪に近づいて、いまにも触れようとしていたユミの尖《とが》った指先を、バリスタがさっと手を引いてかわしたのだ。

「何するんですか。早く返してください」

ユミは眉根《まゆね》を寄せて言う。当然の反応だろう。さっきまでぼんやりしていた声も、こわばったことでかえってよく通るようになっている。

「できません。私がこの指輪をお返しする相手は、あなたじゃない」

指輪を後ろ手に回した美星バリスタからは、笑顔が消えていた。

「どうしてよ。言ったでしょう、その指輪はわたしが受け取るはずだったものだって」

ユミの態度にはしだいに苛立《いらだ》ちが混じり始める。けれども美星バリスタは臆《おく》せず、毅《き》然《ぜん》として言い放った。

「だと思います。でもあなたは初めから、受け取るつもりなどなかったのでしょう」

返す言葉が見当たらないらしいユミの背後で、再び鐘の音が鳴る。

「――ユミちゃん？」

その声に、ユミははっとして振り返る。

カズオと藻川老人が、並んで入り口に立っていた。

「ユミちゃん、どうしてきみがここに……あ、どこ行くの、ユミちゃん！」

カズオが呼び止めるのも聞かず、ユミは二人の男を押しのけて扉の外へ駆け出す。庭を渡るときに窓からちらりとうかがえた横顔は、それまでの彼女と同一人物であることがにわかには信じがたく、砂糖がほこりにまみれたみたいに不機嫌さで灰色にくすんで見えた。

午後二時五〇分。

「バリスタの言うたとおりやったで」

とまどうカズオの肩になれなれしく手を置きながら、藻川老人は語る。

「うちの店を出てすぐに、あのユミっちゅう子のもとに電話がかかってきたんやって。そのあとで彼女が、急用ができてどうしても一、二時間抜けなあかんくなった言うから、この人はしゃあなしにひとりで劇を観にいこうとしてたところやった。通りで手挙げてはったから、もう少し早うタクシーが止まってたら追いつけへんかったな」

「二枚あったチケットのうち一枚だけをユミちゃんに渡して、ぼくは先に劇場へ向かうことになったんです。終演までに間に合えば、自然と合流できるわけですからね。でも――」

カズオは砂糖のぶちまけられた店内を、次いで美星バリスタの持っているダイヤモンドの指輪を見てから、怪訝《けげん》そうに訊ねる。

「これはいったい、何がどうなったんです」

「差し出がましいようですが……」

バリスタはカズオの左手を取り、その中に指輪をそっと握らせた。

「もしお客さまが結婚について真剣にお考えなのであれば、あの女性はおやめになったほうがよいのではないかと」

気弱そうなカズオだったが、ここではあからさまにむっとした。

「どうして見ず知らずのあなたに、そんなことを言われなくちゃいけないんです」

「今宵《こよい》、プロポーズするおつもりだったのでしょう。夜景がきれいだというレストランで」

その言葉に、カズオはあっけにとられたようだった。なぜそれを、とでも問いたげに口をぱくぱく動かしている。

いつの間にか藻川老人はフロアの隅にいて、二人の会話になどまるで興味なさそうにしていた。美星バリスタは、聞こえてしまいました、と詫《わ》びを入れ、わけを説明し始める。

「数十分前、お客さまがバッグの中身を落としてしまわれたとき、ユミさんの足元に指輪のケースが転がっていきましたね。それを見て、私はお客さまが今夜、出会って一年の記念日にプロポーズしようとしているのではないかと考えました。おそらくは彼女、ユミさんもそのときに、あなたの決意に気がついたのでしょう」

なるほど。あのビロードの小箱は指輪を入れるケースだったらしい。あれはたしか、ユミが自分で拾い上げたはずだ。

「ここからは私が直接、目撃したわけではありません。ただ結果から言えることは、ユミさんはあなたのプロポーズを受け入れる気はなく、けれども高価な指輪を欲しがった。そこで、あとで回収しにくるつもりで、指輪だけをシュガーポットの砂糖に埋めて隠したのです。あなたがお手洗いに行くために席を外した瞬間を見計らって」

何ということだ。僕が動きはなさそうだからと観察対象を変えたのちに、そんな興味深いことが起きていたとは。もちろん視界には入っていたに違いないが、ユミも人に見られないようにやったのだろうから気づかなかったのも無理はない。もとより動くものに意識が引きつけられてしまうのは習性なので、カズオがいなくなってからは母子のほうにしか目がいかなかった。

「ぼくのいないすきに、彼女がそんなことを……だけど、何も砂糖の中なんかに隠さなくても、バッグやポケットにでも入れておけばよかったのでは」

青ざめながらもカズオはもっともな疑問を口にし、バリスタがそれに答える。

「ユミさんがお召しになっていたワンピースには、ポケットがなかったようにお見受けしました。足元も靴ではなくサンダルでしたし、ほかに隠し持っておけるとしたらせいぜい、下着の内側くらいだったのでしょうが、彼女はそこには隠しませんでした。万が一、移動中に落としてしまうことを恐れたか……いえ、おそらくは単にそこまで頭が回らなかったのでしょうね。あなたがお手洗いから戻ってくる前に、急いで指輪を隠す必要があったわけですから」

「そういや彼女、自分のバッグにも穴が開いてるなんて言ってたっけ。だからそこにもしまえなかったんだな」

「はい。あなたに新しいバッグを買ってもらうための演出が、あだとなったのですね」

「ちょ、ちょっと待ってくれ」カズオはいきなり頭を殴られたみたいに顔をゆがめた。

「あれが演出だって？」

「一年間も一緒にいたのでしたら、これまでにも似たような経験がおありだったのではないですか」

「そりゃまぁ、たしかにネックレスのチェーンが切れたとか、靴の底がはがれたとか、そういうことはあったけど……」

「そのたびにあなたが、新しいものを買い与えたのでしょう。彼女は今日もそれを期待して、バッグに疵《きず》を仕込んでいった」

「勝手なことを言わないでくれよ。彼女は苦学生で、新しい洋服や靴やバッグを買うお金がないからそういうことになるのであって、自分からぼくに何かをねだったことはないんだ。その意味では、むしろ経済観念のしっかりした子なんだよ」

「経済観念のしっかりした方なら、お財布を持ち歩かないことはないと思うのですが」

「財布？　そう言えば、バッグの中にはなかったな……ていうかきみ、そんなところまで観察していたのか」

ユミのバッグに穴が開いていたのは会話からでも知れたことだが、中身まではその後のカズオの行動を見ていないとわからなかったはずだ。が、バリスタは首を横に振った。

「違いますよ。もしお財布や、女性が普段持ち歩く化粧ポーチなどを持っていたとしたら、彼女はそこに指輪を隠せばよかったのです。持っていないからシュガーポットの中などという、非常にリスキーな場所しか思いつかなかった。きっと、お財布や化粧品を含めたさまざまなものを買ってもらえる機会をうかがいながら、最初に言及したのがたまたまバッグだったということではないでしょうか……いえ、これは私の邪推ですね。申し訳ありません」

美星バリスタは頭を下げたが、僕は彼女の言い分が正しいと思った。なぜなら僕は、ユミが色のはげたサンダルを履き、気候に比して薄すぎるワンピースを着ていたことを知っている。

カズオはもの憂げにかぶりを振った。美星バリスタの主張を否定しているのではなく、むしろ否定できない自分に失望しているように見えた。

「要するにきみは、ユミがぼくと一緒にいたのはお金目当てだったと言いたいわけだ」

「そのためだけにとは申しませんが、少なくともあなたの気前のよさを好んでいた側面があることは確かかと……高価な指輪をこっそりくすねようとした点も、この行動原理に合致しますね。指輪のケースだけをあなたのバッグに戻せばさしあたって気づかれる心配はないし、よしんば気づかれたとしても、手分けして探すふりをすれば指輪を回収する口実になりうる」

「ぼくの見ていないところで、砂糖から指輪を掘り出す必要があったわけですからね。まぁ結局のところ、ぼくは全然気づかなかったんだけど」

だからユミは電話がかかってきたように装い、カズオと一時的に別行動をとることにしたのだ。

「でも、それにしたってユミちゃんはよほど気が気じゃなかったんだろうな。何かの陰とかならまだしも、シュガーポットの中なんていう絶対に見つかりっこない場所に隠しておきながら、一五分かそこらで引き返したんだから」

「はい。ところが彼女の懸念は決して、単なる取り越し苦労ではありませんでした。実際に、彼女が指輪を隠すところを見ていた人がいたからです」

「それがあなただったというわけですか」

「私ではありません。ユミさんは席を外していたあなただけでなく、店員である私の目を盗むことにも抜かりなかった。ですが、隣のテーブルにまでは気を配りきれなかったのでしょう。そこを、あの女性に――お子さま連れの母親に、目撃されたのです」

そういうことだったのか。僕は誰もいなくなった左のテーブルを見やった。

「母親は初め、テーブルを二つはさんでユミさんと向かい合う位置にいました。正面にいたのではさすがに、指輪を隠すところをまったく見られないというわけにもいかなかったのでしょう。その時点で母親に下心が芽生えていたから、母親はわざと見ていないふりをしていたのです」

「砂糖に何かを埋めるなんて行為、ひと目で誰だって不審に思うでしょうからね」

「ユミさんの考えにまで想像が及んでいたのかはわかりませんが、ともかく母親は何とかユミさんを出し抜いて高価な指輪を手に入れようと画策しました。まず、自然な流れで会話をしつつ息子がコーヒーを飲んでみたがるよう誘導することで、テーブルの反対側の席に移動したのです。これにより、隣のテーブルのシュガーポットを自分の手の届く範囲に収めました」

「だからぼくがお手洗いから戻ってきたとき、母親が席を移動していたのか……しかし、台本もなしに幼い子供との会話を誘導するなんて、そう簡単にできるもんかな」

「難しくはなかったと思いますよ。あのくらいの子供の言動に、特定の傾向や規則性が表れることはままありますし、それを誰よりも熟知しているのが母親でしょうから。たとえば母親はまず、ジュースがおいしいかと息子に訊ね、息子はそれに『ママは？』という言葉で応じました。これは、何かを訊ねるとすぐに『ママは？』と訊《き》き返す、息子の口癖を計算に入れたうえで始めた会話でしょう」

未知の飲み物とあらば何でも関心を持つであろうことも、子供扱いされないように《大人の飲み物》を嫌いとは言わないことも、母親にとっては織り込み済みだったのではないか、とバリスタは続けた。

「そうして母親はうまく会話を運び、息子にコーヒーを飲ませるという口実のもと、テーブルに備えつけのシュガーポットから大量の砂糖をカップに投入しました。当店のシュガーポットは見てのとおり小ぶりですから、そうしようと思えばすぐに使いきれる量しか入れておくことができず、したがって毎日補充しているんです。母親はこれを空にすることで、隣のテーブルのシュガーポットと交換しても不自然でない状況を作り出したんですね。これは功を奏し、あなた方がお帰りになったあとで母親は、さりげなくシュガーポットを交換して指輪を手元に置いた。しかし、ここでひとつ問題が生じる」

「そりゃあ、取り出すときにどうしても目立ってしまいますからね。まさかシュガーポットをひっくり返してしまうわけにもいかないし」

「そんなことをすれば私が見とがめないはずはありません。付属のスプーンが小さいので、砂糖の山に隠しつつ指輪をすくうというのも現実的ではなかったでしょう。そこで母親はどうしたか――シュガーポットに息子の指を突っ込んで、使い物にならなくなった砂糖をもらって帰るという手に打って出たのです」

「はぁ……またずいぶんまどろっこしいことを」

カズオは開いた口がふさがらない様子だ。僕も同感である。少なくとも美星バリスタのいるところでは、さっと取って隠したほうがはるかにうまくいったことだろう。

「子供がじかに触ったとなれば、その砂糖をお店で使用することはできません。しかし母親にとってはそこまで不衛生という感じもしないでしょうから、『捨てるくらいならくれ』という母親の要求はかろうじて筋の通るものだったのです。あとは袋をもらうなどして、その中でシュガーポットをひっくり返し、砂糖ごと指輪を持って帰ればいい。よく思いついたものだと感心しますが、砂糖をお譲りすることをためらった私に母親が弁償するとまで言い出すにあたり、疑念を抱かずにはいられませんでした。これは砂糖の中に何かがあるぞ、対価を払うと言うくらいだからきっと高価なものだろう、と――そして私は何が起きたのかを悟り、うちのオーナーにあなたを呼び戻してもらうとともに、指輪を母親に持ち帰られないよう策を講じたのです」

カズオの注文したナポリタンを調理していたので、藻川老人はその後の居眠りにもかかわらずカズオの容貌《ようぼう》をはっきり覚えていた。美星バリスタは、京都駅の劇場に向かっているはずだからと言い添えて、出ていったばかりの男性客を連れ戻すよう老人に指示すればよかったわけだ。

「砂糖を欲しがったというだけで、そこまでお見通しとはね」

普段の美星バリスタを知らないカズオは、うさんくさそうな目を向けている。

「砂糖の中から何も出てこなければ、ただの思い過ごしで済んだのです。けれども結果的には私の考えたとおりだったので、私は母親に指輪を持ち帰られることを阻止できましたが、揉み合いになった代償として床を砂糖まみれにしてしまいました。ちょうど母親が指輪を拾ったところで戻ってきたユミさんは、指輪と散乱した砂糖を見てまずいと思ったのでしょう、とっさになくした指輪を取り返しにきたふりをしました。けれども私はすでに事態を把握したあとだったので、あなたにお返しするつもりで彼女へ指輪を渡すことを拒否したのです」

美星バリスタの話が終わると、カズオはうつむいて眉根を揉んだ。

「またしても、よからぬ女性に引っかかっていたというわけですね」

気弱そうではあるけれども、悪人には見えない男の示した自嘲《じちょう》に、バリスタは眉を八の字にする。

「またしても、ですか」

「情けないことではあるけれど、物心のついた段階で、性分といい見てくれといい、自分が多くの女性に好かれるような男でないことは理解していました。それでもいつか生涯のパートナーを見つけるためにできるだけのことはしよう、優秀な学校に入って立派な仕事に就こうと、十代の頃から自分なりにせいいっぱい努力してきたんです。その点、目標は達成できたと思います。仕事には誇りを持っているし、甲斐性《かいしょう》だって年齢の割にはじゅうぶんあると言っていい」

美星バリスタは何も言えずにいた。カズオの言葉に自慢するような気配はなく、むしろ何かをあきらめた潔さが感じられる。

「でも、だめですね。結局、異性と向き合うことから逃げてここまで来たので、見る目というものが育たなかった。この歳にもなって、まったくお恥ずかしい限りです」

そして彼は、とても寂しそうに付け加えた。

「今度こそ、大丈夫だと思ってたんだけどな。華美に着飾ることもせず、何かをねだることもなく、一年間もそばにいてくれたんだから。ぼくは、真剣だったんだけどな」

「……与えすぎるからではないですか」

カズオは虚を衝《つ》かれたように、美星バリスタに顔を向ける。「え？」

転がるボールを追いかけながら、転がしてしまったことを悔やむ瞬間がある。次の言葉を口にする美星バリスタの心境は、まさしくそんな感じだったのではないか、と僕は想像した。

「私、あなたのことも、あなたがこれまで関わってきた女性のことも存じ上げません。でも、きっと他にも素敵なところがある自分をあきらめて、お金とか、地位とか、そんなものしか持ってないと思い込んでしまうから、相手もそれしか期待しなくなるのではないでしょうか。もしかしたら、初めはそうじゃなかったかもしれないのに」

シャボン玉がひとつ、生まれて弾けるくらいの間があった。カズオは手の中で光るダイヤモンドをながめると、吐き出す息とともに言った。

「若いね」

そして財布からお札を数枚、取り出して美星バリスタに渡そうとした。バリスタは慌てて断ったが、カズオは迷惑料と指輪のお礼だと主張して引っ込めず、テーブルの上に勝手に置いた。去っていく彼を、いつもの《おおきに》の声もかけず見送ったあとで、バリスタはしゅんとして独り言を洩《も》らす。

「さっきの言葉、絶対いい意味じゃなかったよね」

じっと見つめていたら、彼女は僕の視線に気がついた。こちらにやってきて、顔をのぞき込んで問う。

「ねぇ私、また余計なこと言っちゃったかな」

どう反応したものか、と困っていると――。

「こんにちは」

カランと鐘の音がして、聞き慣れた声が飛び込んできた。

「うわ、何だこれ、ひどいなぁ。いったい何があったんです」

店に入ってきた青年は、床の砂糖を見るなり眉をひそめている。美星バリスタは苦笑を浮かべ、青年を迎えて言った。

「いらっしゃい、アオヤマさん。ちょっと、いろいろあって」

「よくわからないけど、大変だったみたいですね……ん？」

そのとき僕が椅子から降りたことで、青年はようやく僕を見つけた。そして曲げたひざに手をつき、こちらに向かってほがらかにあいさつをしたのだった。

「やぁシャルル。元気にしてたかい？」


午後三時。

柱時計が待ちに待ったその時刻を指したことを確認して、僕はにゃーにゃーと鳴き始めた。

「あら、もうこんな時間。シャルルに餌をあげないと」

美星バリスタはフロアの隅、眠る藻川老人の頭上にある棚からキャットフードの袋を取り、足元の餌皿にバラバラと入れた。僕はそんな彼女にまとわりついて、皿が満たされるとまっしぐらに顔をうずめる。

「餌をあげる時間を決めているんですね」

この店一番の常連客、アオヤマ青年の言葉に、バリスタはうなずく。

「ええ。シャルルはまだ仔猫《こねこ》から成猫への成長過程で、一度にたくさんの餌を食べられないものですから、一日三回に分けて与えているんです。まさか時計が読めるわけでもないのでしょうけれど、そこは動物の勘というか、餌の時間がわかるみたいですね」

失敬な。僕はキャットフードを食べながら憤慨する。あまりみくびらないでもらいたい。猫でも時計くらい読める。この店にある椅子の一部の座面に使われている素材をビロードということも、時々もらえるおいしい餌の容器を缶詰と呼ぶことも、洗い物の際に発生して宙を舞う泡をシャボン玉ということも、猫は何でも知っているのだ。

「僕が持つ猫のイメージといえば、皿に餌を入れておけばあとは好きなときに食べる、というものでした」

「そのような形で飼育されている場合も多いですね。考え方は人によりけりなので……一応、うちでは時間を決めて適量ずつ与えるようにしています」

美星バリスタはキャットフードの袋を棚に戻し、ついでの動きで藻川老人を起こした。肩をはたき、掃除をするから手伝って、と言う。

「僕も協力しますよ。ひとりでコーヒーを飲んでいるというのも落ち着かないし」

アオヤマ青年の申し出を、バリスタは辞退しなかった。三人で床を掃き、磨くあいだ、バリスタは砂糖がぶちまけられた顛末《てんまつ》を青年に説明する。

「それはまた、面倒なことに巻き込まれたものですね」

ひととおり話を聞いた青年の、最初の感想がそれだった。

「振り返れば違和感のある言動が多々見られたはずなのですが、それぞれがけどられないよう注意していたこともあり、いよいよという段階に至るまで見抜くことができませんでした。もっと早くに気づいていれば、こんなことにならずに済んだかもしれなかったのに」

「仕事をしながらだったんでしょう。無理もありませんよ」

「そう言っていただけると、いくらか救われるのですけれど。アオヤマさんは……」

ここで美星バリスタの声が途切れたので、僕は餌を食べるのを中断して顔を上げたのだ。

「アオヤマさんはその、常連客でいらっしゃいますから、あらためて説明するまでもありませんが……ご覧のとおり、うちは小さな喫茶店です。たった二人でもじゅうぶん営業していけるような」

「二人と一匹、では？」

「猫は人手に数えませんよ。猫の手も借りたい、と思うことはありますが」

アオヤマの軽口に美星バリスタが笑ったので、僕は安心して食事を再開した。さっきバリスタが言葉につまったのはおそらく、アオヤマのことを《常連客》と断じてしまうことにちょっぴり抵抗があったからだ。カズオとユミの微妙な関係性をながめながら思い出していた、よく似た例とはこの二人のことである——ただの常連客と店員という関係を超えた親密な間柄であるはずなのに、いつまで経《た》ってもつがいになろうとしないのだ。

　アオヤマ青年のことはどうでもいい。なぜ態度をはっきりさせないのかと敵視すらしているくらいだ。だが、飼い主である美星バリスタには恩もあるので、いつでも上機嫌でいてほしい。何てことのない表現にも言い淀《よど》むような彼女であってほしくはないと、猫なりに心配しているのだ。

「とにかく、うちは小さな喫茶店です」美星バリスタが話を戻す。「お客さまの会話は耳をふさぎでもしない限り聞こえてきますが、その反面、お客さまを観察するなんてことは不可能です」

「だから、指輪を砂糖に埋めるところを目撃できなかった」

「はい。お客さまを平気でじろじろ見ていられるのは、この子くらい」

　今日の出来事について振り返りつつ、キャットフードの残りの数粒を仕留めにかかる僕に視線をくれて、バリスタはくすりと笑った。アオヤマ青年がそれに乗じる形で、僕にぐいと顔を近づける。

「おいシャルル、たまには美星さんの力になってあげないとだめだぞ」

　きみにだけは言われたくない。この男は去年の暮れに《二度とこの店には来ない》と啖呵《たんか》を切っておきながら、先月何食わぬ顔で戻ってきて今日もへらへら笑っているという、何とも情けないやつなのだ。

僕は抗議の声を上げる。しかし二人はその《にゃー》を、僕が返事をしたものとみなして、《頼もしいわねシャルルちゃん》などと言い合う。相手をしていられないので僕は、最後の一粒を食べてしまうと、窓際にあるビロードの椅子に飛び乗った。ダイヤモンドの指輪にも、恋にも若さにも興味はない。じゅうぶんな餌が食べられさえすれば、僕はそれで満足なのだ。人間とは何てややこしい生き物なのだろうと思いながら、僕は陽の当たる椅子の上で丸まり、お腹が満たされたことによる幸福感を嚙《か》みしめていた。

午後三時一〇分。

あぁ、退屈だ。

銀印も出土した

門井慶喜

門井慶喜（かどい・よしのぶ）
一九七一年群馬県生まれ。同志社大学卒。二〇〇三年「キッドナッパーズ」でオール讀物推理小説新人賞受賞し、デビュー。〇六年に『天才たちの値段』でデビュー。建築など日本史教養を抱合した作風で評価される。一六年、『マジカル・ヒストリー・ツアー　ミステリと美術で読む近代』で日本推理作家協会賞。同年、咲くやこの花賞。一八年に『銀河鉄道の父』で直木賞受賞。主著に『東京帝大叡古教授』『家康、江戸を建てる』『新選組の料理人』など。

1

金印が出土した。

というのは、むかしもいまも日本史の教科書のいちばん最初に置かれる記事だろう。

掘り出したのは筑前国《ちくぜんのくに》（現在の福岡県）志賀島《しかのしま》の百姓だったとか、印面には「漢委奴《かんのわのなの》国王《こくおう》」の五文字がきざまれているとかいう青春のめざめとは何の関係もないことを、私もたしか高校生のころ習ったおぼえがある。そうそう、教科書にはぴかぴかと不自然なほどかがやく金色《きんいろ》の印章の写真も添えられていたっけ。

そんなわけだから、その朝、

銀印が出土

京都の発掘現場から

という見出しを朝刊の一面に見つけたときは、

「あっ」

私はおどろきのあまり、口にくわえた食パンをぽとりと床に落としてしまった。食パンには、左官屋か！と自分で自分に言いたくなるほどピーナッツクリームがたっぷり塗ってあったのだが。

金印ではなく、銀印。

新聞記事の内容は、以下のようなものだった。

京都市右京区鳴滝本町《なるたきほんまち》、世界遺産仁和寺《にんなじ》から西へ約六百メートルのところの発掘現場で、純銀製の印章があらわれた。印面はほぼ正方形で、一辺の長さは約二・四センチ、高さは約二・二センチ。鈕《ちゅう》（突起状のつまみ）は蛇《へび》のとぐろを巻いた姿をうつした蛇鈕《だちゅう》。すなわち、大きさもかたちもあの志賀島の金印にきわめてよく似ているということ。ただし印面の字はわからない。損傷があまりにも激しいからだ。発掘調査を担当している京都市埋蔵文化財研究所の所長、横川友徳さん（56）は「時間をかけて念入りに調査したい」と表情をひきしめているという。

私は椅子をひき、食パンを手でひろいつつ、

「……そんなものが、出土するとは」

うめき声をあげてしまった。情況は惨憺《さんたん》たるものだった。私はべっとりと汚れた床を

ふき、あとしまつをして、椅子にすわりなおした。それから少したためらった末、もったいないから食パンは口におしこんでしまう。そうしてつぶやく。

「こりゃあ、たいへんなことになる」

私はこのとき、非衛生的な行為を反省したのではない。銀印そのものにおどろいたのでもない。いや、それどころか、じつを言うと銀印になんか毛ほども関心がなかったのだ。私はもっと別の理由から、この新聞記事に、心の平静をうしなっていた。

2

案の定。

携帯電話に、学長から連絡が来た。ただちに出勤し、学長室に出頭せよと言う。私はおもい足どりで自宅マンションを出て、地下鉄に乗り、勤務先であるZ大学の門をくぐった。私はここの造形学部の准教授なのだ。本部棟九階の学長室のドアをノックして、なかに入ると、学長はどうやら机の上のパソコンで書きものをしていたようだった。すばやく立ちあがり、ポケットに手をつっこんで、

「新聞は読んだな、佐々木君？」

この人はいつもこうなのだ。おはようもなし、天気の話もなし。こちらも単刀直入に、

「銀印の記事ですね？」

「そうだ。これが現物だ」

ポケットから小さな銀細工をころんと机にほうり出した。私はつかつかと歩み寄り、じかに指でつまむ。新聞の写真で見たとおりの外見だった。土は洗ってあるけれど、純銀らしい光沢はまったくない。かなり黒ずんでいる。

「よく埋蔵文化財研究所がゆるしましたね、持ち出しを」

「こっちは地主だ。文句は言わせん。どう思う？」

「どう思う……とは？」

私が首をかしげてみせると、学長はすっと目をほそめて、

「とぼけるのはよせ。私はこいつの真贋《しんがん》について聞いている。この銀印はほんとうに太古のむかしの、あの有名な金印とおなじ時期につくられたものなのか。それとも後世のくだらん贋作なのか」

「贋作でしょう」

私は即答した。その判断の根拠もすらすらと述べた。あの有名な金印は、中国の正史『後漢書《ごかんじょ》』東夷伝《とういでん》に出てくる「印綬」にあたるとされている。後漢の建武中元二年（五七）、光武帝が日本の奴《な》の国王におくった印綬だというのだ。日本の延暦十三年（七九四）に桓武《かんむ》天皇が遷都してはじめて一国の首都となった京都市内からは、

「どう考えても、出土するはずがありません。そのころの京都は、ただ集落が点在するだけの原野にすぎなかったんじゃないでしょうか」

「そうか」

「そうですよ、学長。だいたい銀っていうのは素材がやわらかく加工が容易で、酸化しやすく、黒ずんだ古色がつけやすい。贋作づくりには格好の素材なんです」

「よく知ってるな、佐々木君」

学長はわずかに笑った。この人が誰かを褒めることはめったにない。私もつい調子に乗って、

「このくらいは基礎教養の範囲ですよ。そういえばあの新聞記事も、どことなく信じてないような書きぶりだったなあ」

「ほんものだ」

学長は、ぴしゃっと言った。私は口をあけたまま、目をぱちぱちさせて、

「……は？」

「ネクタイをなおせ。教師がみっともない恰好《かっこう》をするな」

「す、すみません」

私はあわてて銀印を机にもどし、両手を首もとにやる。学長は銀印をつまみあげ、

「こいつはほんものだ。ほんものであるべきしろものなのだ。何しろ右京区鳴滝本町の、

うちの新キャンパスの建設工事にともなう発掘現場から出たのだから」

Z大学長、樽坂一蔵《たるさかいちぞう》。

学者としての業績はほとんどないが、そのかわり、理財の才はありあまるほど持っている。

数年前、アメリカの巨大投資銀行の破綻をきっかけに世界中で金融危機のあらしが吹き荒れたとき、日本でも有名無名の大学がつぎつぎとデリバティブ取引による百億単位の損失を出して世間様をさわがせたのは記憶にあたらしいところだが、わが大学の学長は、むしろその危機に乗じて四十三億円の利益をあげるという離れわざを演じてみせた。日本唯一の例だったろう。さっそく「週刊東洋経済」の記者がとんできて、

「どのような方法で？」

と聞いたら、学長はすずしい顔をして、

「投資先を変えただけだ。ウォール街のいわゆる逆張りをしたヘッジファンドにね」

「リスクの大きいご決断だったと思いますが、学内のコンセンサスはどのように得たのですか？」

「コンセンサス？」

学長は目を見ひらき、さもさも意外だという顔をして、

「君は森で栗《くり》をひろうのに、わざわざ他人の同意を求めるのか？」

以後、Z大学における彼の権力は絶対的になった。学長選挙は対立候補があらわれず無投票再選となることが毎度だったし、経済学部出身なのに経済がわかる、というのは学内で交わされる人物評のなかでももっとも陳腐なものになってしまった。

そういう経営の神様が現在いちばん熱中しているのが、そう、世界遺産仁和寺から西へ約六百メートルのところを舞台とする新キャンパス建設事業にほかならない。京都市による発掘調査は、それに先立つものだった。

「佐々木君」

学長は銀印に目を落とし、言葉をつづけた。

「私が何を言いたいか、鋭敏な君ならわかるだろうな」

不幸なことに、私はもちろんわかってしまった。

「……その銀印がほんものであれば、新キャンパスのまたとない宣伝になる。わが校の名前に箔《はく》がつく。ゆくゆく世間の評判になり、受験者数がのび、偏差値が上がる。ですね、学長」

「ゆくゆくではない。来年だ。あの埋蔵なんとか研究所の所長は『時間をかけて念入りに』などとほざいていたが、役人め、冗談じゃない。ハンコ一個の素性を知るのに二年も三年もかけられてたまるか。経営にとって大切なのはスピーディネスだ。すぐに数字にあらわれる要素なのだ。わかるな、佐々木君」

「はい」

私はみじかく返事をしただけだったが、内心、ちょっぴり学長に同情しないでもなかった。じつを言うと、今回の新キャンパス整備計画は、

「薬学部」

新設にともなうものなのだ。そもそも私たちのZ大学は戦前のZ画学校が母体であり、いまも文学部、経済学部など五学部のなかでいちばん学生数が多いのは造形学部、いわゆる芸術をまなぶ学部。しかしこの樽坂一蔵という人は、学長の座に就いたとたん、

「芸術は、金にならん」

という確固たる信念にもとづいて、よりいっそう「金になる」薬学部の設置認可取得のために奔走しはじめた。その奔走がようやく実をむすぼうとしているいま、彼はむしろ、期待よりも不安に胸をふるわせていると私は見たのだった。

何しろその新設のためには予想外の出費がかさんでいる。大学の財政上、もはや無視し得ないところまで支出がふくらんでしまっている。学内からは不満が続出しているし、なかにははっきり、

「辞職しろ」

と言う教授もいるという。

「というわけで」

と、学長はつづけた。内心はともかく、顔つきは平静そのものだった。

「佐々木君、君にはこいつが正真正銘、古代のほんものであるという結論を出してもらう。それ以外の結論はいらない。半月以内にだ。わかったな。退室してよし」

銀印をひょいと放ってよこした。小学生が消しゴムの貸し借りをする程度の、ぞんざいきわまる手つきだった。私はかろうじて両手でキャッチして、

「あ、あの」

「何だ」

「私、専攻は西洋史なんですが。ルネサンス期イタリアの……」

「基礎教養の範囲なのだろう？　退室」

腕をのばし、ドアのほうを指さした。えらいことになったと思いつつ、私は体の向きを変え、ドアに向かう。と、

「ひとつ忘れていた」

背後から声がとんできた。私はふりかえり、

「何です？」

「新聞記者から聞いたんだが、今週の土曜日、島根県出雲《いずも》市のホテルで、邪馬台国《やまたいこく》論争の年次大会があるそうだ」

「は？　邪馬台国？」

私はあんぐりと口をあけた。学長はうなずいて、

「そうだ。古代の卑弥呼《ひみこ》の王国だ。あれが現在のどの土地にあったかという比定をめぐっては、九州説と近畿説があるという。どっちにあろうが私はかまわんが、世の中には、そうは思わん暇人《ひまじん》が多いようだ。彼らは年に一回、一堂に会して大いに喧嘩《けんか》しあうんだそうだが、その今年のぶんが今週末におこなわれるわけだ。君もそこに顔を出せ。ひょっとしたら有益な情報が得られるかもしれん」

ははあ、そういうことか。私はようやく笑顔になって、

「それは誤解です」

「誤解？」

「はい、学長。しろうとにありがちな誤解ですよ。もともと金印と邪馬台国のあいだには何の関係もないんです」

おなじ日本史の教科書のおなじ最初のところに出てくるから印象がこんがらかるのだが、じつは金印と邪馬台国のあいだには約二百年の差がある。より正確に言うなら、日本列島における邪馬台国の隆盛は、中国（後漢）の光武帝による奴国王への金印下賜の約二百年後の現象なのだ。

この数字は、こんにちに置きかえるなら、さしずめ文化文政の第十一代将軍・徳川家斉《いえなり》と、平成の内閣総理大臣・小泉純一郎との治世のちがいにあたるだろう。すなわち、

「学長は世間受けを意識するあまり、ついつい邪馬台国にまで気がまわってしまったのでしょう。しかしまあ、どうでしょうか。大学が人気取りに走りすぎるのも……」

とまで言ったのは、われながら調子に乗りすぎだった。学長はみるみる不機嫌そうな顔になって、

「私に説教する気か？」

「あ、いや」

「とにかく行け。わかったな」

こぶしで机をどんと叩《たた》く。私はくるっと逃げ出した。

3

「……というわけなんです。神永《かみなが》さん」

銀印をそっと手わたしつつ、私はそう言った。

ここは京都ではない。東京だ。学会の下準備のため出張してきたのだが、しかし仕事が終わるや、私は同僚にわかれを告げ、ひとりでパブ「エレファント」に来た。いつものとおりカウンター席にすわり、いつものとおり一杯のギネス・ドラフトを注文する。

左の席には、いつものとおり神永美有《みゆう》。

この美術鑑定の天才は、ふわっと両手でつつみこむように銀印をもって、

「ふーん」

かすかに困惑の色を浮かべている。やっぱり無価値なものだったかと思うと私はもう耐えきれず、

「甘み？　苦み？」

聞いてしまった。何しろこの神永美有という男、ほんものを見れば甘みを感じ、にせものに接すれば苦みを感じるという世にもまれな舌のもちぬしなのだ。世界中のあらゆる鑑定家の目をすりぬける巧妙きわまる贋作も、この神永の舌だけはごまかすことができないだろう。
五、六秒ほど間《ま》があいた。
神永は、遠慮がちにほほえんで、

「これ」

自分の前のカップを指さした。この夜、ただ一か所いつもとちがうのは、神永が私とおなじものを飲んでいないことだった。本業のほうの美術コンサルタントの仕事で徹夜したため、酒は具合が悪いのだとか。私は肩を落として、

「苦み、ですね」

カップのなかは、コーヒーの黒い液体でみたされていたのだ。砂糖はひとつぶも入っ

ていない。私は、両手を頭のうしろで組んで、

「やっぱり、ほんものじゃなかったんだ。うーん……学長にどう説明しようか」

「すみません。佐々木さん」

私はあわてて顔の前で手をふり、

「神永さんが悪いわけじゃないんですよ。学長のやりかたが無茶苦茶なんだ」

と弁解したが、神永はしかし、

「定量分析しましょうか。検査会社に知り合いがいますから、この銀印がどんな成分をふくんでいるか化学的に判定してもらいましょう」

心底から迷惑をかけたという様子で申し出た。

これが神永美有なのだ。天才にありがちな性格のゆがみ、行動の奇異がまったくなく、もっぱら秩序と調和をこのむ。この男がほかの誰かを面罵するなどとても考えられないのだ。私は、

「それはいい。ぜひ」

身をのりだした。もちろん神永の舌を信用していないせいではない。学長への説明を意識したからだった。何しろあの人は経営の神様であり、Z大学の集金装置であり、その脳血管はすみずみまで黒い数字がながれている。甘み、苦みというような感覚的な要素をもちだしたところで納得しないだろう。科学的データが明示できるなら、それに越

したことはないのだ。

神永はコーヒーを飲んでしまうと、立ちあがり、銀印をハンカチにつつんで鞄《かばん》にしまって、

「それじゃあ佐々木さん、今夜はこれで」

まだ八時半にもなっていない。私はひきとめようと思ったが、

「あ、そうか。ゆうべは徹夜だったんですね」

「それもありますが、あしたは出張旅行することにしました」

どちらへ？　とでも聞くべきだったが、非礼にもあっさり聞きながして、

「神永さんも出張なんですね。私もあした、島根県出雲市へ行くんです。例の、邪馬台国論争の年次大会とやらに顔を出すつもりです」

「そうですか」

「どうしてそんな場所でやるのかふしぎだったんですが、事情を聞いたら納得しました。近畿だと九州説派がおこりだす、九州だと近畿説派がボイコットする、そこで両者の中間地域でやるのが毎年の決まりなんだそうです。去年は広島だったらしい。おとなげない話ですよね」

「そうですね」

神永はさからわない。カウンターのむこうのマスターと目礼など交わしている。私が

つづけて、

「きっと何の意味もないと思いますがね。もともと金印と邪馬台国は、何の関係もないんだから」

と言うと、神永はきゅうに天井を見つめだした。何かを思い出すように口のなかでぶつぶつ言うと、私のほうへ、

「いや。少しは関係あるんじゃないかな」

4

これは神永の言うとおりだった。本を買って読んでみたところ、私のほうが事実誤認をおかしていたことが判明したのだ。

なるほど邪馬台国は志賀島の金印とは何の関係もない。約二百年のちがいがある。がしかし、それとは別の、いわばもうひとつの金印となら大いに関係があるのだった。

そのことは、中国の文献「魏志倭人伝《ぎしわじんでん》」の、邪馬台国に言及した箇所を見ればあきらかだ。原文は岩波文庫などでかんたんに手に入るから、ここでは私の試訳のみお目にかけることとしよう。

景初三年（二三九）六月、倭の女王・卑弥呼は、使者ふたりを魏の明帝のもとへ派遣した。魏の明帝は、卑弥呼に対し、このように言った。

「お前ははるばる私のところに使者ふたりをよこし、男四人、女六人、および綿布を献上した。その忠孝の心はたいへんよろしく、愛顧に値することである。こちらからは『親魏倭王』の称号と金印紫綬をさずけよう。お前の使者ふたりにも、それぞれ官職をさずけ、銀印青綬をあたえよう」

卑弥呼も金印をもらっていたのだ。ややこしいから年表ふうに整理すると、

西暦　五七年　〇金印
後漢の光武帝　↓　奴国王
西暦二三九年　×金印
魏の明帝　↓　卑弥呼
同　△銀印
魏の明帝　↓　卑弥呼の使者ふたり

ということになる。〇は現物が出土したもの（志賀島）、×は未出土のもの、△は今

回の疑惑の物件。「魏志倭人伝」の文章からは銀印は二個もらった――ふたりの使者がそれぞれもらった――とも読めるけれど、まあ常識的に考えれば国家の信任そのものというべき途方もない貴重品。やはり彼らは、ふたりで一個を日本に持ち帰ったと見るのが正しいだろう。

邪馬台国と銀印は、とても深い関係があったのだ。

これじゃあ例の論争もひどく盛りあがるだろうな。私は飛行機のなかで一抹の不安を感じたが、やはりと言うべきだろう。出雲空港に到着し――愛称は「出雲縁結び空港」だそうだ――、電車に乗りこみ、駅前のホテルの会場にもぐりこむや、まっ先に聞こえてきたのは、

「これで近畿説の勝利は決まりました！」

という壇上の人の高らかな宣言だった。客席は、ぜんぶで二百人くらいだろうか。万雷の拍手と、おなじくらいの大きさの、

「何を言うとっと！」

「正しいのは九州説に決まっとろう！」

などという罵声。壇上の人はきれいな銀髪の老婦人で、ふだんは品がよさそうな感じだが、いまは声をかすれさせて、

「みなさんも新聞等での報道はご覧になりましたでしょう。銀印の発見。何とまあ、す

ばらしいことではありませんか。何しろ私たちのこれまでの議論は、あまりにも大ざっぱにすぎました。『魏志倭人伝』に記された『南渡一海千余里』とか『水行十日陸行一月』とかいう荒っぽい数字をもとにして魏からの道のりを算出しようとしたり、あるいは卑弥呼の使者のひとりが『都市《づし》』という名前であることをつかまえて但馬国出石《いずし》の出身者だなどと固有名詞を強引にむすびつけようとしたり。やはり文献学には限界があったのです。そこへ今回の事実の一撃！　銀印が京都から出たということは、邪馬台国は近畿にあったに決まってるでしょう。物的証拠がすべての議論をふきとばしたのです！」

　この演説は、すらすら進んだわけではない。ときには拍手により、ときには罵声により、中断を余儀なくされた。私はいちばんうしろで立って見ていたのだが、客席は、Tをさかさにした「⊥」の字の通路で仕切られている。前方左が九州説、前方右が近畿説の信者のエリアらしい。後方の横幅のひろい領域はどうやら一般聴衆の席らしく、ここからだけは拍手も罵声もわきあがらない。おそらく主催者側が地元島根の愛好家を招待したのだろう。罵声は当然、もっぱら前方左の客席から飛んだ。

「京都からなんておかしいやないと。近畿の王権は奈良にあったはずやけん」

「そうたいそうたい」

「銀印はにせものだ」

「志賀島の金印はほんもの」

「ほんとうの銀印は、いまでも九州のどこかに眠っとう」

「降りろ降りろ。もう帰れ！」

壇上の老婦人は、なかなか態度がりっぱだった。口ぎたない野次にも何度もうなずいてみせたばかりか、こんなふうに真正面から議論に応じたりもしたのだった。

「たしかに奈良ではなく、京都から出たというのは大きな問題です。しかし古代の大和政権がそのまま発展していわゆる天皇家の朝廷になったとすれば、遷都のたびに銀印も持ちはこばれた可能性があります。行きつく先は京都になる」

内容そのものは推測の域を出ないけれど、私は彼女に好意をもった。こういう人がいるのなら自分も近畿説に加担してもいいかな、そう思ったほどだった。

講演が、終わった。

休憩時間になった。私は会場をぬけだし、控室のドアをノックする。老婦人はまだ息をきらしつつ椅子にぐったり腰かけていたが、私に気づくと立ちあがり、ていねいにお辞儀をしてくれた。私が、

「Z大学から参りました。このたびの銀印一件の、まあ担当者みたいなもので」

と自己紹介すると、彼女はぱっと顔をあかるくして、まるで友達の娘の結婚ばなしで

も聞いたみたいに、

「それはそれは。おめでとうございます。大学のいい宣伝になりますね」

「いや、それは……」

「わたくし田井由美子《たいゆみこ》と申します。本日はわざわざお越しくださってありがとうございました」

口調がやわらかい。やっぱり品のいい人なのだ。失礼ながら、あなたのような穏和な方がどうしてあんな好戦的な演説をするんですかと質問すると、田井さんは少しこまったように、

「ほんとにね。ふだんはただの主婦なのにね」

彼女によれば、もともとこの大会はのんびりしたものだった。単なるアマチュアの集まりだから専門的な知見は追究しないし、知識の量も問うことはない。九州の人は九州説で、近畿の人は近畿説でそれぞれチームを組んで論争する、というより論争にかこつけてお国自慢をしあうというのが元来の趣旨だったらしいのだ。いわば一種のスポーツイベント。

「それが近ごろじゃあ、邪馬台国を観光客の誘致のために利用しようっていう風潮がさかんになりましてね。行政もからんで、地元の飲食店が口を出すようになり、スポーツがほんものの戦争になっちゃったんです。お金のことを考えると、人間、みんな余裕が

「なくなっちゃうのね」

「わかります。よーくわかる」

私がしきりに首肯したのは、むろん勤務先の学長の顔を思い出したせいだった。しかしまあ、それはそれとして、

「田井さん、差し出がましいようですが、そんな仕事はあなたには似合わないような気がします。演説はべつの誰かにおまかせになって、こんな大会からは足をあらったら……」

「そうはいかないんです」

「なぜ？」

「わたくし、もう三十年も近畿説のみなさんの世話人をやってるんですもの、死んだ父が内藤湖南先生のお弟子だった関係で。演台にも十五年も立ってます。いまさら辞めるとは言い出せません」

内藤湖南。

戦前の京大教授だ。専攻は東洋史学だが、もともとは学者でも何でもなく、雑誌「日本人」や大阪朝日新聞などをわたり歩いた記者だった。政治がらみの記事もずいぶんたくさん書いたようだ。しかし勉強と蒐書《しゅうしょ》と著述をかさね、四十歳のとき、京都帝国大学史学科にまねかれた。

びっくりしたのは、世間だった。

というか世間だけだった。ふだんから湖南の学識を知る者にとっては、意外でも何でもない人事だったのだ。

けれども湖南は師範学校しか出ていない。博士どころか文学士ですらない。そんな「無学」なやつが権威ある帝国大学の教官になるなどという前例はなかったから、形式にこだわる文部省の役人が、

「孔子様でも教授にはできぬ」

と最後まで首を縦にふらなかったというのは有名な話だ。ともあれ湖南は京大に就いた。その生涯の学問的業績をたった一言であらわすならば、おそらくそれは旧幕時代以来の伝統的な「漢学」を、近代的実証的な「東洋史学」に転換させたということになるだろう。その碩学《せきがく》が、

「いったい邪馬台国に何の関係があるんです？　あの人は中国史の人じゃありませんか」

私は聞いた。これは私がうっかりしていた。田井さんはガーゼで傷口をつつむような笑顔になって、

「でもね。湖南先生、じつは京大に就任してはじめて書いたのは『卑弥呼考』っていう邪馬台国に関する論文なんです。よっぽど古代中国の文献の読みこみに自信がおありだ

ったんでしょうね」

「あ、そうか」

私はようやく思い出した。内藤湖南のこの論文はたしか明治四十三年（一九一〇）に発表されたものだが、おなじ年に、もうひとり東京帝大の白鳥庫吉《くらきち》という東洋史学者がやはり『倭女王卑弥呼考』というよく似たタイトルの論文を発表している。もっとも論旨は正反対で、内藤湖南は近畿説の、白鳥庫吉は九州説の立場を鮮明にした。一般の愛好家をも巻きこんだ火花をちらすような邪馬台国論争は、そもそもは、この京大東大の両教授のぶつかりあいにはじまったのだ。

「そうでしたよね、田井さん？」

「はい。じつは私たちの論争大会も、第一回はその次の年におこなわれたんですよ。ことしで九十六回目」

「九十六回！」

「戦中戦後の数年間をのぞいては、毎年欠かさずやっています」

つまり私は、そういう長い伝統をもつイベントに顔を出しているわけだ。もっとも、田井さんにとっては、むしろその歴史の厚みが重苦しいという面もあるのだろう。彼女がいまさら邪馬台国との関係を絶つことができないのは、いうなれば、古代史よりも近代史にしばられているからなのだ。

「で、佐々木先生」

田井さんは、きゅうに背すじをぴんとさせた。私も気をつけをして、

「はい」

「銀印は、ほんものなんでしょうか」

まなざしは、期待にみちている。

しかしそれは単純な色ではなかった。こんな野次とののしりの大狂宴にもしも終止符が打たれるのならよろこばしいという正の希望と、そうなったらやっぱり少しさみしいという負の感傷のいりまじった複雑な色。私はただ、

「わかりません」

ほんとうは明快にわかっている。神永が苦みを感じた以上、にせものに決まっているのだ。いずれ議論はふりだしにもどり、大会は千回以上つづくだろう。

会話が、とぎれた。

気まずい沈黙のなか、私たちは突っ立ったまま首を下に向けるばかり。

と、ホテルのスタッフなのだろう、制服すがたのあまり若くない女性が入ってきて、

「そろそろ休憩時間が終わります。田井様、よろしくお願いします」

「あ、はーい」

と田井さんは明るく応じてから、私にだけ聞こえる声で、

「ほんとはもう演壇になんか立ちたくないんだけど……まだ質疑応答があるから。気がおもいわ」

「わかります」

「でも、これも湖南先生にさずかった仕事。よかったら、またくわしく銀印のこと聞かせてください」

「はい。それはもう」

田井さんは部屋を出た。私も出る。カーペットの敷かれた廊下でわかれを告げると、私は、ジャケットの胸ポケットから電話を出した。着信一件あり。発信者は神永美有。急いで私はかけなおす。すぐに小さなスピーカーから、

「神永です。すみません、ご出張先まで」

という真水《まみず》で洗ったような声があふれ出る。私は、そういえば神永もどこかへ旅行してるんだっけ、どこだっけと思いながら、

「いえいえ。何か？」

「定量分析の結果が出たんです。検査会社につとめる知り合いが、優先的にあつかってくれました。佐々木さんに速報をと思いまして」

「ご配慮に感謝します。何か特殊な成分でも？」

「そういうわけじゃないんですが……鉛が」

「なまり？」

神永は、具体的な数字を挙げた。あの銀印はおもに八十七パーセントの銀、四パーセントの鉛から成り、そのほか鉄、亜鉛、銅などが微量ふくまれるという。私は、

「ありがとうございます、参考になりました」

と言って電話を切った。参考どころの話ではない。金属工学のキの字も知らない私にはさっぱり意味がわからなかった。

ところが、それから三十分もたたないうちにわかったのだ。ホテルから一歩も出ずに。私にはめずらしい、順調すぎる展開だった。もしも私がそのとき島根県出雲市にいなかったら、もしもほかの都市にいたとしたら、きっとこうはいかなかったと思う。出雲大社の縁結び、案外ばかにならないかもしれない。

5

京都にもどったのは夜だったが、私はまっすぐ勤務先の大学に向かった。到着すると、学長秘書室へ電話して、

「すぐに学長に会いたいんです。いそがしい？　銀印の件だと伝えてください」

即座に面会をゆるされた。学長室へ入るや、樽坂学長はにこりともせず、

「よい知らせか。悪い知らせか」

「後者です」

私は、出雲市のホテルでのできごとを述べた。あのとき私は、神永からの電話を切ると、

「田井さん！」

老婦人の背中へ呼びかけたのだった。何しろホテルの廊下だから声がまわりの壁やじゅうたんへ溶けるように吸いこまれたが、彼女はふりかえり、

「え？」

「僭越《せんえつ》ですが、私に演台に立たせてもらえませんか。いや、論争そのものに参戦する気はありません。私はただ銀印の真贋をはっきりさせたいんです。……ここは島根。きっと知ってる人がいるはず」

最後のことばは、われながら自分に言い聞かせるみたいだった。

田井さんはすぐさま関係者に話をつけ、式次第を変更してくれた。やはり自分が矢面に立たずにすむことに多少とも安堵《あんど》したのだろう、彼女はふたたび会場に入ると、うれしそうに事情を説明し、マイクを私に手わたした。私は、

「こんにちは」

約二百人を前にして、おもむろに口をひらいた。大学の教師はこういうとき緊張する

ことはない。

「飛び入りをお認めくださり、ありがとうございます。もっとも私はここで何かの主張をするつもりはありません。またその能力もありません。私はただ、この場でみなさんに教えを乞いたいだけなのです。特に、そのへんの方々」

腕をさしのべ、くるりと輪を描いてみせた。例のさかさの「⊥」の字の――いまの私の位置からは正しいTの字の――通路で仕切られた中央からうしろ、地元の人の一般席のところ。私はつづけた。

「みなさんは、こういう催しに足をおはこびになるくらいです。さぞかし歴史に興味がおありなのでしょう。そこでうかがいたいのですが、島根県がほこる世界遺産・石見銀山《いわみぎんざん》では、そのむかし、どのようにして銀を製錬していたのでしょうか。山から掘り出した原料鉱石から銀だけを抽出する、その方法が知りたいのです」

たちまち聴衆の何人かが立ちあがり、順ぐりに知識を披露してくれる。ありがたいことだった。なかには訛《なま》りがきつすぎて少しわかりづらい人もいたけれど、とにかく彼らの話を総合すれば、この日本を代表する銀山では、

「灰吹法《はいふき》」

が、おこなわれていた。

銀をふくむ原料鉱石に、まず鉛を加えて加熱する。すると銀と鉛がむすびついた貴鉛《きえん》

坩堝《るつぼ》に入れるのだ。と呼ばれる合金が得られるので、これを坩堝のなかには、あらかじめ灰を敷きつめておく。

その上にこの合金をのせる。ふいごで空気を吹きつけながら——ここから灰吹法という名前が生まれた——加熱に加熱をかさねると、もちろん合金は液体になるが、鉛がさらさらお湯のように灰にしみこんでしまうのに対し、銀はぷっくりと水滴状のまま灰の上にのこるのだという。きれいに鉛と銀がわかれるのだ。

この表面張力のちがいを利用した製錬法により、純度の高い銀が得られる。石見銀山の発展は、すなわち灰吹法の発展にほかならなかった。日本では、明治以前までもちいられた製錬法だという。

いまの私の関心に、じゅうぶんかなう知識だった。

私は満足とともに出雲空港を飛び立ち、京都にもどり、こうしてZ大学で学長に対峙《たいじ》しているというわけだ。学長は立ったまま、腕を組んで聞いている。私はさらに説明をつづけた。

「定量分析の結果によれば、あの銀印には、四パーセントもの高い割合で鉛がふくまれていました。これは原料が灰吹法による製錬を経たものである可能性がひじょうに高いことを意味します。おそらく加熱が不十分だったか何かの理由により、分離されずに残ってしまったのでしょう」

学長は、靴の先でとんとんと床を鳴らしながら、

「要するに、何が言いたいんだね？」

「もしもあの銀印の銀がもともと石見銀山で生産されたものだとしたら、あの銀山が本格的に稼働をはじめたのは室町時代末期です。どう考えても邪馬台国の時代にはさかのぼれません」

「ほかの銀山は？　日本にはほかにも、兵庫県の生野銀山、秋田県の院内銀山などがあっただろう」

「どこでも事情はおなじなのです、学長。そもそも灰吹法という製錬法そのものが室町時代にはじまったんです」

「ふん」

学長はあざけりの笑みを浮かべると、机をまわり、椅子にすわって、

「なかなかおもしろい話だったが、佐々木君。残念ながら君はどうも根本《こんぽん》のところを忘れているようだ。そもそもあの銀印は、ほんものならば――ほんものに決まっているが――日本製などではない。魏の代の中国でつくられたものなのだ。中国では古くから冶《や》金術《きんじゅつ》がそうとう高度な域に達していた。灰吹法くらいお手のものだろう」

「そのとおりです。しかしその技術の高度さが、この場合はかえって銀印がにせものであることの積極的な証拠となってしまいました」

「どういうことだ？」

「もういちど定量分析の結果を見てみましょう。銀の割合は八十七パーセント、これはかなりの品位の低さです。鉛の量が多すぎる。魏の皇帝が、はるばる日本から来た女王の使者にあたえる権威ある品物のためにもちいる材料だとは思えないんです。もっと良質の銀を使うはずでしょう」

「魏のころといったら、西暦二〇〇年代なのだろう？　それほど製錬技術は高くないのではないか」

「逆です、学長。銀はむしろ古代においてこそ純度の高さが求められたのです。何しろ貨幣として流通していたわけですから。まあこれは学長には釈迦《しゃか》に説法でしょうが、ほんのちょっとの品位の低下がとんでもない社会的混乱をひきおこしかねないんで、古代の権力者はことさら銀の純度には注意をはらったんですね。中国の魏だけじゃない、イスラエルやギリシアの諸都市でもおなじでした。日本の灰吹法がようやっと室町時代に実用化されたというのは、世界史的にはかなり遅いほうなんです。魏の皇帝が銀印に使うなら、少なくとも九十パーセントはこえなければ」

「だとしても、それがただちに日本産だという結論を出すための論拠にはなるまい？」

「いや、灰吹法が出た時点でそれは確定的なんです。もともと明治以前の日本は他国から銀を輸入することはなかったし、明治以後の輸入銀はアマルガム法という鉛ではなく水銀をつかう製錬法でつくられているし。もっとも平安時代には多少中国から輸入したようですが、これは取るに足りない量でした」

反撃の芽をつぎつぎと摘み取ると、学長はあきらかに不愉快そうな顔をした。飼い犬に手をかまれる、というような気分を味わっているのかもしれない。私はサラリーマンとしての身の危険を感じた。解雇、免職、などという縁起のよくない熟語がちらちら脳《のう》裡《り》に浮かばなかったと言ったらうそになる。がしかし、決しておべっかを使う気ではなく、

「ご安心ください、学長」

私はとつぜん、にっこりした。学長はくいっと片方の眉をもちあげて、

「安心？」

「あの銀印には、ほかの歴史的価値があるのです。それを大学の宣伝に使えばいい」

「その価値とは？」

「ソーマ銀」

徳川幕府成立前後、つまり西暦一五〇〇年代から一六〇〇年代にかけて、石見銀山は最盛期をむかえた。灰吹法による製錬を経たきわめて上質な銀が、それこそ滾々《こんこん》たる泉のように山から人間の世へあふれ出たのだ。年間銀産高一万貫（約四万キログラム）、これは当時の全世界の生産量の十五分の一にあたるというからすさまじい。ちょうど布

教のため日本に来ていたイエズス会の宣教師フランシスコ・ザビエルも、故国へ書いた手紙のなかで、

「日本ほど銀のある島はない」

と感嘆したという。黄金の国ジパングなどとよく言うが、実際はむしろ銀の国だったわけだ。

こういう大量の銀に目をつけたのが、イギリスやオランダの商人だった。

彼らはこの銀を、石見国佐摩《さま》――銀山の守護神をまつる佐毘売山《さひめやま》神社があった――の地名からソーマ銀と名づけて買い入れ、中国へはこんだ。そうして麝香《じやこう》、絹、陶磁器などと交換した。

おそらく銀は安かったのだろう、ときには銀で金《きん》を買って大もうけというような話もあったというから、当時すでに樽坂学長のような目はしのきく人はいたわけだ。経済は近代の独占物ではない。

もちろん、こんな一方的な輸出超過は永遠につづいたわけではなかった。徳川幕府が、いわゆる、

「鎖国」

を断行してオランダ人以外の西洋人を追放し、そのオランダ人もぜんぶ長崎の出島へおしこめて完全に管理下に置いてからは、世界に冠たるソーマ銀もひたすら日本国内の

市場へまわされることになった。地球経済におよぼす影響はけっして小さくなかっただろう。いずれにしても、

「これは胸がわくわくするような話じゃありませんか、学長」

私はさらに説得をかさねた。学長はやっぱり仏頂面のままだったけれども、

「だって、そうでしょう。古代のころはたかだか中国の皇帝から銀印一個もらって大よろこびしていた日本人が、千三百年後にはむしろ何万貫という銀を中国へおくり出すほうの国民になった。その国民的発展のいわば象徴たり得るのが、この日本の銀でつくられた中国の印なのではないか。いまはまだ銀印の正体はわからないけれど、どうだ諸君、うちの大学でこの歴史の謎をといてみないか……っていう感じで学習意欲をうんと刺激してやれば、中学生や高校生はきっと反応しますよ。彼らはいずれ、うちの大学を……」

「志望してくれる？」

「はい」

「薬学部へ？」

「どの学部でも」

「甘いな、佐々木君。きょうびの受験生は学習意欲で大学はえらばん。名前と偏差値と話題性でえらぶだけだ」

「うーん……」

ことばにつまった。私はもうちょっと受験生というものを信じているが、かといってこの銀印をめぐる仮説がそれほど魅力的だとは自分でも思わない。もっと破壊力のある、もっと壮大な仮説でなければ若者の向学心はつかめないだろう。だいいち銀印の真の正体はこれだと明示できていないのでは宣伝文句のつくりようがない。

私は、少し考えてから、

「それじゃあ、話をもうひとまわり大きくしましょうか。学長」

「はい。銀印は、中国なんかじゃない。オランダで製作されたと」

「話を大きく？」

「オランダ」

学長が腰を浮かし、がたんと椅子を引いた。私はしめたと思いつつ、うなずいて、

「当時のイギリス人やオランダ人は、日本でたっぷり銀を買ったあと、つねに中国へ向けて船のかじを切ったわけではないでしょう。直接本国へもちこんだこともあったはずです。そこでアムステルダムあたりの銀細工師が、そうとは知らずに日本産の銀でもって中国ふうの印章を製作した可能性もないとはいえない。当時のヨーロッパは中国趣味の大流行、いわゆるシノワズリの前駆期にあたりますから」

われながら無理がある。いくら何でも銀印の製作地はオランダだなんて。だいいちそ

れならあの銀印にはそれはそれで文化史的価値が生じるわけで、神永の舌がはっきり苦みを感じたことと矛盾する。私は自説を撤回しようとした。ところが学長は、目をいっぱいに見ひらいて、

「ほんとうか、佐々木君？」

私は頭に手をやり、ことさら冗談めかして、

「いやあ学長、ほんとうかどうかは。何しろ壮大な仮説ですから」

「そうか。仮説か」

学長は椅子にすわりなおし、声を低めた。けれども心のさざなみは静まらないようで、万年筆のキャップを開けたり閉めたり、机のひきだしを引いたり押したりと意味不明の行動をくりかえしている。何かへんだなと思いつつ、

「何かお考えでも？」

と私が聞くと、学長はとつぜん私を見あげ、ひどく真剣なまなざしで、

「それ、大学の宣伝に使えないか？」

6

神永の出張先は、長崎だった。

ふつうならば用がすめば飛行機でまっすぐ東京へ帰るところ、わざわざ途中で降りて京都へ来てくれた。Z大学の私の研究室のドアをノックして、

「おみやげです。食べませんか？」

研究室にはいちおう簡素なソファとテーブルがあるのだが、どちらも本をたかだかと積みあげた平積み台と化している。羽衣でそっと一なでしただけでも大崩落を起こしかねない状態なのだ。私はあわてて最小限の空間をつくり、神永をすわらせた。紅茶をいれ、ティータイムということにする。

長崎みやげは、カステラだった。

神永というのはわからない男で、こと美術品や文化財に関してはあれほど非凡な感覚をほこるいっぽう、旅行のおみやげに関しては非凡だったためしがない。この前の札幌のときは六花亭のバターサンドだったし、横浜のときは崎陽軒のシウマイ。まるっきり定番をえらぶのだ。

しかしまあ、神永にもらうものなら何でもうまいのもまた事実。私はカステラを手でむしゃむしゃ食べながら、

「……というわけなんです」

きのうの一連のできごとを明かした。もっとも、私としては学長とのやりとりを主たる話題にしたつもりだったのだが、神永はむしろ出雲市のほうに食指をうごかしたよう

で、

「その田井さんっていうご婦人、毎年、その論争の演台に立ってるんですか？」

紅茶をすすりつつ、ひどく現実的なことを聞いた。私は、

「ええ、もう十五年も。ほかに申し出る人がいないんだそうです。やっぱり心理的な負担が大きいんでしょう。実際あの罵詈雑言《ばりぞうごん》の集中砲火はすごいものでした」

「邪馬台国近畿説をとなえるほどなら、やはりお住まいも近畿なんでしょうね？」

「お父さんの師である内藤湖南が晩年をすごした家のちかくだって言ってました。恭仁《くに》山荘のことでしょう」

「加茂のへんですね」

私はうなずいた。加茂というのは京都府内の地名であり、近畿に属するのはたしかだが、実際には地理的にも文化的にも奈良寄りで、Z大学からは電車で一時間半はかかるだろう。けれども神永はとつぜんティーカップを置き、かちゃんという音を立てて、

「会いに行きましょう」

「えっ？」

私は目をまるくして、

「今夜なら、もう出雲から帰ってきてるでしょうし。すみませんが、佐々木さん、先方に電話して約束をとりつけてもらえませんか」

「疲れてるんじゃないかなあ。悪いですよ」

私はそう反論したが、神永はめずらしく強い口調で、

「白状するまで追いつめてやる」

いたずらっ子のような顔をした。

私はカステラを呑みこみそこね、息がとまった。いたずらっ子というより、いっそ、いじめっ子の顔ではないかと思ったのだ。私は念のため、

「以前からのお知り合いなので？」

と聞いたが、神永は言下に、

「知りません。顔も知らない」

7

こんなに意地悪な神永美有を、これまで見たことがあっただろうか。

いや、ない、と自分で明確に否定したくなるくらい、それくらい神永の態度は居丈高だった。内藤湖南の旧邸である恭仁山荘から南西へ数百メートル、昭和末期につくられたとおぼしき住宅地のなかの一軒家の玄関のドアをあけるや、

「あなたが犯人なのでしょう。田井由美子さん」

品のいい老婦人は、立ったままきょとんとして、

「何のことかしら」

「とぼけてもむだです」

神永は勝手にあがりこみ、ずかずかと廊下を歩いてリビングに入った。立ったまま壁に体をあずけ、腕を組んで脚を組むという鼻もちならない姿勢になって、

「あなたが銀印を贋造して、こっそりZ大学の新キャンパス建設予定地に埋めたんだ。Z大学が命運をかけた聖なる地に。そうでしょう田井さん」

「あらあら、お若い人。コーヒーでもいれましょうか。カフェオレでもかまいませんよ。何を根拠にそんな話を？」

「あなたのお父さんは、内藤湖南の弟子でした。そうしてあなたも湖南と同様、邪馬台国近畿説を信奉している。いや、むしろ湖南よりもあなたのほうが近畿説にはるかに強くこだわる理由があったはずだ。毎年毎年、論争大会の演壇に立つという具体的な責任を負っているわけですから」

「佐々木先生からお聞きになったのね」

田井さんがキッチンに立ち、私のほうへ目をやったので、私はうつむいてしまった。彼女からの信頼をみじめに裏切ったような気がしたのだ。神永は、いよいよ舌鋒《ぜっぽう》をするどくした。

「あなたが銀印の捏造《ねつぞう》を思いついたのは、近畿地方のどこかから銀印がひょっこり掘り出されれば、現物一発、すべての議論をふきとばして近畿説の勝利を謳《うた》うことができる、そう計算したからでしょう。実際、きのうの演説でも、よろこび勇んでそういう主張をしていたと聞きましたよ。佐々木さんから」

「やめてくれ。私の名前を出さないでくれ。私が意味もなくきょろきょろしていると、田井さんはケトルを火にかけながら、

「夫がたまたま出かけていてよかったわ。こんな光景、とても見せられないもの」

ため息をついた。そうして、神永をまっすぐ見すえて、

「お名前は？」

「神永美有」

「神永さん。あなたのお話はおもしろいけど、重大な欠陥がありますね。もしも湖南先生のご遺志を継ぐつもりなら、私は、銀印を、奈良県に埋めなければならなかったんじゃないかしら。京都じゃなくて」

それはそうだ、と私も思った。もしも邪馬台国が近畿のどこかにあったとしたら、それは強大な権力のあつまる大和国のどこかであり、それ以外ではなかったろう。内藤湖南も大和国しか想定してはいなかったはずだ。おなじころの京都など、単なる集落が点在するだけの原野にすぎなかったのだから。

神永はふふんと鼻で笑って、

「大和国といっても広いですからね。かりに邪馬台国がそこに存在したと決まっても、こんどはそのどこに存在したかで議論がわかれる。新たなけんかの火種になる。もう三十年ものあいだ近畿説の信奉者の世話人をやっているあなたとしては、チームの結束がみだれたのでは元も子もないわけです。それならいっそ京都のほうから出土させよう、なぜ京都かの説明はまたあらためて考えようとあなたは皮算用したんです。あなたにとって大切なのは歴史の真実などではない、単なる仲間の親睦だったんだ」

「だとしても、京都市内には発掘現場がつねに無数に存在します。その無数のなかからわざわざZ大学の敷地をえらんだ理由は何なのかしら?」

「学長・樽坂一蔵氏の人品骨柄を熟知していたからです」

「存じあげません。そんな偉い方」

「経済雑誌を読めばわかります。いや、新聞やふつうの週刊誌でもいい。何しろ世界的な金融危機のあらしのさなか、四十三億円もの利益をあげた人ですからね、彼をとりあげた記事なら一度くらい目についたでしょう。あなたはおそらくこう思った。自分の大学から銀印が出れば、この人ならばきっと宣伝に利用する。ぬけめなく世間に吹聴してくれる。そうでしょう?」

「そ、それは……」

田井さんが口ごもったとき、玄関のチャイムが鳴った。

「あらあら、お客さん。行かなきゃ」

これ幸いとばかりキッチンを出て、ぱたぱたと廊下を走り去る。ふたたび田井さんが私たちの前にすがたをあらわしたとき、彼女のうしろには、見おぼえのある年配の男の顔があった。

「あ、学長」

反射的に私は気をつけの姿勢になる。Z大学学長・樽坂一蔵は、

「佐々木君。こんなところで何をしている？」

「悪者退治ですよ」

と答えたのは私ではない。神永美有だった。田井さんはキッチンに立ち、機械じかけの人形のようにコーヒーカップをならべはじめる。

「悪者退治？」

学長が眉をひそめると、神永は彼女の背中を指さして、

「ええ。この田井由美子さんという人、とんでもない文化的犯罪者だったんです。貴学の新キャンパスの建設予定地にこっそり銀印を埋めこんで世間をたぶらかし、あなたの名声を利用したのですよ。学長さん、あなたは被害者です。新たな宣伝材料の登場にぬかよろこびさせられたばかりか、聞くところによれば、じつは銀印はオランダ製だった

などというばかばかしい説にまで飛びついたそうじゃありませんか」

神永め。

私は腹が立った。そのばかばかしい説を思いついたのは私なのだ。たしかに自分でも完璧とはほど遠いと思っているが、他人に言われればやっぱり癪《しゃく》だ。どれ、ここは田井さんに味方しようかと心がかたむきかけたところへ、田井さんがふりかえり、

「申し訳ありませんでした」

よわよわしくおじぎをした。肩幅がひとまわり小さくなったように見えた。神永は胸をそらして、

「すべては私の言ったとおりですね？」

「はい。そのとおりです」

「何か言い足したいことは？」

「湖南先生に申し訳ない。それだけです」

「ご覧なさい。やっと白状しましたよ」

神永はどうだという顔をしてみせた。山から蛇をとってきたガキ大将みたいに学長のほうへ二、三歩ちかづき、

「さあ樽坂さん。どうしますか？」

「どうしますか……とは？」

「決まってるでしょう。マスコミに公表するのは当然として、そうですね。田井さんに対して貴学のこうむった損害の賠償請求をおこなうとか、彼女のうそが見ぬけなかった佐々木さんに減給処分を科すとか。懲戒免職でもいい」

言いながら、神永はなおも学長に詰め寄る。

「う、うう」

学長は一歩あとじさりして、壁にどんと背中をぶつけた。そのあごを下からのぞきこむようにして、神永は、

「どうしました、樽坂さん？」

「あ、いや」

「ご決断を。はやくご決断を」

ケトルは、まだ火にかけられている。しゅうしゅうという手をこすりあわせるような音を立ててお湯を沸騰させている。田井さんはこっちを向いてうなだれたまま微動だにせず。神永は、いらだちもあらわな表情になって、

「樽坂さん、未練はもう捨ててください。こんなもの、もはや百円玉一枚の価値もないんだ」

大声をあげるや否や、ポケットに手を入れた。そうしてハンカチにも紙にもつつんで

いない、むきだしの銀印を取り出して、ガス台に直行した。

ケトルをとなりの五徳にうつす。青い炎が背のびをする。しかし火を消すことはせず、逆にめいっぱい強火にした。神永は、箸立てに差してあった菜箸をとり、銀印をつまむと、

「こんなもの」

炎のなかへ突っ込んだ。銀の融点は九六一・八度、都市ガスの炎は一七〇〇度。ほどなく水飴《みずあめ》のようになるだろう。

「ま、待て」

学長がとんとん泳ぐように神永にちかづいた。神永は、頑固な焼鳥屋のおやじよろしく炎をじっと見つめながら、

「何です?」

学長は、とうとう口をひらいたのだった。

「いや、わかった。正直に言う。すべては私がしたことだ」

べつだん、おどろかない。

神永は銀印をあぶる手をぴくりとも動かさないし、田井さんは軽く肩をすくめただけ。かく言う私にしたところで、この衝撃の告白をほとんど雑音のように聞きながし、つぎの展開を注視するばかりだった。そもそも神永はこの家へ来るとき、近鉄電車の急行の

車両のなかで、

「そうだ、佐々木さん」

ほんのついでという感じで私に依頼したのだった。

「私たちふたりだけが訪問者というのはおもしろくない。樽坂さんもおさそいしましょうよ。事情を話せば、きっと来ると思うなあ」

「樽坂？　うちの学長を？」

「ええ。もっともあの人は財産家だそうだから、私たちのように電車じゃなく、きっとタクシーで来るでしょうね。目的地の住所もあらかじめお教えしておくほうがいい」

私はごとんごとんという車輪が線路の継ぎ目をふむ音をぼんやりと聞きながら、何となく、真相を察したのだった。

だから私は、

「神永さん。それじゃあ私は、田井さんの家にも、もういちど電話するほうがいいんですね？」

「どうして？」

「だって、神永さん、田井さんといっしょに一芝居うつつもりなんでしょう？　学長にうしろめたさを感じさせ、自白をひっぱり出すために」

ずいぶん大げさな仕掛けだが、逆に言うなら、そうまで大げさにやらなければあの敏腕家の学長はみずから罪をみとめはしないのだ。

「田井さんへは、あらかじめ出演依頼をしておかないと。でしょう?」

私が片目をつぶってみせると、神永は、あたかもはじめて気づいたというふうに手をたたいて、

「そうでした、そうでした。佐々木さん、お願いします」

神永はこの家に来るやいなや、田井さんに向かって頭ごなしに非難をあびせた。真犯人だと決めつけた。彼女がこの芝居にしっかり乗ってくれたのは、もちろん事前の依頼もあったからだし、また彼女自身、あの銀印の正体が知りたいという思いが強かったせいでもあるだろう。しかしまあ、それにしても、さすがはあの論争大会の演壇に十五年も立ちつづけた歴戦の勇者。ふたりは初対面ながら、もう完璧に息が合っていたのだった。

そんなわけで、私はこの家に来る前にはもう、

「学長が、埋めたんじゃないか」

と、かなりの程度、心の準備をしていた。いまさら学長が罪をみとめたところで驚嘆すべき理由はない。神永にも、田井さんにもなかっただろう。われわれはギャンブルに勝ったのだ。

しかしそれはそれとして、私には、この時点でまだわからない点がふたつあった。ひ

とつは動機だ。私はようやく進み出て、

「学長」

「何だ。佐々木君」

「どうして発掘現場に銀印を埋めたりしたんですか。もちろん昨今の少子化の時勢にかんがみて、受験者数をふやすべくZ大学の存在を世間にうったえたかったというのも一因でしょうが、しかし学長ほどの方なら、ほかの手も打てたはず。わざわざ文化的犯罪をおかす必要は……」

学長はちらちらと銀印のほうを気にしつつも、こちらへ体を向け、

「真の理由が知りたいと?」

「はい」

「かんたんだ。万が一ばれたときのことを考えたからだ。うちの大学の敷地内なら、私なら不法侵入には問われんだろう」

「遺物も埋めました」

「家のあるじが庭に花のたねを埋めたら、それは犯罪になるのか?」

学長は即座にきりかえしたが、その口調はどこか強がりに聞こえた。私もいっそう声をはげまし、

「ほんとうは、学長も邪馬台国近畿説の信奉者だったとか?」

「邪馬台国？　そんなもの、どこにあろうが現代経済には関係なし」

「じゃあなぜ。なぜこんな手のこんだまねを……」

私がなおも追及しようとすると、学長はぎこちない笑みを見せて、

「君はじつに頭のにぶい男だな、佐々木君。ここまでにぶいとは知らなかった。君のような立場の人間にとっては、この件に関しては、もっと大事なことがあるはずだろう？」

もちろん、ある。

私にとって何よりも大切な謎は、現代経済などにはない。過去の厖大《ぼうだい》な人間のいとなみ、厖大な技術、それらの生んだ厖大な品々《しなじな》……要するに歴史のなかにこそ存在するのだ。私は唇をひきむすび、ふたつめの疑問を口にした。

「あの銀印、ほんとうはいったい何なんですか？」

ガス台のほうを指さした。神永がやっと私たちの話に気づいたという感じで、

「おっ」

菜箸をひっこめる。銀印は、かろうじて滅びの業火から解放されたのだった。

あの銀印は、古代のものではない。

景初三年（二三九）、魏の明帝から日本の卑弥呼へおくられた正真正銘の印璽《いんじ》ではあり得ない。それは確かなことだけれども、しかし同時に、とにかく灰吹法で製錬された

品であることもまちがいないのだ。あの銀印の原料は、おそらく近世の石見銀山で産出されたものだった。

むろん日本国内のほかの銀山である可能性も大きいが、かんじんなのは場所ではない。それが近世につくられたということだ。

ここで言う近世とは、室町時代末期から徳川時代初期のあいだ。西暦でいうと一五〇〇年代から一六〇〇年代にかけてだ。それはそれで歴史的価値を有するだろう。そういう地金《じがね》でつくられたこの銀印、ほんとうはいったい何なのか。

私は、わからない。

学長も、もう口をひらかない。学長以外にただひとり正しい答を知っているはずの神永は、横へ来た田井さんと楽しそうにおしゃべりしている。田井さんが、

「あらあら、お若い人。うちを火事にするつもり？」

とか何とか言いながら、水道の蛇口をひねり、グラスに水を入れたのへ、

「いやいや、ごめんなさい。理科の実験を思い出すなあ」

などと無邪気にほほえみながら、神永が銀印をほうりこむ。白煙がかすかに立ちのぼり、じゅっという音がしたような気がした。どうやら、かたちは損なわれなかったらしい。

ガスの火は、まだついたままだ。神永はその上にケトルをもどし、田井さんへ、

「カフェオレがいいな。砂糖をたっぷり入れてください」

「はいはい」

田井さんはもうコーヒー豆を挽《ひ》きはじめている。ほんものの母と子のような仲のいいやりとりを、私と学長は、ただ静かに見まもるしかできなかった。

8

翌日の昼。

私は、JR京都駅にいる。

東京へ帰る神永を見おくりに来たのだ。新幹線の発車にはまだ少し時間があるが、私たちふたりは改札口をぬけ、新幹線コンコースの待合室に入った。やわらかい長椅子にならんですわるや、私は、

「結局、私がいちばん正しかったんだ」

うんと胸をそらしてみせた。神永はくすりと笑って、

「そうですね。いかにも佐々木さんらしい、構想ゆたかな仮説でした。あの銀印が、地金は日本産ながら、じつは地球の裏側のオランダで鋳造されたものだったというのは。すばらしい」

「ほんとうにそう思ってます？」

「もちろんです。どうして？」

「神永さん、きのう田井さんの家で『ばかばかしい』って言ってたじゃありませんか。私の目の前で」

神永ははっはっはと笑ってから、手を合わせるまねをして、

「申し訳ない。学長さんを追いこむため、やむを得ず」

「どうかなあ。学長はおなじ説を聞いたとき、まがりなりにも『大学の宣伝に使えないか？』って聞いてくれたんですよ。神永さんよりは好感がもてるなあ」

むろん、これも冗談だ。神永はちらっと腕時計を見てから、

「もっともまあ、私はその話をうかがったからこそ、学長さんが犯人だという確信をいっそう強めたわけですけどね。オランダという国名にそんなに激しく反応するくらいなら、これはもうまちがいないと。それで私はいろいろ考えて、無実の田井さんも巻きこんで、学長さんを自白に追いこむ作戦を敷いたわけです。うまく行ってよかった」

結局、田井さんの家で、学長はすべてを打ち明けた。

ほんとうはあの銀印は何だったのかという私の問いに対しても、ぶっきらぼうに、

「シーボルトの遺品」

私には、予想外の返事だった。思わず、

子供みたいに頭をかかえてしまったくらいだった。

フィリップ・フランツ・フォン・シーボルトも、日本史の教科書における重要語句のひとつだろう。金印がそのいちばん最初のページのものだとしたら、シーボルトの名は、さしずめ半分すぎあたりのものか。徳川時代後期に来日した、オランダ商館付の医師だ。オランダ商館付だから、勤務地はもちろん長崎の出島だった。

まだ二十七歳の若さのシーボルトは、このたかだか四千坪しかない人工島におしこめられ、ただの一歩も出られない生活を強いられる……はずだった。それが鎖国体制を敷いた幕府治下の日本での、当然のオランダ商館員のつとめだったのだ。彼らは出島を「国立の牢獄《ろうごく》」とまで呼んだという。

ところがシーボルトは、一週間に一度、出島を出ることをゆるされるようになる。三キロほど内陸に入ったところの山すその地に、

「塾」

をかまえ、そこへ通いはじめたためだった。幕府公認の通勤生活のはじまりだった。

なぜなら彼は名医だった。内科、外科、眼科、産科、婦人科の諸学に通じ、しかも腹水穿刺《せんし》をはじめとする西洋式の手術でもって幾多の難病患者のいのちを救った。シーボルトの雷名がたちまち四方にひびきわたり、病人があつまったのは当然のことだったろ

「ええっ？」

う。聖書のキリストのようなものだ。しかしこのとき、或る意味では病人以上にシーボルトを慕った人々がいる。日本の蘭学者たちだった。

おなじ長崎市内はもちろんのこと、江戸、阿波《あわ》、三河、周防《すおう》、陸奥《むつ》……日本全国のこころざしある学者が続々とこの青い目の医者のもとに馳《は》せ参じ、教えを乞うた。

その数、五十名以上。

なかには高野長英、伊東玄朴、美馬順三、二宮敬作というような、のちに日本の代表的な蘭学者になるような俊秀も多かったが、いずれにしても、こういう大人数を受け入れる以上、シーボルトの塾は大規模であらねばならなかった。完成したのは母屋が二棟《ふたむね》に離れが三棟《みむね》、そのまわりを生垣でかこむという充実した施設。せまい出島の内側ではとうてい成立し得ないものだったろう。

と同時に、この塾は、一般の病人のための診療所にもなっていた。おまけにシーボルト自身、ここで新しい知見のための研究をかさねたから（彼専用の書斎にはガラスの障子がしつらえられたという）、この塾は、いわばこんにちの大学病院のような役目を果たしていたことになる。

そういう日本医学史上の巨人であるシーボルトが、

「いったい何の遺品をのこしたんです？」

私はそう質問をした。学長はぶすっとした表情で、

「さじ」

「え？」

「匙《さじ》だよ、匙。スプーンだ」

「どんな形状の？」

「柄《え》の長い、先っぽの皿の部分の小さい……」

「耳かきのような？」

「そうだな。それがいちばん近い」

私はその瞬間、思わず天をあおいでしまった。

樽坂学長、何というもったいないことをしたのだろう！　当時の西洋の医者がそういうかたちの銀器を所持していたとしたら、十中八九、それは薬匙《やくさじ》にちがいないのだ。薬をはかる計量スプーン。シーボルト由来の薬匙ならばそれだけで文化的価値が高いばかりか、

「新キャンパスの宣伝に、ぴったりだったじゃありませんか」

わざわざ発掘現場に埋めこんで「出土」させるなどという小細工をしなくても、学長がふつうに大学に寄贈するだけで世間の注目はあびられたのだ。新設される薬学部にとって、シーボルトの銀の薬匙は、ご神体にも似たシンボルになり得たことだろう。学長は、その可能性をつぶしたのだ。

いや、これはものの喩《たと》えでも何でもない。

学長はそれを文字どおり鋳《い》つぶしたのだ。告白によれば、学長は岡崎（左京区）の古美術商からその薬匙を数百万円で買い入れたものの、べつの大阪の古美術商から、「こんな棒きれが、歴史的遺産であるはずがない。古美術商にだまされた」と吹きこまれ、いまいましく思うようになった。それで今回、新キャンパス建設にともなう発掘調査がおこなわれるにあたり、自宅ちかくの町工場にそれをもちこんで鋳つぶし、銀印にしてしまったのだという。

腹立ちまぎれ。

の、せいばかりではないと思う。

おそらく学長はあせっていたのだ。何しろZ大学の学内では、薬学部新設にともなう予想外の支出に対して不満が続出しているところなのだから。なかにははっきり「辞職しろ」と言う教授もいるという。学長はそんな劣勢をはね返すため、あえて今回の暴挙に出たのだった。

この場合、学長には、シーボルトの薬匙をそのまま大学に寄付するという選択はあり得なかった。万が一それが大阪の古美術商の言うようににせものだった場合、立場はさらに悪いものになるからだ。それならばいっそ薬学とは何の関係もない、「銀印」

という新たな歴史的遺物をでっちあげるほうがいいだろう。学内の批判もかわせるし、しかもいっそう世間受けがしやすい。……学長はきっとそう考えた上、それを町工場にもちこんだのにちがいなかった。

銀印の鋳造は、かんたんだった。

誰かから福岡旅行のおみやげにもらった金印の原寸大のレプリカをもとに石膏で型をつくり、そこへ銀の薬匙をさらさらと高熱でとかして流しこめばいいだけだった。ともあれ、これで、

「神永さん。あなたの舌が甘みを感じなかった理由が、やっとわかりましたよ」

私はなおも待合室の長椅子にすわりつつ、となりの神永へ言った。

頭上のスピーカーからは、つぎの新幹線の到着時刻を告げるアナウンスの声がてきぱきと落ちてくる。神永は苦笑いして、

「惜しい品でした」

「ええ。ほんとうに惜しい品だった」

私は心の底から言った。何しろ素材の銀は日本の山から掘り出され、日本で製錬され、ソーマ銀か何かになって海のむこうのオランダにわたり、そこで加工されて薬匙になった。そうして医師シーボルトとともに日本へもどり、変転のあげく二百年後に京都の古美術商の手にわたり、さらに樽坂学長の所有に帰して鋳つぶされてしまったのだ。私は

つづけた。

「あの銀印には、もちろん何の価値もありません。しいて言うなら素材の銀が近世の日本で製錬されたという点がややめずらしいけれど、そんな銀はいまでも貨幣などのかたちで数多くのこされていますからね。価値は高くない」

神永が複雑な表情のまま、

「惜しい品でした」

と、もういちどつぶやいたとき、頭上のスピーカーが新しい情報をもたらした。神永の乗る便がもうじき到着するという。

「そろそろ、行きましょうか」

私たちふたりは待合室を出て、ホームにあがった。風がつめたい。横にならんで歩きながら、私は、

「まだひとつ、疑問がのこってるんですが。神永さん」

「何です？」

「神永さんは、最初に東京で私から銀印の話を聞いた時点で、もうシーボルトにまで思いを馳せていた。そうでしょう？　だからこそ次の日に長崎に行こうと決めることができたんだから。しかしいくら神永さんが天才でも、今回ばかりは千里眼がすごすぎる。超能力だ。どうして一足とびに結論に達し得たのか、私には正直、さっぱりわからない

んです」

「千里眼でもないんだけどなあ」

と、神永は、小学生の算数の問題でも解いてみせるような口調で、

「地名です。どっちもおなじ鳴滝じゃありませんか」

「あっ」

私はつい声をあげ、まわりの人々をふりむかせてしまった。

なるほど、そういうことだったのか。わが大学の新キャンパス建設予定地は右京区鳴滝本町、そしてシーボルトがあの大規模な塾をかまえたのも、長崎の、おなじ名前の土地だった。だからこそあの塾は、こんにち、

「鳴滝塾」

と呼ばれているのだ。

あとで調べたところによれば、まんざら偶然というわけでもないらしい。京都の鳴滝はもともと古歌にも詠まれた歌枕であり、そのゆかりを汲《く》んで徳川時代初期の長崎奉行・牛込なにがしという人物がおなじ名前を長崎郊外の山すその地につけたのだという。つまり両者は、いわば本家と分家の関係なのだ。

もちろん神永はそんなこまかいところまで知らなかったろうが、しかしひとたび鳴滝という地名の一致からシーボルトを連想することができれば、当然、薬学部=医師とい

う次の連想にも思いがおよぶだろう。そこに人為のにおいも嗅ぎつけられれば、その体臭のみなもとが学長その人であることを察するためにはほんの少しのひらめきがあれば足りる。超能力でも何でもないのだ。

私はホームを歩きながら、両手を頭のうしろで組んで、

「あーあ。やっぱり学長の言うとおりだ。私はにぶい男だなあ」

この嘆きは、神永の耳にはとどかなかったらしい。というのも神永は、

「おっ」

目をほそめ、前方を注視したのだ。前方にはキヨスクがある。お弁当やビールや雑誌がならぶ、ごくふつうの売店だ。神永は私のほうを向いて、

「ちょっと、買いものをしたいんですが」

「どうぞどうぞ。ここで待ってます」

私は立ちどまり、神永の背中を見おくった。もどってきたとき、神永は、両手にたくさん紙ぶくろをさげている。

「東京の、オフィスのみなさんに？」

と私が聞くと、神永はにっこりして、

「ええ、おみやげです。もう何日も留守にしてしまいましたから」

神永はけっして暇人ではない。いまや東京の一等地に事務所をかまえ、何人ものスタ

ッフを手足にしているわが国随一の美術コンサルタントなのだ。

「私がこうして仕事ができるのも、彼らに支えられているからです。たまにはおいしい京都のお菓子をごちそうしなきゃね」

神永はそう言うと、足どりも軽く新幹線に乗りこんだ。好意のオーラが全身ににじみ出ている。たくさんの紙ぶくろのなかにあるのは、きっとぜんぶ八つ橋の箱なのにちがいなかった。

異教徒の晩餐

北森　鴻

北森　鴻（きたもり・こう）
一九六一年〜二〇一〇年。駒沢大学卒。九五年に『狂乱廿四孝』で鮎川哲也賞を受賞しデビュー。九九年、『花の下にて春死なむ』で日本推理作家協会賞受賞。同作が皮切りの〈ビアバー「香菜里屋」〉シリーズ始め、骨董・民俗学ミステリー〈蓮丈那智フィールドファイル〉〈旗師・冬狐堂〉各シリーズ、博多ピカレスク〈親不孝通り〉シリーズ他、『蜻蛉始末』『共犯マジック』『暁英　贋説・鹿鳴館』など多数が読み継がれている。

1

丼に残る最後の出し汁を、うっすらと浮かぶ鴨《かも》の脂《あぶら》とともに飲み干すと我知らずのうちに深い溜息《ためいき》を吐《つ》いていた。

──うっ、うまいな。しみじみとうまい。

生粋の京都人ならば冬の味覚といえば熱々の鰊蕎麦《にしんそば》に決めを打つところであろうが、あいにくの異《い》・京都人《きょうとじん》、しかも少年時代を坂東《ばんどう》の水に慣れ親しんだ僕としては、やはり蕎麦は関東風に限る。それも脂の乗りきった鴨の胸肉と京葱《きょうねぎ》をごま油で照りつけ、濃いめの出し汁を注いだ《鴨なんば》こそは、貧乏山寺の寺男に許される至高の贅沢《ぜいたく》と信じて疑わない。名ばかりの三寒四温、いまだに真冬の候としかいいようのない京都に住まう身ならば、なおさらのことだ。

「あんなあ、次郎《じろう》ちゃん」

カウンター越しに店の大将が、あきれたように声を掛けてきた。

「あんじょう、おいしかったわ。やっぱ大将の作る鴨なんばは最高やね」

「そら……褒めてくれるンは嬉《うれ》しいんやけど」

「うちのご住職は一年三百六十五日精進料理でも平気らしいけど、僕はあかん。かなわんで、今朝かて茶粥《ちゃがゆ》に香の物一品だけやもの。たまにはこうして脂ものを身体《からだ》に入れんと、身ィがもたんて」

「あんなあ、次郎ちゃん。うちはその、ナ」

北野白梅町《きたのはくばいちょう》から歩いてほどない住宅地の一角に「寿司割烹《すしかっぽう》・十兵衛《じゅうべえ》」の暖簾《のれん》を掲げる大将が、憤懣《ふんまん》やるかたないといった表情で、同じ言葉を繰り返した。彼の言い分がわからぬではないが、敢《あ》えてとぼけることにした。たった今食したばかりの関東風の鴨なんばは、店の正式なメニューではない。大将が気が向いたときにだけ自ら蕎麦を打ち、常連の客にのみ供される限定裏メニューなのである。いわばサービス商品だからこそ、

「ご馳走さん。身体が温まったわ」

僕は五百円一枚を財布からとりだし、カウンターに置いた。

この値段で出すことができるのである。

「たまには他のものも食べてもらわんと、うちは大損や。ネタケースの中のもん、見てんか。今日は寒鰤《かんぶり》のええのん入ってるし、こっぺ蟹《がに》かて食べ頃やで」

「なにをいうてんの。僕はこれでも禅寺に奉職する身やで。生臭もんを口にするわけに

はいかん」

「鴨は生臭もん、ちゃうの」

「それは、気分の問題」

「アホクサ！　えらい身勝手なことやな」

「禅問答ちゅうのは、そういうもんやで」

　こうしたやりとりは今に始まったことではない。いわば日常的お約束とでもいうべき会話で、大将もこれ以上の無理強いはせぬし、僕もさして気にしない。席を立とうとしたその時、

「やっぱり、ここだあ。アリマ〜ジロウ！」

　自ら元気以外に取り柄はないと宣言するかのような、能天気な声が店内に飛び込んできた。僕の隣に腰を下ろすなり、

「おじさん、寒鰤のいいところを切ってちょうだい、それにこっぺ蟹、ええっとウニももらおうかな」

　傍若無人ともいえる注文の主こそは、自らを「大悲閣千光寺《だいひかくせんこうじ》の守護神」といって憚《はばか》らない、要するに怖いものしらずを地でゆく折原《おりはら》けいである。至極当然のように「すべてけだものアルマジロのつけで」と言い置くあたり、こいつの性格が滲《にじ》んでいる。切実にそう思う。

「悪い冗談はやめてんか。京都屈指の貧乏寺やで、大悲閣は。そこの寺男にそないな贅沢が……って大将！　刺身を切ったらあかんて、蟹の甲羅をはずしたらあかんいうてるやないの」

当方の必死の叫びにもかかわらず、大将の握りしめた包丁は流麗ともいうべき動きでまな板の上を輪舞し、菜箸はまな板皿に箱庭さながらの風景を作り上げてゆく。

「冗談よ。天下のみやこ新聞エース記者が、人様にたかるわけがないじゃない」

ましてや貧乏寺男の財布なんか当てにするもんですかと、またしてもいわずもがなの一言を付け加えて、折原けいは完成したまな板皿を受け取った。

「んー、この寒鰤の照りの良さったら、ああ、ウニが粒だってる！」

さっそく鰤の切り身を口に入れるや、憎たらしいほどの至福の表情が折原の顔に広がった。こうなったら当方もご相伴に与《あずか》る以外ないと、箸を伸ばしたところへ、

「次郎ちゃん、あんたお寺に奉職する身として生臭ものは口に入れンと、さっきいうてたやないか」

大将のあきれかえった声が掛かったが、当然の事ながら耳の後ろに聞き流すことにした。

嵐山《あらしやま》の渡月橋《とげつきよう》からさらに大堰川《おおいがわ》〜保津川《ほづがわ》沿いの山道を歩くこと二十分。人里離れたという言葉がかくも正確に聞こえる場所を他に知らない辺境の地に、大悲閣千光寺はある。

高瀬川開削《かいさく》で知られる角倉了以《すみのくらりょうい》を中興の祖とし、かの芭蕉《ばしょう》翁もこの地を訪れて一句詠《よ》んだ――その句碑が今もある――とされるれっきとした名刹《めいさつ》だが、今はその面影は何処《どこ》にもない。生粋の京都人でさえも、その存在を知る人は少ないと陰口を叩《たた》かれる、いや、陰口さえ叩かれない由緒正しき貧乏寺である。詰まるところ、縁あってそこの寺男を務める僕の懐が豊かであるはずがない。

「もの持てる者が、持たぬ者に喜捨《きしゃ》する。これ乃《すなわ》ち仏縁なり」

改めて箸を手にしたまま合掌したのち、僕はウニの一片をつまみ上げた。舌先に海のヨードをたっぷりと含んだ甘みが広がるや、その場は一瞬にして法悦境と化した。

――なんという、うまさや。

何年ぶりかに味わう海の恵み、その余りの見事さにいつの間にかテーブルに燗酒《かんざけ》の徳利《とっくり》が置かれたことにも気づかないほどだった。

「これは？」

「わたしの奢《おご》りよ。おいしい肴《さかな》に般若湯《はんにゃとう》は欠かせないでしょう」

折原がそういって、猪口《ちょこ》に酒を注いだ。

「そりゃまた、気の利いた……気が利きすぎて気持ちが悪い」

「いやならいいのよ、いやなら」

「失言やった。ありがたく頂戴いたします」

猪口の中身をくいと飲み干し、折原の気が変わらぬうちにと手酌でふたたび猪口を満たす我が身が少なからず不憫《ふびん》に思えたが、まあ仕方がない。

「それにしても、ようここが判《わか》ったね」

「みやこ新聞の情報網を舐《な》めちゃ困る……といいたいところだけど、実はご住職に聞いたの。そしたらたぶんここだって」

口に含んだ燗酒を、思わず噴き出しそうになった。

「なんで？　ご住職がこの店を知ってはるン」

「あのねえアルマジロ君」

「有馬《ありま》次郎や」

「あなたはご住職と何年向き合っているの。あの人に隠し事なんてできるわけないじゃない」

「うっ⁉」

息を詰まらせ、確かにそりゃそうだと納得しながら、僕は別のことを考えていた。折原けいが僕の所在を探し求め、なおかつウニのつまみ食いを許したばかりか熱燗まで提供した。その事実の持つ重みについて、である。もっと露骨に表現するならば、厭《いや》な予感が背筋をゆっくりと、ゆっくりと大名行列のように過ぎてゆくのを感じたといってよい。思わず上目遣いに折原を見るのと、その視線の先から「とっころでねえ、ア〜

ルマジロ〜」という猫なで声が返ってくるのがほぼ同時。先ほどの予感が実感に切り替わった瞬間でもあった。

「人になにをさせるつもりやのん」

「大悲閣も桜の季節までは暇なことだし」

「余計なお世話や」

暇なのはいつものことだとまではさすがに口にしなかったが、僕の口調には相当に棘《とげ》があったはずだ。無論、敵がそのようなことを毛ほども気にするはずがないことも、十分承知の上であったが。

「人手が足りないのよ。アルバイトしよう！」

「君なあ、前のことをもう忘れたんか」

「なんか、ありましたっけえ」

「とぼけたらあかん」

ひと月ばかり前のことだ。いつものことながら暇をかこつ当山にやってきて、同じ口調、同じ提案をしたのは他ならぬ折原だった。「どうせ暇やから、お手伝いしてあげたら」という住職の言葉に素直に従った、僕も愚かだった。ある運送会社に潜り込んで十日ほどアルバイトをして欲しい、そこでおかしなことがないか探って欲しいという、折原の言葉に従ったのだが……。

「あの運送会社、盗難品専門の故買屋《こばいや》やないか」

「だから君に頼んだんじゃない」

折原の言葉に、僕はもう一度酒を吹きこぼしそうになった。

――まさかこいつ……僕の昔の稼業に気がついて。

「なによ、おかしな目つきなんかしちゃって。だいたいねえ、故買屋なんて危険な場所に、うら若き乙女が潜り込めるわけないじゃないの。ましてや表向きは運送会社なんだから」

「なるほど……ね」

折原らしいと僕は納得し、別の意味で安堵《あんど》した。

彼女にいわれたとおり、面接を受けて潜り込んだ運送会社は、裏で盗品の頒布《はんぷ》ルートを確保する故買屋だった。それを知ったときの驚きといったら、ない。一歩ダークサイドに足を踏み入れると、見知った顔ぶれが出てくる、出てくる。それはかつての同業者であり、商売敵たちだった。僕が大悲閣の世話になる以前、関西広域を荒らし回った窃盗犯であった頃の悪《あ》しき記憶を呼び覚ますだけの、二度とは会いたくない連中。が、幸いなことに、連中は僕には気づかなかったようだ。裏の稼業に従事していた当時、盗品の処分に際して別の人間を立てていたのが良かったらしい。それでもアルバイトの十日間は、冷や汗の連続であったことに変わりはない。

おまけに、だ。

「あれ、折原やろ」

「はい？　なーんのことかしらん」

「とぼけたらあかん」

アルバイト四日目のことだ。事務所に到着するなり僕は上層部の、ということは故買屋の中核に当たる連中の異様な空気に気がついた。京都府警による内偵が進んでいる、との噂《うわさ》がどこからかもたらされたのである。疑心暗鬼の眼《め》が、当方に向けられたことはいうまでもない。

「ほんま、無茶苦茶しよんな。下手うったら命のやりとりになるところや」

「大丈夫よ、けだものアルマジロは、逃げ足だけは良さそうだし」

「そないな問題、ちゃうやろ」

すぐに大悲閣に身元の確認が行われ、住職のお墨付きによって事なきを得たから良かったものの、荒事になっても不思議ない事態であった。

「結果、連中があわてふためいたおかげで、盗品の隠蔽《いんぺい》場所をスクープすることができたんだもの。その後京都府警の手入れが入って、連中は一網打尽。本当にアルマジロには感謝してるのよ」

「せやから、論点がずれてるいうてんのんが、わからんか？」

「あら、そうかしら」

要するに、折原が求めたのは潜入取材などではなかったということだ。

「人のことを、勝手にスケープゴートにしてからに」

「いいじゃないの。世間様のお役に立てたんだもの」

「それで三途《さんず》の川の渡し賃払うことになったら、どないするん」

「我がみやこ新聞で、大々的に取り上げたげる」

「ほっとけ」

徳利の中身が空になったところへ、実にタイミング良くおかわりがやってきた。これに手を付けてしまえば、折原の思うつぼだと知りつつ、僕は徳利に手を伸ばした。

「で、今度はなにをやらすつもりや」

折原は、バッグから一枚の写真を取りだした。

キャビネサイズの画面に写っているのは和服姿の男で、すでに老人といってよい風貌であるにもかかわらず、その黒々とした髪が、奇妙な印象を与えている。

「この人、知ってる?」

「乾泰山《いぬいたいざん》……か」

「そう、現代日本を代表する版画家」

「だった、やろう」

嵐山の奥の奥、拝観客さえ疎《まば》らな山寺にあっても、新聞くらいは読んでいるし、テレビだってある。左京区《さきょうく》修学院離宮《しゅがくいんりきゅう》近くに居を構える乾泰山が、自宅の工房で刺殺死体となって発見されたのは、確か三日前のことだ。

「第一発見者は、泰山の奥さん。その日は朝から能の見学に出かけていて、帰宅したところで彼の遺体を発見したと、警察には証言しているわ」

「物騒な世の中やね。芸術家が自宅で惨殺やて」

「ところがね、奇妙なことがあるのよ」

「人ッ殺し以上に奇妙なことかな」

「遺体のまわりにね、馬連《ばれん》が散らばっていたって」

「馬連て、あれやろ。版画の制作に使う」

馬連は和紙を重ねて作った紙皿の窪《くぼ》みに心材をあてはめ、竹皮で包んだ代物である。版木に印肉を乗せ、刷り紙をあてた上から擦《こす》り付けることで、印肉を均一にならす道具だ。

「別に不思議ないやン。泰山氏は工房で発見されたそうやし」

「ところが、さにあらず。馬連を包む竹皮が、すべて切り開かれていたというから、これぞ摩訶《まか》不思議」

「なんや、そら」

「……つまりね」

口を開こうとした折原の手から、写真を取り上げたのは店の大将であった。「この人、確か」と呟《つぶや》くなり、カウンターの向こうでお地蔵様と化してしまった。

「どないしたん」と問いかけても、彼にかかった呪縛は容易には解けそうにない。やがて、

「鯖棒《さばぼう》のお人やで、確かにそうや」

そういった彼の口から、意外な事実が語られ始めた。

2

「ごめんください。お電話を差し上げました東京の南雲堂《なぐもどう》の者ですが」

約束の時間きっかりに乾邸を訪れた僕は、インターホンに丁寧な標準語でそう告げた。事件からすでに二週間。警察の現場での初動捜査も終わり、周囲が落ち着きを取り戻したことを見越した上での訪問である。間もなく奥の間から、黄八丈《きはちじょう》の黒平、変わり格子《こうし》を一分《いちぶ》の隙もなく着こなした女性が姿を現した。俗にいうところの柳腰。長い黒髪を襟足に巻き上げ、京縮《きょうちぢみ》の髪飾りでまとめた姿に清楚《せいそ》な色香が滲《にじ》んでいる。

「奥様ですね」

「はい、泰山の家内で佐枝《さえ》ともうします」

「南雲堂の南雲秀一《しゅういち》です」

そういって彼女に手渡したのは、折原が社のコンピュータで即席に作ってくれた、名刺である。もちろん住所はでたらめだが、電話番号だけはみやこ新聞東京支社のさる部署につながるようになっている。

『まさかとは思うけど、万が一身分照会を受けたときの用心のためにね』

このての段取り——悪知恵ともいう——だけは、非常に気がつくタイプなのである。

「先生のご不幸をニュースで知りまして、取るものもとりあえず参上いたしました」

「あの、失礼ですが南雲堂さんは主人とは」

「ある人のご紹介を頂きまして、先生の御作を夏ぐらいから取り扱うことになっておりました」

「そうでしたか」

司法解剖の後、自宅に戻った泰山の遺体がすでに荼毘《だび》にふされていることも、折原から情報を得ている。

「せめてご焼香を」という一言で、僕はごく自然に邸内に入り込むことができた。そして、遺影と白包みの木箱を前にして形ばかりの焼香をすませると同時に、意識のモードを切り替えたのである。

窃盗の数ある手口のひとつに、訪問販売を装う方法がある。化粧品、不動産、ゴルフ会員権の勧誘、扱う品物はなんでも良い。とにかく玄関から内側に入りさえすれば目的は半ば達成されたも同然だ。販売の口上を聞かせながら、その実窃盗犯は接客相手から、ほとんどの場合は主婦だが、様々な情報を聞き出している。家族構成、配偶者の職業、年収、取引先銀行、生年月日、部屋の造り、調度品。話し上手、聞き上手の二つの才能を駆使して、窃盗犯は後日に必要な情報を可能な限り収集するのである。

かつての僕は、特殊能力ともいえる身の軽さ、足まわりの良さを十二分に発揮するタイプの職人(?)であったが、こうした手法を知らないわけではない。いや、何度かは実際に試したこともある。かくして訪問後数時間のうちに、僕は佐枝の口から事件に関する情報を聞き出していた。

事件当日、タクシーで午後八時過ぎに帰宅した夫人が、その直後に乾泰山の死体を発見したこと。思わず上げてしまった悲鳴を聞きつけ、駆けつけた隣人が、すぐに警察に電話連絡をしてくれたこと。あとはもう事件という奔流に放り投げられたようなもので、訳の分からぬうちに日々が過ぎていったこと。

「これがすべてなんです」

と溜息を吐く夫人に労《いたわ》りの言葉を掛けることで、僕は折原から与えられた使命のおおかたを片づけた気になっていた。

——ただし……。

それらは佐枝が口にすることのできる情報のすべてという意味であって、真の意味で厳密であるかどうかは甚だ疑わしい。

「恐ろしいことですね」といいながら、僕は乾佐枝をじっと見た。古風すぎる富士額とその下に静かに見開かれた双眸《そうぼう》。控えめに事件のことを話す彼女の唇には、明らかに嘘《うそ》の匂いがした。裏の世界で長きにわたり生活したもののみが嗅ぎ分けることのできる、甘い腐臭である。それを確かめるために、手持ちの札を一枚、切ってみることにした。

「そういえば、面白くない噂話を耳にしました」

僕の言葉に、佐枝夫人が微《かす》かに反応を示した。

「主人について、でしょうか」

「先生の御作について」

「というと？」

「ここ一年ばかりになりますが、どうやら先生の贋作が裏の市場に出回っているとか」

「そんなこと！」

「本当なのですよ」

版画とはいえ、一ミリ間隔に三本の線を彫り込むともいわれる乾泰山の作風は、一枚の版木から刷り出される作品の数を著《いちじる》しく限定する。事実、彼の作品には落款《らっかん》とともにシリアルナンバーが入れられ、一作品につき二百枚以上刷られたことはなかった。

「ところが、それ以上の作品が、市場に出回っているのですよ」

「……」

しかも裏の市場に、と教えてくれたのはやはり折原である。その出来は驚くほど精密で、素人目にはとても見分けがつかないという。今はまださほど公になっておらず、ごく一部の人間が知りうる情報に過ぎないが、

「もしも騒ぎが大きくなれば、先生の御作の評価にも影響が」

夫人の左眉が、ほんの少し吊《つ》り上がった。そんな表情の変化でさえも「美しい」と評価されるに違いない、この年の離れた女房を、乾泰山はどのような眼で日々見ていたのだろうか。下司《げす》の勘ぐりといわれようが構わない、そうした思いを人に抱かせる、危うげな空気を乾佐枝はまとっている。

「あの人の作品の価値が下がると?」

「私どもの世界は、微妙な塩梅《あんばい》で動いておりますから」

その時だった。次の間《ま》から「口車に乗ったらあきまへんで、奥さん」と、甲高《かんだか》い男の声が飛び込んできた。

「この手合いはね、そないなことというて、商品を買いたたこうとするんですわ」

薄くなった頭部にびっしりと汗を浮かべ、それをハンカチでしきりに拭《ぬぐ》いながら鼠色《ねずみいろ》のスーツを着込んだ巨漢が現れた。「あら、下中《しもなか》さん、もうよろしいの」という夫人に、

「へえ、今日のところはこれくらいで」

あからさまな下心を滲ませるように、図々しくも彼女の真横に座り込んだ男が、名刺を差しだした。

『寺町・湖心庵《こしんあん》　下中義三郎《ぎさぶろう》』

と書かれた名刺の文字を追うよりも早く、

「古本屋ですわ。というても古書物、文献が専門でッけど」

男がいった。

「下中さん……ですか」

「へえ。ところで、御名刺いただけますか」

下中の作り物めいた笑顔の奥にある感情が、猜疑心《さいぎしん》であることは間違いなかった。かといってここで躊躇《ためら》いを見せては、余計に疑われる。

僕が名刺を差しだすと「ほお、新橋四丁目いうたら」と一瞬考える素振りを見せて、

「料亭＊＊のお近くでんなあ」

恐ろしく露骨な引っかけを下中は寄越した。

「さあ、あのあたりは大小の店が入り交じっておりますから」

「けど、有名なお店でっせ」

「商売そのものが小さいのですよ。店を開いてまだ日も浅いことですし。とてもではありませんが、有名料亭を商談に使うことなどできません」

「ま、そないなこともありますやろか」

この程度の腹芸はまだ序盤戦だ、とでもいいたげに下中は名刺を内ポケットにしまった。おおかたあとで身分の照会をするつもりだろう。僕は心密《ひそ》かに、折原けいの段取りの良さに感謝した。

「ところで下中さんは、どうして?」

そう問うと、

「なんや、泰山先生が古文書《こもんじょ》の蒐集家《しゅうしゅうか》やいうこと、知らはりませんの」

仰々しく目を見開き、吐き出すように下中がいった。

「勉強不足で」

「まあ、古文書だけやないですけどね」

その言葉を受け継いで、夫人がいった。

「主人は乱読家でした。小説でも資料でも、気に入ったものはすぐに取り寄せて読んでおりましたから、相当な量がいつの間にか溜《た》まってしまって」

「はあ、それで先生のコレクションを」

「正直言って、わたくしには価値は判りませんし、決して広い家ではありませんし、書物の類《たぐい》は管理も大変で……処分に困っているところに、以前から出入りのあった下中さんから申し出があったのですよ」

その言葉が終わらないうちに、「ところで、奥さん」と下中が強引に割り込んできた。

——この男、我々の会話の邪魔をした？

「先生のご遺体の傍《そば》に、馬連があったそうですが」

下中の言葉に、夫人ははっきりとした反応を示した。困惑と怯《おび》えが見え隠れする声で、

「ええ、その、竹皮を切り開かれた状態で」

「なんでまた、そないなことが」

「わたしには判りません。主人の仕事そのものにも、あまり」

「もしかしたら泰山先生、馬連の中になにかを隠してはったとか」

「あの……その件に関しては、警察が何も話すなと」

「なんでですか。それはそれでおかしいやないですか」

「そういわれましても」

下中の口調が次第に詰問調《きつもんちょう》になってゆく。

僕は己の気配を極力抑え、黙って聞き役に回ることにした。

その夜。

十兵衛に顔を出すと、折原はすでにカウンターで握りを摘《つま》んでいた。僕の顔を見るなり、中トロを口に入れたまま「なにふぁ、わふぁった」と、きたもんだ。

「食べるか、しゃべるか、どっちかにしいや」

「ンな事はどうでもいいの。それよりも取材の成果は」

「ばっちり！　とはとても言い難いなあ。相当に胡散臭《うさんくさ》いで、あの家」

「判っているわよ。だから潜り込んでもらったんじゃない」

「おかしな連中が出入りしてるみたいやし」

ぼくは寺町の古書店主、下中のことを説明した。

「それに遺体の発見状況やけどな」

下中もそのことをしきりに気にしていたようだが、彼が夫人を詰問する前に、僕は例の特殊能力を使って一つの情報を得ていたのである。

「遺体の傍にあったんは、竹皮を切り開かれた馬連だけやなかったらしい」

「ほかにもなにか」

「なんやと思う」

そういって、僕は大将にビールを注文した。持ち帰った情報の価値を高めるための演出のつもりであったが、この逆噴射型激情記者には、そのような奥ゆかしい手法は通用

しなかった。せっかくカウンターに登場した「とりあえずのビール」を瓶ごと取り上げ、

「まずは、話が先でしょう」

と曰《のたも》うたのである。

「鯖棒」

「はい？」

「鯖の棒寿司が三本、工房に備え付けのテーブルの上に開かれとったんや」

折原よりも早く僕の言葉に反応したのは、カウンターの中にいる大将だった。

「やっぱり、あのお人やったんか」

「間違いないよ、大将」

「せやけど、なんでまた三本も、いっぺんに」

折原からアルバイトの依頼を受けた夜。十兵衛の大将が思い出したのが、その鯖棒こと、鯖の棒寿司のことだったのである。

「大将、いうてはったな。事件があった日の夕方、乾泰山が鯖棒を買いに来たて」

「そうや。開店直後やったからよう覚えてるわ。いきなり店に来てナ、『鯖棒三本、包んでんか』と、これや」

鯖棒は京都人ならば誰しもが慣れ親しむ、冬の味覚である。若狭《わかさ》湾《わん》に揚がった鯖はそこで塩締めにされ、鯖街道を伝って京都に運ばれる。それを棒状の寿司に仕立てたのが、

鯖の棒寿司である。ことに寒鯖は脂がのっており、酒の肴としても十分に楽しむことのできる逸品だ。

「けど、ここの鯖棒三本いうたら、相当の量ちゃうん」

「そら、もう……うちの鯖棒は一本七百グラムはある。大人一人では、ちっと持て余すわ。そうやなあ、三本やったら大人なら四〜五人で食べる量やろ。もっとも、うちの母親、春美《はるみ》いうねんけど、あれは一人で丸ごと片づけるけどな」

しかも食前のおやつ代わりにと付け加えたが、僕たちは完全に聞き流していた。

「来客でもあったのかな」

と、折原。

「と、誰もがそう思うやろ。ところがそうではないらしい」

「まさか、一人で食べるつもりだったとか」

「あほか。化けもんやあるまいし。そこで問題になるのが、例の馬連や」

「馬連と棒寿司？」

「二つの共通項はなんや」

僕の問いに、先に答えを出したのは大将だった。

「竹の皮や。馬連も鯖棒も竹の皮で包んである！」

「大正解。つまりやね、泰山が本当に必要だったのは鯖棒の中身ではなく、それを包む竹の皮やったということや」

しばしの沈黙の後、ようやく手にしたビールの瓶を解放した折原が、極めて疑わしげな眼差《まなざ》しと口調で「それ、どこまで本気でいってる」と、いった。

「さあ……なあ」

「絶対に本気じゃないでしょう。だってそんなばかな話、聞いたことがないもの。竹の皮が欲しいなら、錦市場《にしきいちば》にでも行けばいいじゃない」

錦市場――通称・錦――は四条通に並行して延びる小路で、「京都市民の台所」ともいわれる。食材のみならず、おばんざいその他を扱う店屋が立ち並び、観光都市ではない京都の一面を見ることができる場所として知られる。

「ねえ、アルマジロ」

「有馬次郎、いうてるやろ」

竹皮に関する推理、というよりは妄想は、下中の存在を中心に考えたときに自然に思いついたにすぎない。少なくとも奴は、馬連の中になにかが隠されていたと考えているようだ。あるいは、馬連に隠されていたものを、乾泰山がどこかに移し替えたと考えているのかもしれない。だからこそ、あれほど馬連に執着しているのである。

「なんか、話がちぐはぐな気がする」

という折原の言葉は、まさしく僕の思いを代弁するものだった。

――そう、ちぐはぐなんだ。

一見整合性があるようで、その実どこかでかみ合わせが悪い。

「帰るわ、明日の朝の勤行もあるさかい」

なおもなにかいいたげな折原から逃げるように、僕は十兵衛を出た。

考え事をしながら町中を歩き回り、渡月橋に到着したのは午後十時過ぎだった。

街灯すらほとんどない山道、とはいっても勝手知ったる道だけになんの不安もないの
だが、大悲閣へと急ぐ僕は、その半ばで足を止めた。星明かりに黒々と立ちはだかる
木々の向こうに、人の気配があった。それも、相当な悪意を秘めて。

意識のモードを切り替えた。同時に全身の筋肉に軽い緊張が走る。

「有馬次郎さんだね」

「ああ、そうだ」

「先日は、うちの連中がお世話になった」

「なんのことだろう。よく判らない。あんた、誰だ」

「九條保典《くじょうやすのり》。一応、そんな名前を名乗ることにしている」

「知らんな」

「先だって、ドジを踏んで大量検挙された故買屋グループ。そこの実質的なオーナーと

でもいってこうか。あんたのことはすべて調べさせてもらった。今でこそ貧乏山寺の寺男だが、その実、数年前までは」

「無駄口は叩かなくてもいい。それで？　お礼参りのつもりか」

闇の向こうの悪意が、質量を持った気がした。が、それも一瞬のことですぐに周囲は静寂としかいいようのない空気を取り戻した。

「あの一件については、いい。もう裏は返したから。それよりも聞きたいのは、あんたが現役復帰をするつもりなのか、否かだ」

「その気は、ない」

「だったらどうして、乾泰山の一件に首を突っ込む」

「それは」

言葉が続かなかった。みやこ新聞の折原から依頼を受けた、などといえるはずもない。こうして対峙《たいじ》していてさえ、生身を蝕《むしば》むような九條の悪意が、あの能天気娘に向けられることだけは避けねばならなかった。だが、そうした思いを嘲笑するかのように、事実、明らかに侮蔑《ぶべつ》の口調で、

「そうか。前回と同じく、折原とかいう新聞記者の走狗《そうく》になっているのか」

闇から声が返ってきた。やはり言葉に詰まると、

「いつまでも忠告で済ますわけにはいかなくなるぞ。それが厭なら」

「一件から手を引けと？」

「判っているじゃないか。ならば、行け」

かつての稼業のこと、大悲閣のこと、そして折原のことまで持ち出された僕は、その言葉に従うしかなかった。

九條が「裏はもう返した」といった言葉の意味を、正確に理解したのは翌日だった。下鴨《しもがも》神社にほど近い鴨川の河川敷で、下中義三郎の撲殺死体が発見されたのである。しかもご丁寧に、僕が渡した贋《にせ》の名刺を握りしめて。

3

京都府警の碇屋《いかりや》警部が大悲閣を訪れたのは、下中の遺体が発見されて三日後のことだった。日頃は「京都府警の税金泥棒」といって憚らず、また本人もそれを否定しないのだが、この日ばかりはそうもいかなかった。碇屋警部の顔からはいつものにやついた表情が完全に消えていたし、彼が連れてきた北詰《きたづめ》という私服警察官に至っては、猜疑心の塊を口から吐き出しそうな雰囲気を隠そうともしない。

「困ったことになったねえ、有馬君」

そういって警部は、唇をへの字に曲げた。

下中が握っていた名刺からみやこ新聞東京支社を割り出し、さらに本社文化部の折原けいをリストアップ。彼女を締め上げて僕の名前を俎上《そじょう》にあげるのに、三日かかったというわけだ。もちろん、前日僕が贋名刺をもって乾邸を訪れたことも、すでに調べ済みである。間抜け揃《ぞろ》いの京都府警にしては上出来、などというジョークは思いついても口にできる状況ではなかった。

「だいたい、文化部記者がどうして殺人事件に首を突っ込むんだ。その一事をもってしても怪しい。おまけに山寺の寺男を情報屋に使うなんて話は、聞いたこともない」

捲《まく》したてたのは、北詰である。すべてごもっとも、あなた様の仰有《おっしゃ》るとおりとしかいいようがないだけに、僕は沈黙した。

「まあ、まあ。彼については僕が身元を保証する。彼は大悲閣の立派な寺男や。折原については……少々問題がないではないが、こちらも後ろ暗いことはしていない。ちょっと暴走傾向があるだけでな」

「暴走どころじゃない。捜査妨害、越権行為、いやそれどころか」

北詰の言葉を遮《さえぎ》るように、

「ところで有馬君。四日前の夜、午後九時頃は、どこにいた？」

碇屋警部の問いに、

「なるほど死亡推定時刻は午後九時ですか」

と答えることしかできなかった。あの夜、僕が十兵衛を出たのが午後八時過ぎ頃。それからぶらぶらと歩き回り、九條と対峙したのは午後十時過ぎのことだ。無論、奴のことを口にするわけにはいかない。

「余計なことはいわんでもいい。午後九時にはどこにいた」

「まあ、まあ。北詰君は少し言葉を抑えて。あれだろう、午後九時過ぎといえば、寺にいたのだろう」

碇屋警部のフォローは嬉しかったが、僕は首を横に振った。

「あの夜は折原と会っていました。ええ、例の乾家のことで」

そして、自分では整合性をもって当夜のタイムスケジュールを話したつもりだったが、かえって北詰を喜ばせる結果にしかならなかった。

「どうやら、署で詳しい話を聞いた方がいいようだな」

「ちょっと北詰君は黙っていなさい。それで、町を歩いているときに、誰か知り合いに出会ったとか」

「いいえ。誰とも会っていません」

「近くでなにか起きなかったかい。ちょっとした接触事故を目撃したとか」

首を横に振った。いよいよもって旗色が悪くなり、ついには署に連行、じゃなかった同行。そこで下中殺害犯に仕立て上げられた挙げ句に、旧悪までも暴かれて長期刑確定か。とまでマイナスイメージを膨らませたところへ、救いの主が現れた。我らが大悲閣のご住職である。

「ちょっとお待ちなさい」

「ご住職！」

「碇屋さん、それから北詰さんいわはったね。少しばかり強引が過ぎるようやが」

「これはご住職。いや、別に我々は有馬君を犯人扱いしているわけではありませんで」

「彼に折原君のアルバイトを許可したんは、わたしや。見ての通りの貧乏寺で、満足に給料も出せんやよってな」

特に相手を威圧するでもないのに、住職の言葉には不思議な説得力が備わっている。威徳とでもいうべきか、あの北詰さえも反論できずに、顔を真っ赤にしているのが面白かった。いや、面白がっている場合では決してないのだが。

「それに、有馬君には下中とかいう御仁の命を奪う理由がどこにもないのではないかな」

「まったくその通りで」

「人が人の命を頂戴するいうんは、これは大変な業を背負うことでもある。生半可な気持ちや理由で、踏み切れるものやない」

その時になって、ようやく北詰が反論を試みた。

「きょうび、二万三万の金で命のやりとりする連中は、いくらでもいますよ」

「こら、北詰！」

「碇屋さん、ちょっとご住職に気を遣い過ぎじゃないですか。わたしねえ、この有馬とかいう男、胡散臭くて仕方がないんです。だいたい枯れる年でもないのに、こんな山寺の寺男だなんて、後ろ暗いところがあるから世捨て人の振りをしているんじゃありませんか」

どうやら北詰とかいう警察官、碇屋警部よりは確かな慧眼《けいがん》の持ち主らしい。

「世捨て人やないから、折原君の手伝いもするんや」

ご住職がいうと、北詰は再び口を噤《つぐ》んだ。

その後幾度か同じようなやりとりを交わした後、二人の警察官が帰っていったのは、もう夕方近くになってからのことだった。「余りおかしな動きをしないように」という、碇屋警部の一言が、盤石《ばんじゃく》の重みとなって我が身にこたえた。その直後に、君の身も危険に晒《さら》されるかもしれないのだからと、付け加えてくれたものの、なんの救いにもならなかったことはいうまでもない。

――九條保典、か。

死体一つ転がすだけで、九條は僕に対して報復と封印と警告という、三つの効果を与えたことになる。適切な表現ではないかもしれないが、見事というほかなかった。

「えらい目に遭《お》うたね」

「はい、とんでもないことに首を突っ込んだようで」

「それにしても」

住職は僕を見ていなかった。僕も住職を見ていない。二人の視線は、客殿の下方に位置する鐘楼《しょうろう》に向けられていた。しばしの沈黙の後、

「いつまでそこに隠れてるつもりや」

僕の声に、鐘楼の陰から人影が姿を現した。いつもの傍若無人ぶりをどこかに置き忘れ、たった今保津川の川底から引き上げられた土左衛門のような青白い顔で、

「……ごめん、有馬次郎」

絞り出すようにいったのは、折原けいだった。

「こっちへお入り、紅茶でも淹《い》れよう」

住職が声を掛けても、折原はその場から動こうとはしなかった。たとえ京都府警に追及されたとはいえ、簡単に僕の名前を出してしまったことに、負い目を感じているのだろう。ニュースソースの秘匿というジャーナリストの生命線を、あっさりと他人に手渡してしまったことで、砕け散ったプライドを持て余しているのかもしれない。

「終わったことや、気にするな」

「でもね、有馬」

「らしゅうないで」

「わたし……精一杯抵抗したんだよ。有馬だって一所懸命やってくれたのに、京都府警に脅かされたくらいで、あんたの名前を出しちゃいけないって。でもうちの編集長をすっ飛ばして、局長にまで」

「そうか、上層部からの指示か」

それ以上は聞くまでもなかった。日頃から折原の暴走ぶりは上にとっても頭の痛い問題であったに違いない。そこで、今回の一件である。きついお灸をすえる意味で、敢えて取材協力者である僕の名前を京都府警に流したのである。

「なんや、またしても僕はスケープゴートかい」

「そんな言い方しないで、本当にごめん」

折原を責め立てる気はなかった。それどころか、碇屋警部もあの北詰も、いや、九條保典でさえも、不思議と責める気にはなれなかった。こうした心の模様を、理路整然と説明する術《すべ》を、僕は持たない。自分では気づかぬうちに、意識のモードが切り替わったのかもしれなかった。

「お二人さん、ちょっと」

住職の声に振り返った僕は、表情までも変わっていたことだろう。けれどすでに大悲闇は十分すぎる闇に包まれ始めているから、その変化が気づかれる心配はなかった。

「事件のこと、もう一度説明してくれんやろか」

「はい」と、庫裡《くり》に駆け出す折原の後ろ姿が夕闇にとけ込もうとするのを、僕はじっと見ていた。

4

碇屋警部がなんといおうと、また北詰がどのように僕をマークしようと、そんなことで手枷《てかせ》足枷を科せられるほど昔の勘は鈍ってはいない。その気にさえなれば、僕は町の裏も表も、自在に闊歩《かっぽ》することができた。

その日も、渡月橋から京都駅まで、二人組のマークが貼りついていることは百も承知していた。

――それにしてもへったくそなマークやなあ。

碇屋警部の部下であることを確信しつつ、上司に恵まれない部下の悲哀と部下に恵まれない上司の悲劇に、思わず溜息を吐いたほどだ。

京都駅のトイレから立ち食いの蕎麦屋へ、そしてキヨスクで雑誌を買って新幹線の改札をくぐり、もう一度トイレに入ってそのまま改札を出たときには、連中は僕の姿を完全に見失っていたのである。

烏丸《からすま》駅で地下鉄から阪急電車に乗り換え、僕が目指したのは長岡京市《ながおかきょう》だった。市街地の西の外れにとある美術館がある。美術館といっても資料館の域を出ないのだが、そこの館長の目利きの確かさは、表の世界でも裏の世界でもよく知られている。

「東京の南雲堂ともうします」

折原の作ってくれた贋名刺を差しだすと、館長の西原《にしはら》は度の強い眼鏡の向こう側から人懐こい目つきで「ほお、ずいぶんと遠路はるばる」と、無警戒に迎え入れてくれた。雑然とした館長室兼研究室に案内されるとすぐに、

「用件を承りまひょか」

人懐こい目つきの割に、西原の口調は端的で、そして鋭かった。

「実は、先だって亡くなられた乾泰山先生について」

「泰山ですか。それはまた面白い」

面白いといいながら、西原は目つきを変えた。人懐こさが霧散し、研究者の鋭さと猛《もう》禽《きん》類の残酷さを目の光に同居させながら、

「彼の作品は、難しい。南雲君といわはったね、どうやらこの世界に入ってまだ日が浅いようやが、なるべくなら乾泰山には近づかんほうがよろし」

確信的な口調でいった。

「それがそうもいかないのです」

「もしかしたら、すでに足を踏みこんでしもたんか」

「はい。先日、とある頒布会で三枚組をひと揃い」

「三枚組いうたら、たぶん……北山三部作のことやな」

「その通りです」

現役を引退した今でも、僕の情報網は表と裏の世界に張り巡らされている。ほんの一週間ほど前のことだ。町田市の頒布会——競り市——で、乾泰山の三枚組の版画が競り落とされたことは、耳に入っていた。

西原が黙ってデスクからパイプを取りだし、マッチで火皿に火を入れた。薄紫色の煙が室内に満ちるのを待つように、

「で、どやった」

正真物《しょうしんもの》であったかどうかを西原は問うている。

「それが……限りなく。もちろん半素人のわたしには判断がつかないほどの精巧な出来で。それで泰山のことをもっと知りたく、推参いたしました」

「そうか、限りなく本物に近いが、怪しいか」

「幾分、画質に鈍さがあるようです」

「早めに処分することを勧めるね」

「といっても……もしも質の悪いものですと」

「業者としての良心が許さへんか。そないな甘い考えしとったら、尻の毛羽《けつ　けば》まで抜かれるよ。この世界は」

「確かにそうですが、やはり納得のいかないものは、流通させるわけには参りません」

「甘いが、まあその意気込みや良し、としようか」

そういうと、西原は部屋の奥のスチール製資料棚から、一枚の版画を取りだしてきた。デスクのコンピュータを立ち上げながら、

「これも泰山とされてはいるが、君のいうように限りなく怪しいしろもんや」

その版画をコンピュータのスキャナーにセットし、画面に取り込んだ。落款とシリアルナンバーの部分を拡大し、それ以外はカットする。次にハードディスクから取りだしたのは、同じく泰山の落款とシリアルナンバーで、「こっちは正真物から取りだしたもんや」と、説明した。

「きょうびはコンピュータの技術が発達しよって、贋作造りもずいぶんとお手軽になりよった。こないな落款も、コンピュータで画面に取り込み、それを加工すれば簡単にコピーができるンや」

困ったもんやでといいながら、西原はなぜか楽しげにマウスを操作する。

「けどな、このシリアルナンバーだけはあかん。泰山の手書きやよってな。手書きは厄介なもんやで。寸分違《たが》わぬ文字は本人でも二度と再び書くことはかなわん。そのくせ本

人の特徴だけはしっかりと現れよる」

僕は西原の言葉を理解した。まったく同じ文字であれば、落款同様コンピュータで取り込んでコピーすればよい。が、たとえ本人であっても、まったく同じ文字を書くということはあり得ないのである。

「この正真物のシリアルナンバーを基本パターンとした場合、本人の手書き文字であればその誤差は十パーセント以内。そう仮定し、それを認識するためのプログラムを、コンピュータに組み込んである」

西原はマウスを使って、正真物のシリアルナンバーに、限りなく怪しいとされる作品のシリアルナンバーを重ねた。呼吸一つ分の間があいた後、コンピュータの画面には「九十八」という数値が表示された。

「どういうことですか」

「誤差率は二パーセント。わかるな、この意味」

「限りなく本物に近いというよりは……まさか、まさしく本物の手書き！」

「シリアルナンバーが一から二百まで打ってあれば、作品は二百枚しか存在しない。それが世間一般の常識や」

だが、と西原がいっているのである。

――シリアルナンバー「一」が一枚でなければならない理屈はどこにもない。そう考える人間がいたとしたら。

「泰山が難しいというた理由が、わかったね」

「わかりたくは、ありませんでしたが。まさか同じナンバリングされた作品が複数存在しているなんて」

「あくまでもわたしの仮説や。君もそのことは口外せんほうがええやろな。なんといっても乾泰山はビッグネームや。亡くなったとはいっても、信奉者はごまんといよる。しかも、や。その連中は純粋に泰山の作品を愛しながら、一方では作品にまとわりつく利権も同じように愛しておるからナ」

「要するに、腐りきっているということですか」

「言葉ではなんとでもいえる。だが忘れたらあかんよ。美術の世界は純粋な美学と利権とが、手を取り合って構成しているんや。君かてこの世界の住人やないか」

そうでないとは、今さらいえるはずもなく、僕は鼻の頭を搔《か》くしかなかった。

待ち合わせの時間にきっかり三十分遅れて十兵衛にやってきた折原は、あの日、濡《ぬ》れ鼠のようにしょげ返った彼女ではすでになく、よくいえばいつもの、悪くいえば傲岸不遜《ごうがんふそん》の折原けいを完全復活させていた。どうやら新聞記者の才能とは、打たれ強さに正比例するらしい。カウンターに座るなり、

「わかったわよ、乾邸に出入りしていた画商連中」

鼻の穴を十二分に膨らませつつ、折原はビールを注文した。

駆けつけ三杯を実行した後、彼女がバッグから取りだしたのは、四人の男が写っている写真だった。

「専門契約を結んで泰山の作品を取り扱っていたのが、この四人」

「名前は」

「右端から橋本晋《はしもとすすむ》。高梨研治《たかなしけんじ》。有樹学《ゆうきまなぶ》。そして左端が堀田貴志《ほったたかし》。四人で《四光会《しこうかい》》という会を作っていたそうよ。元々は《三光会》だったけれど、堀田が数カ月前にメンバーに入り、今の名称になったんだって」

「……ふむ」

「どうしたの。なにかおかしなことでもある」

「いや、別に。これ以外に九條保典という人物は浮かび上がらなかったか」

「なによ、その人」

「いや、さる方面からの裏情報で、ね」

僕は、猪口の酒を舐めながらしばらく考え込んだ。

実のところ、四光会についてはすでに僕サイドでも調査を終えていた。終えていたどころではない。折原が摑《つか》むことのできなかった情報さえも、すでに手にしていたのである。

「ちょっと聞きたいンやけど。乾泰山の贋作が出回り始めたのはちょうど一年前や、いうてたな」

「正確にはいえないけれど、その頃ね」

「かなり精密な贋作らしいが、どの程度の出来や」

「多少画質が粗いけれど、素人目には絶対に見分けがつかないって。おまけに落款もシリアルナンバーも、本物を正確にコピーしているらしいわね」

「そうかい」

折原のもたらした情報は、僕の摑んだネタを正確に裏付けてくれた。

なんのことはない。乾泰山の贋作などというものはこの世に存在していなかったのである。四光会は表の顔で泰山の正式な作品を頒布しつつ、裏で、本来ならば一作品につき二百枚以上刷られるはずのない彼の作品の、粗悪な二刷りをマニアに販売していただけのことだ。当然の事ながら、画質は粗くなる。

――そして、粗悪品が出回り始めた一年前というと……。

泰山が、後妻に佐枝を迎え入れた時期とぴったりと一致するのである。

美しすぎる後妻と、すでに老いの域に達した版画家。あまりに出来過ぎた構図としかいいようがない。泰山の佐枝への溺愛は、彼の芸術家としての良心まで曇らせたということなのだろう。それを責める気には、僕はなれなかった。乾佐枝という、本人の自覚云々《うんぬん》は別にして、ほとんど本能的な魔性に一度でも触れた身としては、である。

「なにを考えているの」

「別に。それにしても謎の多い事件やなあ、とな」

いくら四光会が裏の顔を持っていたとしても、彼らにとって泰山は、下世話な言い方をするなら金の卵を産む鶏ではないか。佐枝の存在を考えるなら、泰山こそが会の中心人物であり、その存在を簡単に抹消して良いはずがない。

ふと、四人の誰かが九條保典ではないかと考えてみた。犯罪者と偽名はいわばベストパートナーのようなもので、裏の稼業に身を置いていた時分は、僕も三つばかり使い分けていた。

「だからといって、泰山を殺害する理由にはならんわなあ」

「なによ、それ」

「今回の事件に関して一番の謎や。なんで泰山は殺されなあかんかったか」

「殺人の数だけ、動機はあるというからねえ」

「けど、泰山殺しの動機は一つしかない。それは確かなんや」

「もしかしたら、贋作グループが、自分たちの犯行を隠蔽するために」

「それで、正真物を消してどないすんのん。自ら『私ら、バチモンです』いうてるようなモンやないか」

「そうよねえ」

ここで、四光会の裏の顔についてレクチャーしたなら、折原は狂喜乱舞して店を飛び出すことだろう。日本版画界重鎮の裏の素顔と、殺人事件。これほどおいしいネタがあろうはずがない。だからこそ、僕は敢えてなにもいわなかった。

「そういえば、どうでもいいことだけれど」と、折原がいった。

「どないしたん」

「乾泰山の面白い一面を摑んできた」

「事件と関係あるのん」

「どうかなあ。彼、相当のマニアで、まったく別名でミステリーの評論も出版していたんだって」

「というと、覆面作家か」

「近いわね。それもかなり高い評価を受けていたらしい」

下中が「蒐集《しゅうしゅう》は古文書だけではない」といった言葉、そして佐枝夫人の「乱読家であった」という言葉が甦《よみがえ》った。しかし、それが新たな発想を生み出すわけではなかった。

――ミステリーマニアであったから殺害された、まさかね、阿呆《あほ》くさい。

すべては動機にかかっている。それが僕の結論だった。

「ところで、例の馬連と鯖棒の関係だけど」

「ああ、あれか」

「他にわかったことはないの」

「ないな。まったくない」

「こんなことを考えてみたんだけどね」

「あんましつまらんこというたら、思いッきし笑うよ」

「聞いてみなきゃ、わからないでしょう。つまり、乾泰山は本来は馬連の中に隠してあるなにかを取り出そうとした。その後処理のために、ね」

「あかん。せやったら錦にでもいって、竹の皮を買うてきたほうが現実的やと、いうたんは君やないか」

「そうなんだけどなあ」

――あるいは……そう見せたがった人間がいたとしたら。

唐突にそんなアイデアが浮かんだが、流れに浮かぶ泡沫《ほうまつ》のようなもので、すぐに弾けて脳裏から消え去った。

我々のやりとりが一段落したのを見越してか、大将が小鉢を二つ出してくれた。

「去りゆく冬と、一足早い春とを同時に味おうてもらいとうてね」

蓋を取ると、蕪《かぶ》の芳香がぷんと香った。

「鰆《さわら》と蕪を蒸してみたんやけど」

という大将の言葉が終わる前に、我々はすでに小鉢の中身に箸を付けていた。

「餓鬼やね、きみら」

「ほっといてんか。うまいものに能書きはいらん」

「ああそないに食い散らかして」

鰆のうま味をたっぷりと含んだ蕪を口に運んでいるところへ「あの、大将」と声を掛けたのは店の若い店員だった。

「どないしたん」

「こちらのお客さん、例の鯖棒三本のお客のこと、いろいろ調べはってるんですか」

「ま、そういわれるとそうだけどね」

いち早く小鉢を片づけた折原が、唇の端を指で拭いながらいった。

「あの……一つ気になることが」

「気になること?」

「はい、大将は鯖棒を三本作りはったら、すぐに奥に引っ込みはったでしょう」

「ああ、そういえば」と大将が応《こた》えた。

「そのすぐあとに、もう一人お客さんが見えはって、僕に聞いたんです」

一瞬のうちに頭の芯に冷たいものが走った。この若い店員の唇からもたらされるであろう言葉に、僕は最大限の注意を払った。

「あの、『今出ていった客がいただろう。彼はなにを持ち帰りしたんだ』と」

「泰山の買っていった鯖棒について、質問した？」

「はい。それで言葉にちょっと訛《なま》りがあったんで、鯖棒とはいわずに鯖の寿司、と」

「他には？」

「どれくらい買っていったかと質問されたんで、三本と答えました」

僕は反射的に折原が調達してきた四光会の写真を彼に見せた。この中にあとから尋ねてきた客はいるかと問うと、店員は左端の男を指さした。

「ああ、堀田貴志だよ、それ」

「というと、一番新参者の、か」

「そ。今でも山口県の片田舎で画廊を経営しているらしいわ」

重要な手がかりであることに間違いない。けれどそれがなにを意味するのか、僕の貧弱な想像力では、とても答えを出せそうになかった。

大悲閣に戻った僕を、ご住職が待っていた。自室に招き入れ、熱い茶を淹れて、

「どうかね、仕事は進んでおるやろか」

という問いに、僕は黙って首を横に振った。

「あかんか」

「乾泰山の一件、そして寺町の古本屋の一件。どちらも深くリンクしているようでいて、その繋がりがわかりません」

なによりもと、これまで知り得た情報をご住職にだけはすべて話した。そのうえで、

「動機からして、摑めません。泰山は何故殺されなければならなかったのか。下中もまた然りです」

「それは、難儀やなあ」

碇屋警部が北詰を連れて当山を訪れた夜、やはりこうやって僕を自室に招き入れ、

「自分なりの決着をつけるおつもりやな」

そういってくれたのは、ご住職である。彼の承諾があったればこそ、僕は山を下り、自由に調べを進めることができたのだ。余り公言することはできないが、時にかつての職能を駆使して、である。

「すべてがバラバラであるのかもしれません」

「というと？」

「二つの事件は本来独立していて、それがあたかも繋がっているかの如《ごと》く見えるのかもしれないのです」

もっともらしいことを並べてはみたが、そこになにがしかの根拠があるわけではなか

った。訳の分からないことを言い募り、自分の無能さを欺くことだけが、あるいはそうする振りをすることだけが僕に許された虚勢だった。にもかかわらず、

「ふうむ、なあ。まさしく現世は摩訶不思議の連続やなあ」

あまりに素直なご住職の反応に、僕は自らを恥じて頭を垂れた。

「済みません」

「なにを謝ってるの。君はようやっているやないか。いや、そうに違いない。君は一歩ずつ真実に向かっておると、わたしは確信してる」

「いや、そこまでいわれると……ねえ」

ご住職が、姿勢を正していった。

「時としてね、無明の闇に彷徨《さまよ》うものは、宙を漂う人魂《ひとだま》さえも一条の光と勘違いするものや。己の闇に気づかん者はなおさら、なあ」

「………」

「そうした誤解や錯誤によって、成り立っているのが現世かもしれん」

「誤解と錯誤、ですか」

ふと、堀田貴志の行動が気になった。

――どうして堀田は、泰山のあとを追うように十兵衛に飛び込んできたのか。

「なにか、気になることでも？」

「もしかしたら、堀田は乾泰山のあとをずっとつけ回していたのではないでしょうか」

「それは、なにゆえに」

「わかりません。でも、偶然ではあり得ない。確かに堀田は泰山の後をつけていたんです」

その挙げ句に十兵衛で聞き出したことといえば、泰山が持って帰った鯖棒とその数量のみ、である。滑稽といえばこれほど滑稽なことはない。

「なるほど、鯖棒なあ」

「おかしいですよね」

「そう決めつけたらいかんよ。人それぞれに価値観は違う。たとえば、や。偶像崇拝を禁止する宗教を信じる者にとって、我々の日々の勤行は、悪行にしか見えンことやろ」

「はあ」

「それと同じや。堀田某にとっては、鯖棒がもっとも大切な要素やったかもしれへんやないの」

ひとしきり茶を啜《すす》ったご住職が、

「鯖棒か。仏の道に仕える者にとっては、すでに食するにかなわん逸品やが」

「剃髪《ていはつ》する前は、食べはったんでしょう」

「昔の話やね。ちょうど寒鯖の時期は、あれを口にするのが楽しみやった。鯖棒はなれ鮨《ずし》やからね、作った翌日あたりが、一番食べ頃やった」

その言葉が、僕の中で綯《な》い交ぜになった謎を見事に解きほぐしてくれた。

「そうか、鯖棒はなれ鮨なんだ」

「どうやら、闇に一条の光を見たようやな」

僕はご住職に向かって居住まいを正し、合掌して深く一礼した。

5

その夜。住職が九時過ぎに床につくのを待って、僕は大悲閣を抜け出した。とはいっても、あの人の眼はいつだって周囲を透察し、隠し事などできた例《ため》しはないのだが。きっと僕が抜け出したことも承知の上に違いない。

山道を渡月橋へと急ぎ、京福電鉄北野《きたの》線に乗り込んで北野白梅町《はくばいちょう》へ。そこからタクシーに乗り込んで修学院離宮へと向かった。

かつて培《つちか》った能力の何分の一も発揮することなく、あっさりと乾邸内に忍び込んだ僕は、佐枝夫人の眠る寝所《しんじょ》を目指した。誤解のないようにいっておくが、僕は眠り込んだ女性に襲いかかるほど、恥知らずではない。本当の目的は、彼女ではない。その背後にいる人物だった。

——九條保典、お前だよ。

一連のデータをずらりと並べ、組み替えた結果得られた答えは一つだった。

九條と佐枝夫人はある一点でつながっている。

広い屋敷ではなかったから、夫人の寝所を探し出すことはごく簡単なことだった。一切音を立てることなく室内に忍び込み、ナイトライトに浮かぶ彼女の寝顔をのぞき込んだ。その口元に、八つ折にした小風呂敷を押し当てる。

途端に佐枝夫人は眼を覚ました。

「静かに。危害を加えるつもりはない」

といったところで、寝込みを襲われた女性がすぐに静かになるとは限らない。夫人もまた、ものすごい勢いで抵抗を始めた。その暴れ方はいささか激しすぎて意外な気がしたが、それでも口元を押さえた掌《てのひら》にわずかに力をかけ、「九條に繋ぎを取って欲しいんだ」と耳元で囁《ささや》くと、夫人は抵抗をやめた。八つ折の小風呂敷をはずした。

「わかるな、九條保典だ」

わざとしゃがれ声を作ってそういうと、

「知りません、そんな人」

夫人の応《こた》えに嘘はないようであった。

「あなたの前では別の名前を名乗っているかもしれない。いや、多分そうだろう。だが、四光会のメンバーで、あなたとよほど親密な関係にある人物、といえばわかるはずだ」

僅かな沈黙の後に「そんな人はいません」と応えが返ってきたが、そこには嘘の匂いがした。

「隠してもわかっているんだ。だからこそあなたは、あんな行為に走ったのだから」

「わたし……あの、なんのことだか」

「とぼけるんじゃないよ。泰山氏の死体のまわりに、竹の皮を切り開いた馬連をばらまいたのはあなただろう」

「……」

「泰山氏の死体を発見したあなたは、思わず悲鳴を上げてしまった。それで隣人が駆けつけ、その人物が警察に連絡をしたのだったね。やっと我に返ったあなたは、工房のテーブルに鯖の棒寿司が置かれているのを見て、慌てたんだ。これは明らかに来客があったことを示している。だからあなたは竹皮を切り開いた馬連をばらまくことで、鯖棒は客をもてなす目的で用意されたものではない。竹皮の包みを利用することが本当の目的であると、思わせたかったんだ」

警察をうまく誘導できる保証はどこにもない。

けれどそれを承知で、夫人が敢えて行動に踏み切ったのはなぜか。彼女が来客を見知っているからであり、その人物の身に容疑が降りかかることを、是が非でも避けたかったからだ。

「いいかね、あなたの愛おしい人に伝えるんだ。嵐山の渡月橋近くで、明日の深夜待っていると。そういえばすべてはわかる。必ず伝えるんだ、でないと」

それから先は、いわずもがなである。僕の提案を受け入れなければどのような結末が待っているか、誰よりもよく知っているのは佐枝夫人なのだから。


新月の夜、微かな星明かりのみが唯一の山道で、《俺》は待ち続けた。待つことは、かつての稼業を思えば決して辛いものではない。だが現実には、三十分もしないうちに
「待たせたか」と、感情を押し殺した声が背後から掛かった。

「いいや、大したことはない。立ち話もなんだから川岸で話そうか。座ることができる」応えを待たずに歩き出すと、足音があとをついてきた。

川岸に出たところで、明かりがほとんどないことに変わりはない。俺と九條は、今にも闇にとけ込みそうな二つの影に過ぎなかった。従って俺の前で九條保典を名乗る男が、四光会ではどのような名前を使っているか、知ることは不可能だ。

「話があるそうだな」

「あんたが絡んでいる四光会と、乾泰山の事件についてな。それにしても、ずいぶんと多角経営をしているじゃないか。故買屋だけでは、稼ぎが足りないか」

「デフレスパイラルの時代だからな。こちらも色々と考える。で、用件は」

「ああ、乾泰山を殺した犯人が分かった」

「なんだ、そんなことか」

「その口調からすると、犯人が堀田であることは」

「最初から見当をつけていたさ」

「だが、動機はどうだ。あいつが四光会の他のメンバーを出し抜くつもりで、顔合わせの前日から泰山を追い回していたことは、すでに知っているな」

「おおかた、それを断られたためにかっとなったのだろう。あの気の短さが致命傷になると、俺はいつも心配していたんだ」

「確かに、気の短さが原因の一つではあるが、すべてじゃない」

「どういうことだ」

「本当の理由は、鯖の棒寿司にあったんだ」

「棒寿司、ずいぶんと突飛な動機じゃないか」

「ところが、堀田にとっては突飛でもなんでもなかったんだよ。奴の出身は山口県だし、今も向こうに店舗を構えている。おまけに堀田がメンバーに入ったのは半年ほど前だ。奴には一つの知識が欠落していたんだ」

大した知識ではない。京都で作られる鯖の棒寿司がどのようなものであるか。ただそれだけのことだったのだ。

「乾泰山のあとをつけ回した堀田は、彼が一軒の寿司屋に入り、そこから大きな包みを持ち帰るのを見てしまった。その時、堀田の脳裏にある誤解が生まれた」

その誤解を確認すべく、十兵衛に飛び込んだ堀田は、店の若い店員に尋ねたのである。今の客はなにを持って帰ったのか、と。店員は彼の言葉遣いから京都人ではないことを察し、鯖の棒寿司、もしくは鯖棒という言葉を遣わずに単純に「鯖のお寿司ですよ」と応えてしまった。

「京都人であれば、それだけで鯖棒とわかる。あるいは泰山とのつきあいが長いあんたがたなら、やはり結果は同じだろう」

「だが、新参者で山口県人の堀田は誤解した、と？」

「そうだ。京都以外で鯖の寿司といえば、普通はバッテラのことだろう」

鯖棒とバッテラの大きな違いはなにか。それはつまり、バッテラが押し寿司であり、同じ押し寿司でありながら鯖棒は、

「なれ鮨なんだよ。なれ鮨は作ったばかりより、一晩おいた方が絶対にうまい。だからこそ泰山は顔合わせの前日に鯖棒を買って帰ったんだ」

「だが、堀田はそうは思わなかった」

「その通り。バッテラは日持ちがしない。さらに誤解が積み重なった。量的な問題だ」

バッテラは一本が一人前の量しかないが、鯖棒、特に十兵衛の鯖棒は量が徹底的に異なるのだ。堀田と十兵衛の店員の間には、こんな会話が交わされた。

『先ほどの客は鯖の寿司を何本、買っていった』

『三本です』

堀田にとって三本の鯖の寿司は、三人前としか思えなかったはずだ。

「現実には、三本の鯖棒は四〜五人が食べるのに十分な量だ。が、誤解によって眼の曇った堀田にはそんなことはわからない。誤解に誤解を重ねた奴は」

俺の言葉に九條は沈黙した。保津川のせせらぎと微かな星明かりのみが俺たちを包む、その中で、九條は笑い声とも呻き声ともつかない声で、

「わたしたちを出し抜くはずの自分が、逆に己が出し抜かれたと思いこんだんだ」

「そういうことだ」

翌日の顔合わせのために用意された鯖棒を、当日、己をのぞいた三人が集まった折に供される料理と勘違いした堀田は逆上した。いっそのことここで泰山を殺害し、その嫌疑が他のメンバーにかかるようにすれば、と瞬間的に発想したのだ。

メンバーがいなくなれば、後に残された版木を自由にできる。それでも十分に利益を上げることができると踏んだ堀田は、邪《よこしま》な発想を実行に移したのである。

「さらに誤解が誤解を生み、事件は複雑になった。わかるよな」

「佐枝の工作、か」

「彼女もまた誤解した。本来なら翌日に泰山邸を訪れるはずのあんたたちメンバーが、予定を変更して事件当夜に招かれたと思いこんだんだ」

「浅はかな女だ」

「いってやるな。彼女なりに考えた上での工作だ」

「そんなことをするから無駄な不幸を」

といった、九條の口調に変化が見て取れた。思い出したくもないものを思い出す、苦渋に似た調子で「下中の奴などに」と、誰に聞かすでもない言葉を吐きだした。

「わからないことが一つ、ある。どうして下中は死なねばならなかった」

俺の問いに、九條はしばしの間、応えることができなかった。やがて「誤解のドミノ倒し」と、それまでの抑圧から解放され、気の抜けた声で呟いた。

「あいつはあいつで、バカな誤解をしたんだ。泰山がミステリーのマニアであったことは知っているか」

「そういえば、聞いたことがある」

「まったく愚かな男だ。あいつは切り開かれた馬連が死体の周辺に撒き散らかされていたことをどこからか聞きつけた。てっきり俺達四光会の誓約状でも隠されていると、勘違いしたんだ。もちろん、そんなものはない。だが、奴もまたそれを手に入れて、四光会の一部に食い込もうとしたんだ。切り開かれた馬連から何も失われていないとすれば、目指すものはどこにあるのか。下中は泰山がミステリーマニアであることに目を付けた」

そういった後、間隔を置いて九條が「馬連じゃ」と声に出した。

「バリンジャーという作家がいるそうだ。叙述トリックとかいう手法を得意とした作家らしい。時には解答部分を袋とじにして、この先を読みたくなければ袋とじのまま出版社に送り返せと、そんな企画まで立てたんだと」

「袋とじ？」

「わからないか。日本の古書はたいがい袋とじだ」

「まさか、ありもしない誓約状が泰山の蒐集した古文書に隠されていると」

俺は下中の思考を正確にトレースすることができた。

乾泰山を殺害した犯人が誰であろうと構わない。欲しいのは四光会の誓約状だ。下中はこう考えたことだろう。その誓約状を巡ってグループ内に諍《いさか》いが起きたに違いない。それ故に、泰山は誓約状を誰にもわからない場所に移したのだ、と。犯人は執拗に誓約状の隠し場所を問い詰める。拷問まがいのこともあったかもしれない。挙げ句に泰山が漏らしたのが、「馬連じゃ」の一言であった。そんなことを下中は邪推したのである。

「ところが馬連からはなにも失われていないとすると」

「そうだよ。誤解と邪推。それでも目指すものが見つからないと知った奴は思い切った行動に出た」

俺は、泰山邸に忍び込んだ折の、佐枝夫人の激しすぎる抵抗を思い出していた。

「まさか……あの日俺が泰山邸を辞した後に……」

馬連からはなにも失われていないとしつこく確認した後、下中は本来の目的半ば、下心半ばを胸に佐枝夫人に襲いかかったのである。誓約状はどこにある。和綴《わと》じ本のどこかに隠されているはずだ。下中の卑しい声まで再生できそうで、俺は暗闇で眉をひそめた。

その直後に起きた悲劇については、想像することさえ酷《むご》く思われた。

唐突に、

「で、どうする」

九條が思いがけない明るい口調で、いった。

「どうもしない。俺は京都府警の回し者じゃない」

「おかしな男だな。だったらどうしてむきになって事件を嗅ぎ回った」

「気にするな、プライドと趣味の問題だ」

果たしてそういいきれるか、自信はなかったが、

――とりあえずは他にいいようがないものなあ。

暗闇からぬうと手が伸びてきて、煙草の箱を差しだした。

「いらない」

俺の言葉と同時に、背後で光の気配がした。振り返って九條の顔を確かめることも考えたが、敢えてそうはしなかった。

「堀田のことは、警察に訴えるつもりなのか」

吐き出す煙とともに、九條がいった。

「すべて任せる。俺はこれから先、事件について一切関知しない」

泰山を殺害してしまった堀田と、もしかしたら取り返しのつかないターニングポイントに自ら立ってしまった佐枝。二人の行く末など、興味はなかった。

「まったく、変わった男だな。本当に現役復帰しないのか」

九條の言葉の裏に、組んでもいいぞという響きがあったが無視した。

「その気は……ない」

「どうかな。この世界のうま味を一度でも知った人間は」

「俺は、一介の寺男でいたいんだ」

九條がもう一度「どうかな」といったようだが、聞かない振りをして、《僕》は歩き出した。歩き慣れた夜道を進みながら、

――さて、折原に事件をどう説明するか。

そのことばかりを考えていた。

忘れ草

連城三紀彦

連城三紀彦（れんじょう・みきひこ）

一九四八年〜二〇一三年。早稲田大学卒。一九七八年「変調二人羽織」でデビュー。八一年「戻り川心中」で日本推理作家協会賞、八四年『宵待草夜情』で吉川英治文学新人賞、同年『恋文』で直木賞、九六年『隠れ菊』で柴田錬三郎賞を受賞。他の著書に『私という名の変奏曲』『白光』『人間動物園』『造花の蜜』など。没後の二〇一四年には日本ミステリー文学大賞特別賞を受賞。一八年現在もアンソロジー収録や復刊が相次ぐなど根強い支持がある。

今、私は月明りの中でこの手紙を書いています。この、あなたへの最後の手紙を……さっきまで夜空が泣いているかのように大きな雫《しずく》で滴《したた》り落ちていた雨があがり、それでもまだ薄く残っている雨雲の端に細くふちを削りとられた月が浮かんで、蒼《あお》い光を私の握った筆の先に投げかけています。墨ではなく、まだ雨の匂《にお》いを濃く残して濡《ぬ》れたように見えるその蒼白い月明りに筆をひたして、あなたに向けての最後のひと言ひと言を書いているのだと、そんな気がしています。私の体の中の奥深い闇《やみ》にも同じ月が浮かんでいて、冴《さ》えわたりながらもどこか悲しいものに濡れたその光が血と混ざりあいながら指から流れだし、こんな風に文字を結んでいくのだとも……

今夜、あなたはとうとうこの家へ、戻ってきました。私のもとへと、八年間いろいろなことがありながらそれでも妻であり続けた女のもとへと……秋の早い夜が雨と混ざりあいながらおりてきて、間もなくに私はあなたが玄関の硝子戸《ガラスど》を叩《たた》く音を聞きました。風の音と間違えてもおかしくないかすかな音だったのに、私にはすぐにそれがあなたなのだとわかりました。硝子戸には、門灯の弱い灯《あか》りを浴びて水を滲《にじ》ませたようにあなたの影が浮かんでいて、その影があまりに淡《うす》かったので戸を開けると同時に消えてしまいそうな気がして、私はしばらく玄関に立ちつくして遠い歳月を夢の中で追うような心地であなたの影を見守っておりました。それからやっと玄関の灯《ひ》を点《とも》し、錠をはずしながらそれでもまだ戸を開けるのがためらわれて、今度は玄関の灯に浮かんだ私の影を、硝子戸一枚のむこうであなたがどんな目で見ているのだろうと想いながら、やはりその場に佇《たたず》んでいました。私たちはそんな風にまず影と影とで再会したのです。

戸を開けたのは、あなただったのか、私だったのか。「帰った――」ただそれだけを昔と変わりない声で、八年前この家を出ていった時と同じ何気ない、近くまで来たから思い出して立ち寄ってみたというような顔で言い、私も「ええ」と普段と変わりない声で一言だけ答え、戻ってきたあなたを受けいれました。薄く降り始めていた雨の雫が髪から、男にしては細すぎる眉《まゆ》を、その眉と同じ細い目を切るようにして頬《ほお》へと落ち、それが涙のように見えました。不思議なほどあなたは昔と変わっていませんでした。いいえ、ともに三十代から四十代にかけての八年間でしたから、私が変わったようにあなたも長い歳月を顔に刻んでいて、あの頃の俤《おもかげ》はもう弱々しい線で消えかかっていたかもしれません。ただ、夢の中に浮かびあがる人影が時に現実よりも生々しく思えるように、この八年間、あなたと一緒に暮らしていた頃よりもあなたのことを生々しく感じとっていて、遠く離れながら、かえって日ごとにあなたは鮮やかな俤で私の体の中に棲《す》みついていって、私と一緒に息をしながら、私が年老いていくのと同じように私の中のあなたの俤も年老いていったので、私には八年ぶりのあなたがまだ昨日見たばかりのように思えたのでしょう。

あなたの目に、八年ぶりの妻がどう映ったかはわかりません。あなたはほんの一瞬私を見ただけですぐに視線を逸《そ》らしてしまったのですから。考えてみると、あの玄関先での一瞬以外、今夜あなたは一度も私を見ようとはしませんでした。私がこの数日、体の具合が悪く夜がまだ始まったばかりのその時刻にもう灯《ひ》を落として床《とこ》についていたのだと知ると、「だったら寝ていたほうがいい」そう言って、私が電灯に伸ばそうとした手をとめ、駅からずっと歩いてきて喉《のど》が渇いたことを口実にして、台所に立っていくと、そのまま長い時間、戻ってきませんでした。ただ気まずかったのか、それとも私の顔の肌の衰えや皺《しわ》に、自分がこの家と妻とを見棄《みす》てていた歳月の長さを見てしまうのが怖かったのか。ひょっこりと戻ってきたこの家であなたが何を考えているのか、わかりませんでした。留守の間、あれほど身近に感じられていたあなたが、戻ってきたその瞬間から、逆に遠くへと旅だっていってしまったような、そんな不思議な空《むな》しさに襲われ、布団の中で、廊下を隔《へだ》てた台所の灯にわずかに薄まった闇《やみ》を見守りながら、私はぼんやりとあなたがこの家を出ていった日のことを思いだしていました。

今、台所にいるはずのあなたよりも、八年前のあの日のあなたの背中の方が、私の目にはっきりと見えてくるのです。あの朝、あなたはいつものように「出かけるから」とだけ言い、鞄《かばん》をさげた後ろ姿が玄関から出ていくのを私もいつもと変わりない声と目で見送りました。ただ背広の肩のところの糸がほつれていたのに気づいたので呼びとめて着替えさせようかと一瞬そう思ったのですが、その時にはもうあなたは硝子戸《ガラスど》を閉めてしまっていたのです。それが何故か、針で突つかれた小さな痛みのような後悔になりました。昼すぎにちょっとした用があって会社に電話を入れ、上司の方から、まだ出社していないと聞かされた時、たったそれだけでも、私にはもう、たぶんあなたは会社やこの家や私を棄ててどこか遠くへ行ってしまったのだとおぼろげにわかったのですが、その時も、それから一週間経《た》って、あなたが帰って来ないことがもう間違いないとわかった時も、驚いたり悲しんだりするより、何故か、あの綻《ほころ》びのある背広で出ていかせてしまったことだけが、気に掛っていました。あなたが何故この家を棄てたのか、その理由はわかりませんでしたが、あの時、呼びとめて背広を着替えさせていたら、あなたの気持ちは変わっていたはずだと、私にはそう思えたのです。

強《し》いて理由を考えることはできました。口数の少ないあなたから、結婚して六年の間に一度だけ会社のことで愚痴を聞かされたことがあります。東京のはずれにあるこの家から毎朝二時間もかけて都心の会社に出かけていっても、そこで待っているのが二流会社の単調な仕事で、こんなことを一生続けていくのかと思うと馬鹿馬鹿しくなる時があると……そのあたりが理由だったのか、いいえそれともあなたは何よりこの家や六年間一緒に暮らした私という女に疲れてしまっていたのか。

私たちはともに無口で、この武蔵野《むさしの》の奥深くの静寂に滲《にじ》みこむようにひっそりと暮らしていましたが、その静かさが私には平凡ながら幸福な生活と映っていたのに、あなたにはただ退屈なだけのものでしかなかったのか。それともそれはただ六年という歳月だけが理由で、私たちは口喧嘩《くちげんか》一つせずそれなりに仲良くきたはずでも、ごく自然に何かがすり切れていって、あの朝の背広の綻《ほころ》びのように、私が気づいて呼びとめようと思った時には、もう遅かっただけなのか……

もっとも私は、最初の頃から理由を深く詮索《せんさく》することは諦《あきら》めていました。ある日ふといつもと変わりない顔で今までの全部を棄てどこかへ消えてしまうというのが、私にはあなたらしいやり方だと思えましたし、それでいいのだとも思っていましたから。むしろ私はあなたがそういう人だとわかっていたから結婚したのだし、結婚した日からその日のために少しずつあなたを見送っていたのだという気さえしていたのです。

あなたが家を出た理由を詮索するのをやめたように、私はまた、会社の方たちや千葉に住む兄夫婦からどんなに勧められても、警察に捜索願いを出したり、私の手であなたを探したりすることは最初から諦めていました。ふた月が過ぎ、この武蔵野のはずれの秋も終わる頃、あなたはあの絵葉書を送ってきました。裏に京都の、嵯峨野《さがの》の寺が刷りこまれた絵葉書は、表に宛名《あてな》としてこの家の住所と私の名があっただけで、差出し人の名も一言の文字もなく、下半分は空白になっていて、ただ枯れた松葉をつないだような淋《さび》しそうな筆遣いだけで何とかあなたが送ってきたのだとわかったのでしたが、それでも私は何の言葉もないその白さに、無口なあなたらしい、言葉にはならない言葉を読みとった気がしました。そのまっ白な言葉で、あなたが私に探さないでほしいと頼んでいるのだ、自分でも何故家を出て今までの人生を不意に棄てる気になったか、わからないと伝えたいのだ、そんな風にも思いました。

武蔵野の秋は、ある日、昨日という日があったことが信じられないように何もかもが枯れ果て……ただ落葉と芒《すすき》の穂が風に舞い、波うち、ざわめくだけの色褪《いろあ》せた淋しすぎる景色の中に、まだそれでも残っている季節の色を奪いつくそうというように無慈悲な冷たい雨が降ってきます。絵葉書を受けとったのはそんな秋の終わりを告げる雨が降っていた一日で、玄関先に立ったまま、私はまた、あなたの言葉がこんなに白く消え失《う》せてしまうほど遠い所から届いた葉書なのだと、そんなことをぼんやりと思いながら、葉書へと滴り落ちているのが軒を伝い落ちてくる雨露だとはすぐにわからず、こんな、季節と同じように枯れ果てた気持ちのまま何故自分は泣いているのだろうと不思議に思っておりました。裏の写真は京都の嵯峨野の一番奥にある、無縁仏《むえんぼとけ》で埋めつくされた寺で、苔《こけ》むし、崩れかかった石仏を夏の青葉が包んでいました。あなたが何故、そんな季節はずれの絵葉書を送ってきたのかはわかりませんでしたが、その軒先で葉書の表と裏を交互に返しながら、私はまだ自分が泣いているのだと思い、激しい涙に流されながらも、そのたびに表の空白と裏の緑の火にも似た青葉とが、いっそう白く、いっそう青々と燃えあがってくるのを見守っておりました。

あなたが出ていってから今夜までの八年間、私は一度も本物の涙を流したことはありません。周りの人が驚くほど最初の日から私は冷静で、自分でもそれが却《かえ》って悲しいほどでしたが、時おり雨が降ってくると、その雨を借りて自分は今、泣いているのだと……時にまた夜半に目をさまし、闇《やみ》の中に、庭から隣の空地へと崩れるように生い繁った芒《すすき》のざわめく音が聞こえると、それが私のすすり泣く声だと思うことがありました。あなたが行ってから何度雨がこの家をこの庭を濡《ぬ》らし、風が芒の穂を散らして吹きわたり、私のかわりに泣いてくれたでしょうか。それでも私の中にあなたを探しだそうという気持ちは湧《わ》き起こってはくれませんでした……

あなたが京都に住みついたのは間違いないようでした。一年が過ぎ、あなたの大学時代からの友人だという方が、京都へ紅葉見物に行って嵐山で偶然あなたを見かけたと電話をくれました。嵐山は大変な人混みで、その方は追いかけたのにすぐに見失ってしまったのですが、それでも束の間、あなたが和服を着た美しい女の肩に手をかけて楽しそうに笑っていたのを確かに見たと教えてくれました。あなたが嵯峨野へとむかう人の流れの中に消えていったと聞いて、あの絵葉書と重ね合わせると、恐らくはその辺《あた》りにその女と住んで新しい暮らしを始めているのではないかと想像はつきましたが、それでも私は京都へ探しに出かけようとは考えませんでした。

私はただ待つ方を選んだのです……ただ待っていれば、いつかは必ずあなたは戻ってくるのだ……根拠を問われれば自分でも答えることはできないのに、何故かそれは揺るぎない確信となって私の心の中に居座っていて、だから、私はあなたがいなくなったその日からとり乱すこともなく冷静でいられたのです。いつか兄が、「男の気持ちなど変わりやすいものだ。お前がいくらそうやって待っていたって向こうはもうお前のことなど忘れているかもしれないのに」と言ったことがありました。私は、「そんな風に変わりやすいものなら、今忘れていてもまたいつか思い出してくれるはずだわ」そう冗談のように微笑を装って答えたのですが、冗談などではなく、本気でそう思っていたのです。あなたが今、遠い京都で、他の女とどんなに幸福な暮らしをしていても、それはただ夢か幻のような日々に過ぎず、いつかはそれから醒《さ》めて、私の所へ戻ってくるはずだと……

あなたが何を求めて、この家を出ていったのかはわかりませんでした。いいえ、それはあなた自身にもわかっていなかったはずです。あなたは京都で今、探し求めていたものをやっと摑《つか》んで幸福に暮らしているのだ、そう思っているかもしれないけれど、その女のことその暮らしのことも、所詮《しょせん》はただ夢の手で摑んだ幻に過ぎず、どんなに楽しそうな笑い声をあげて、その幻と戯《たわむ》れていようと、それはいつかは指の間からこぼれ落ち跡形もなく消え失《う》せてしまうもので、その時、あなたは必ず私のもとへ戻ってくるはずだと……あなたは自分が本当に探し求めているのが何なのかを知らずにいたのです。あなたが本当に探し求めていたのはこの家でありこの私なのに、愚かにもあなたはそれを探し求めてこの家を出ていったのです。だから、私の方であなたを探す必要はないのだと、私はそう思っていました。あなたが今、他の町で他の女との暮らしに根をおろして住みついたと思っていても、あなたは依然、旅の途上にいるのであって、いつかはその過ちに気づいてこの家に戻ってくるだろうと……私はただこの家で、夜も門灯を落とさずに、あなたがいつかは私を探しあてて戻ってくる日を待っていればいいのだと、そう思っていました。いつかはあなたが今見ている夢の闇《やみ》の中にこの家の門灯の円《まる》い光がぼうっと霞《かす》むように浮かび、あなたがそれに引きずられるように戻ってくる日をただ待っていればいいのだと……

私たちが住み始めた頃には野中の一軒家のようだったこの家の周りにも、いつしか何軒か家が建つようになり、あなたが出ていってから間もなく駅むこうには団地もでき、私はこの家の一部屋に書道教室を開いて子供たちに教えながら、細々と生計をたて、あなたの帰る日を待ち続けました。

最初のうち「馬鹿な女だな」と蔑《さげす》んでいた兄は、二年経《た》ち三年が経ち、それでも私が態度を変えようとしないのを見て、今度は、「恐ろしい女だな」と言うようになりましたが、私はその言葉にもただ薄い微笑で答えただけで、そんな風に微笑しているだけの自分を兄の言う通りの恐ろしい女かもしれないと思い、あなたが出ていったのは、私の体の芯《しん》に絡みついた恐ろしさが厭《いや》になって逃げだしたのかもしれない、そうも思い、しかしそれでもあなたはその恐ろしい女のもとに必ず戻ってくるはずだと改めて自分に言い聞かせたのです。それは自信というより、もう私の体の奥深くにしっかりと根を張った、自分でもどうすることもできない確信でした。……そして、私の信じていた通り、今夜、とうとうあなたは戻ってきたのでした……

台所で、この家の闇《やみ》を濡《ぬ》らす雨音《あまおと》を聞きながら、あなたの方では何を考えていたのか、やがて私が布団の上に起きあがって、「御飯まだなら作りますよ」と声をかけると、「いや、済ませた、それより酒はないか」と声だけを返してきました。

「いつもの所にありますよ」

私はごく自然にそう答え、ふっと昔と変わりない日が戻ってきたような気がしながら、酒を飲みだしたらしいあなたに、「そこは寒いでしょう、こちらへ来たらどうですか」もう一度そう声をかけ、あなたは案外素直に従い酒の用意をもってくると、台所の灯《ひ》に薄まっているといっても闇の方が勝った部屋の窓辺の文机《ふづくえ》の上に手探りで置いて、しばらく一人で飲んでいましたが、やがて雨音にかき消されるほどの声で、「この家も古くなったな。饐《す》えたような匂《にお》いがする」そう呟《つぶや》いたのです。

「ええ、でもそれはあなたの匂いだわ」

あなたは気づいたかどうか、台所のあなたの茶碗《ちゃわん》もあなたが飲んでいた盃《さかずき》も、あなたが出ていった日から一度も手を触れず、そのままにしておいたのです。箪笥《たんす》の中の洋服も、あなたの部屋の品物の一つ一つも、日曜ごとにあなたが大事に手入れしていた庭も……あなたの匂いが消えたら、あなたが帰ってきた日に戸惑うのではないか、いいえあなたの匂いが消えてしまったら、こうも揺るぎなく信じていても、あなたが帰ってこなくなる気がして、私には怖かったのです。……最初の二年、私がもう一つ手入れをせず放っておいたものがあります。私は自分の髪を、あなたが出ていったその日に切るのをやめようと決心したのでした。庭に雑草や茅《かや》が生い繁っていくように私の髪も黒い草となって伸びていき、私はこの髪が伸びきった日にあなたは戻ってくるのだと自分に言い聞かせながら、時々髪のひとすじを指に絡めながら、あなたが出ていってから今日までの日を一日二日三日……と数えたりしていたのですが、二年目の秋も終わろうとするある朝、もう座れば畳に流れるほどに伸びた髪をそんな風に指で数えながら、そのひとすじが白く枯れているのに気づいたのでした。……その時、私を不意に襲ってきた悲しみをどう言葉に直せばいいのか、私はその髪のひとすじから自分が死んでいくのだという気がして、その悲しみに押し流されるようにして家を出ると、京都行きの列車に乗っていたのです。あの日のことは暗い雪に閉ざされた夢のようで、とぎれとぎれにしか憶《おぼ》えていないのですが、気がつくと、私はあの絵葉書の寺の中で、何故そこにいるのかわからないまま石仏の中に座っており……次に気づいた時は暮色《ぼしょく》の濃くおりた竹林の道をその寺から逃れるように駆けておりました。どうやってその夜のうちにこの家へ戻ってきたのかも憶えておらず、今となってはただ絵葉書をとりだして見ているうちに自分が石仏の一つにまぎれこんでしまったような気がしただけなのかもしれないと思えるのですが、ただ本当にあの日京都に出かけたのだとしても、それはあなたを探そうとしたからではありません。あの寺でも私は苔《こけ》むし崩れかかった石仏と変わりなく、ただじっと動くことなく、あなたを待ち続けていたのですから……

はっきりと思い出せるのは、その晩この家の台所でいつの間にか包丁を握っていたその瞬間からだけです。私はその包丁であの日から今日まで伸びたぶんの髪を切り落としたのでした。あの時包丁に籠《こ》めた自分のものとは思えない全身の力と、髪を切り落とした際その刃先に蒼《あお》くしみついて流れた月の光だけは、それから六年が過ぎ、今夜も私の手と目に残っています。切った髪を庭の芒《すすき》の波うつ中に撒《ま》くように棄てた時、その髪をさらって悲しみの波は、瞬《また》く間に退いていき、再び静けさが戻ってきて、私はその静けさの中で、翌日からまたその髪が伸びきる日を楽しみにしながら、あなたを待ち続けたのです……そう、そして今夜やっとあなたは戻ってきました……

黙って酒を飲んでいるあなたに私は何も言いませんでした。何の怨《うら》み言も、何の愚痴も……あなたもただ酒が尽きると、「寒いな」そう一言呟《つぶや》いて、暖かさを求めるように私の体へと伸ばした手を、でもすぐに引っこめました。驚いたのが息でわかりました。私たちは闇《やみ》に溶けてしまいそうな影となって、しばらく向かい合っていました。あなたの目にだけ燐光《りんこう》のような幽《かす》かな光があって、それがやはり青白い涙を浮かべているように見え、私はただその目を見つめながら、あなたの目にも私の目が同じ青白い涙に潤《うる》んでいるように見えているのだろうと思っていました。

「冷たいでしょう、私の体……仕方がないわ。私もこの家と一緒に古く朽《く》ちてしまったんだから……すきま風だけになってしまって……」

実際、この八年のうちに自分の体の方々が朽ち果て、破れ障子のようになった肌から絶え間なく風が吹きこみ、体の深い底に根を張った雑草を揺らしている、そんな心地を覚えておりました。私の言葉に、それでもあなたは愛《いと》しそうに再び影の手を伸ばしてきて、

「あなたをただ待っているうちに、私は死んでしまったんです……それでもいいんですか」

そう言いながらも私の指は蔓草《つるくさ》のように伸びて自分からあなたの手へと絡みついていったのです。あなたは手探りで私の寝間着を剝《は》がし、それでもまだ指は闇の薄紙を一枚一枚剝がしながら必死に私の昔の俤《おもかげ》を探りあてようとしているようでしたが、私はあなたが遠い昔の俤を探りきってしまうのを恐れるように、今度も自分から手を絡め、あなたの体を抱き寄せながら布団の上へと倒れ……そうして今夜、八年ぶりに私はあなたに抱かれたのでした。あなたの体は滲《し》みこんだ雨に濡《ぬ》れていて、私はあなたが体中ですすり泣いているように思え、でも私の体の方は涙のひと雫《しずく》も結ぶことができず、雨風に庭の芒《すすき》が揺らぐ音を聞きながら、あの草がまた私のかわりに泣いてくれているのだ、そんなことを遠くぼんやりと思っていました。……この雨で、明日の朝になれば武蔵野もこの家も私も一度に何もかもが枯れつくしてしまっているだろうと……

「夢を見ている気がする……」

私を離した後、あなたはそう呟きました。あなたには、夢の中でもう死んでしまった女の幻を抱いただけのような気がしていたのでしょう。空《うつ》ろだった私の体をあなたは抱ききれずに何度も手をためらわせたのですから。

「京都の寺の絵葉書を送ったろう」

眠りに落ちる前の最後の声であなたはそうも言いました。

「あの寺の石仏の一つに君と似た顔のがある。崩れかかっていておぼろげな顔なのだが、夕陽《ゆうひ》に染まると、ふっと眉《まゆ》や目や唇が蘇《よみがえ》ったように見えて……よく、それを見に行った」

私はふっと、本当はまだあなたが京都にいて、その寺のその石仏を見ながら、私のことを思い出している、その幻の中に自分がただいるだけのような気がして、空ろな体が自分でもあなたの夢の中の幻にすぎない気がして、それをいっそう淋《さび》しく思いながら、弱まった雨音《あまおと》を聞いていました。やがてあなたの寝息が聞こえだし、私はそっと立ちあがると、台所に行こうとして、まだ雨音が残っているのに窓辺の文机《ふづくえ》に月明りがさしているのに気づくと、思い直して墨をすり、まずこの筆を握ったのでした。

あなたは今夜、八年ぶりに戻ってきた家で、饐《す》えた匂《にお》いのたち籠《こ》める中で、もしかしたら自分はただ死んでしまった女が一晩だけ結んだ幻を抱いただけのような気がなさったでしょう。明日になれば、骸《むくろ》となってしまう女を一晩だけの夢の中で抱いたような……でも……そうではなく……幻はあなたの方であって……遠い昔に死んでしまったのはあなたの方であって……あなたはそれを知らずにいるだけであって……あの饐えた匂いはあなたの体が放っていたものであって……この家を出ていった日に自分が死んでしまったことにも気づかず、あなたは京都のはずれの野辺を、あの寺の石仏の間を八年の間さまよい続け、今夜やっと自分の妻がまだ生きていることを思いだし、一晩だけの幻の姿を結んで訪ねてきて妻を抱き、もう思い遺《のこ》すものもなく、明日は朝の露と光に濡《ぬ》れて骸として横たわるのです……そう、私はただそのためにだけ、あなたを八年間も待ち続けていたのです……

月は西に傾きながら、少しずつ蒼味《あおみ》と雨の余韻を失っていって、今はただ白く筆先を濡らし私が書いていく文字を書いたその瞬間から消していきます。あの絵葉書と同じ、ただ白く空しい手紙を私は書き続けてきたのです。明日の朝が訪れても、あなたはもうこの手紙を読むことができなくなっているのですから。あなたがこの家と私を棄てたのだとわかった日に、あなたは私の中で死んだのです。別の町で別の女と暮らしていたのは、だからあなたの幻にすぎず、本当のあなたは六年間一緒に暮らした頃の美しい俤《おもかげ》として私の中で生き続けたのです。この八年間、私はその美しい俤としっかり結びついてそれ以前の六年より幸福に生き続けたのです。それなのにまた、幻としてさまよっているあなたが、いつか必ず、ただの空しい残骸《ざんがい》として戻ってくることも私にはわかっていました。そうしてその時になれば、私はそんな残骸同然の男よりも私の中に生き続け、私と一緒に年老いながらそれでもまだ美しい俤の方をためらいなく選ぶだろうし、そのためには何をすればいいのかもわかっていました。今夜、思っていた通り戻ってきたあなたに、私は何の怨《うら》み言も言いませんでした。この手紙にも一言も書きませんでした。怨み言をただ一言私の体から絞りだすなら、こんな筆ではなく他のものを握ればいいのです。あの年の秋の最後の日、夢か現実の中で京都の寺をさまよった日の晩、私は自分が握ったものの向け先がなく髪を断ち切ったのですが、あの時の自分でも信じられなかった力は、今も寸分違《たが》わず、この筆を握っている手に残っています……月はいっそう白く冴《さ》えわたり……それは私があなたの空しい幻をこの家へと引きずった門灯と同じ色で今夜という一夜を濡らしています。この八年、その門灯を一晩も絶えさせることなく、私はこの夜を、戻ってきたあなたに私なりの決着をつける夜を待ち続けてきたのです……

解説

関根 亨

京の小路は、時代を超えて様々な謎に満ちあふれている。例えば坂本龍馬暗殺。慶応三（一八六七）年に、中京区《なかぎょう》河原町通《かわらまちどおり》の近江屋で龍馬が暗殺された事件では後年、京都見廻組の今井信郎が実行犯として名乗りをあげている。

今日では見廻組犯行説が有力だが、暗殺当時はむろん、新選組関与など実行犯について諸説推理がなされただろう。さらに暗殺犯の背後に黒幕が存在したという説は今日も流布している。龍馬暗殺の背後関係はいまだ京の、さらなる幕末史の謎の一つになっている。

時代はさかのぼり戦国。天正一〇（一五八二）年、中京区小川通で焼け落ちた本能寺の変に関しても、推測の火種は今日もくすぶる。織田信長の死体が発見されなかったという有名な逸話もさることながら、明智光秀が謀反を企てた動機や背後関係についても、四〇〇年を超えて黒幕説は語られ続けているのだ。

二〇一四年発見の文書では、長宗我部元親討伐計画を中止させるためという説が浮上、さらに二〇一七年には、光秀が足利義昭を奉じて、室町幕府再興を期していたと裏付けられるような密書の存在も発表されている。

あらためて京都は、世界有数の観光地であると同時に、史跡や寺社など歴史とともに生きている街だ。同時に、碁盤の目状になった街路や石畳の道から、迷宮めいたイメージも時代を問わず湧き出てくるのではないか。

時は一足飛びに二〇一〇年代後半、現代のミステリ界を編者や編集部が探ってみた。すると俊秀の書き手が、京のさまざまな地を舞台にし、そこにふさわしい魅力的な謎を香らせていたではないか。

読者をここから、まさに京の現代にまつわるミステリアスな迷宮小路ツアーにご招待しよう。

「待つ女」浅田次郎
浅田次郎と京都といえば思い浮かぶのは新選組三部作のうち、『壬生《みぶ》義士伝』（文春文庫）と『輪違屋糸里』（同）であろう。
「待つ女」が収められた『浅田次郎読本』（朝日文庫）は特別に書き下ろされた同短編を筆頭に、浅田のエッセイやインタビュー、評論や対談も掲載されている。佐藤雅美氏と行った対談「『壬生義士伝』の新しさ」が興味深い。浅田は対談中、地図を執筆前に作ると語っている。おそらくは右記二作を執筆する際にも、幕末の地図ができあがり、隊士たちが壬生の屯所から京を駆け抜けた有様が、活写されたのであろう。

忘れてならないのは著者の現代小説路線だ。その現代物の中で、数少ない京都を舞台にした作品が「待つ女」だ。一代で急成長を遂げたファッション系企業社長である村井は、顔も知らない社員が増えている孤独な経営者である。

東山の料亭で百貨店役員たちを接待途中、体調がすぐれないため、村井は秘書の木内孝子と先に帰ることになった。帰途のタクシーが祇園の石段下にさしかかった時、折からの豪雨の中に女の姿を見た。

村井の記憶の中に、大学時代に別れることになった志乃という女の名が浮かぶ。京都の大学にいた頃、ファッション・メーカーのアルバイトをしていた村井は、西陣の機屋の女工である志乃と付き合うことになる。二人の関係が知られた志乃は機屋をやめ、喫茶店で働くことになった。就職先が決まっていた村井は、女との関係を清算しようと考えており、雨にかこつけて、待ち合わせの場所に行かなかったのだ。志乃はその翌日に店をやめ、消息が知れないまま、三十年余りの時が流れた。

待ち合わせの場所はその石段下だった。まさか数十年の時を超え、捨てられた女の念が祇園の石段下に残っていたのだろうか……。

以上の思い出話に、四十代の木内は一応の決着をつけさせるのだが、まだわだかまりが残る村井は東京に帰る前、伏見の旧友を訪ねることにする。

この後の展開はまさに著者独自の表現形式だ。旧友は婿養子で、辰巳酒造のお飾り社長という身上だが、辰巳視点では三人称でなく、「俺」という一人称になって村井へ語りかける形式に変化する。

三人称を主体に一人称を交えることで物語性に幅をもたせ、客観と主観で読者をもてなすことは浅田の得意技といっていい。初期代表作『地下鉄《メトロ》に乗って』（講談社文庫）は元より、『マンチュリアン・リポート』（講談社文庫）や二〇一八年近刊の『長く高い壁 The Great Wall』（KADOKAWA）など多数の作品にも見られる。

京都が舞台である以上、旧友を三人称にして村井との会話だけに京都弁が出るより、京都弁自体が地の文になる方がはるかに、読者への語りかけとなってくるのだ。

京都弁の語りはさらに別の人物へと引き継がれ、果たして石段下で目撃した真相は――。八坂神社の随身門がライトアップされるように、村井の体験に一筋の光明が見えたであろうか。

「長びく雨」綾辻行人

華やかな印象のある京都だが、意外におどろおどろしい地名も存在する。下京区の悪《あく》王子町《おうじちょう》、上京区の閻魔前町《えんままえちょう》、そして上賀茂《かみがも》の深泥池《みどろがいけ》である。ここで三七五ページにある「長びく雨」の収録先を見ていただきたい。『深泥丘奇談』――池でなく丘？　そう、綾辻行人の同短編集舞台は、〈現実の京都とはいささか異なる地図や歴史、風習を持った「もう一つの、ありうべからざる京都」〉なのである（〈〉内は『深泥丘奇談』著者あとがきより引用）。

同短編集第一話「顔」、第二話「丘の向こう」によれば、京都在住の本格ミステリ作家「私」は自宅からの散歩中眩暈《めまい》におそわれ、近くにあった深泥丘病院へ診察におもむく。左目にウグイス色の眼帯をした石倉医師にストレスが原因ではないかと告げられ、規則正しい生活を送ろうと散歩で歩く距離を延ばしてみた。

深泥丘の向こう側に抜ける遊歩道途中には人文字山《ひともじ》に続くハイキングコースがある。遊歩道を下った先に、見覚えのないQ電鉄如呂塚線《にょろづか》を発見。この路線は、徒原《あだはら》の里を通って、遺跡のある如呂塚まで行く路線なのに、京都育ちの自分自身がなぜか全く知らないという奇妙な事態に至る。

これら地名をもとに、想像の世界に浸りながらたどり着くのが、第三話の収録作「長びく雨」である。

雨の日が二週間以上続き、気が滅入る日々の中「私」は、四十年ほど前に亡父が撮った幼少期の写真を目にする。場所は川のほとりだが、遠景に写る橋の下に何か奇妙な影が写っているのが気になった。写真を見た妻は、その川は、市の東地区を南北に流れる黒鷺川で、橋は猫大路通りの北側に架かる橋ではないかと指摘する。さらにその影についても見当がついているようで、他ならぬ「私」でも分かりそうなものと言った直後、また眩暈に襲われる。

治療のため、私は件《くだん》の深泥丘病院を訪ねた。待合室での患者同士交わすひそひそ話や、なじみの石倉医師と看護師咲谷の意味深な会話を私は耳に挟む。それらは降りやまぬ三週間の雨への不安や焦りに、符合してくるのかどうか。

こちらの黒鷺川を含め、今まで出現してきた「もう一つの」地名の数々について、実際の京都のどこに当たるのか知りたい方は、本書続編『深泥丘奇談・続』（角川文庫）の大森望氏解説を参照されたい。

作家の「私」が行く先々の体験を小説で表現するといういきさつは、大正～昭和文士の逍遥《しょうよう》を思わせる。時は流れ逍遥の主役は、現代の本格ミステリ作家となった。シリーズ各話の味わいは和風あり洋風あり、背筋凍る結末もあれば諧謔《かいぎゃく》めいたオチもある。綾辻の場合、実在ではなく、「もう一つの京都」でしか起き得ない出来事を「私」と読者が体験していくという妙味すら備わる。

深泥丘シリーズは、二〇一六年に刊行された第三弾『深泥丘奇談・続々』（ＫＡＤＯＫＡＷＡ）をもってひと区切りとのことだ。だが筆者始め読者にはいまだ、「もう一つの」京都を逍遥し怪異にみまわれる「私」の姿が見える――ような気がする。

「除夜を歩く」有栖川有栖

二〇一九年、有栖川有栖はデビュー三〇周年を迎える。一九八九年のデビュー作『月光ゲーム』（創元推理文庫）こそが「除夜を歩く」の探偵役である江神二郎の初登場作でもあるのだ。江神は、火村英生《ひむらひでお》と並び有栖川が創造したもう一人の探偵役である。一九八八年春、語り手である僕（有栖川有栖）が京都の英都大学推理小説研究会に入部するところから、江神シリーズはスタートする。

今出川駅を降りて地上へ出るとすぐに、英都大の門が見える。その一回生になったばかりのアリスは、自分以外は三人しか部員のいない推理研に入部することになってしまう。浪人に留年を重ねた四回生の江神を部長に、望月周平、織田光次郎の二回生といったメンバーである。英都大学推理小説研究会は任意団体のため部室はない。キャンパスから烏丸通を挟んだ学生会館二階のラウンジがたまり場になっていて、内外の本格推理小説に関する談義を行い、彼らの身近に事件が起きると、江神二郎の頭脳が出番を果たす。

以上、「除夜を歩く」が収録された『江神二郎の洞察』（創元推理文庫）一話目の「瑠《る》璃《り》荘《そう》事件」ならびに四話目の「桜川のオフィーリア」より、アリスが推理小説研究会メンバーとしての学生生活をスタートさせたきっかけと、英都大推理研の紹介である。二話目「ハードロック・ラバーズ・オンリー」では五月中旬、今出川通りのロック喫茶で会った女子大生の境遇に思いを馳せている。

本書一三二ページにタイトルだけ登場する「四分間では短すぎる」に言及しておくと、これは五話目にあたる。紅殻《べんがら》塗り格子造りの家並みある西陣、窓下には犬矢来《いぬやらい》もある古びた江神の下宿にアリス、望月、織田が集まった。京都駅公衆電話でアリスが漏れ聞いた、他人の不可解な言葉が意味するところを推測していく。

八話目「除夜を歩く」においては、一九八八年の大晦日《おおみそか》を迎えることになる。奇《く》しくもこの年は昭和最後の大晦日で、天皇陛下のご病状がマスメディアを騒がせている時だ。世間が〝昭和の終わり〟を意識し、新しい元号を予測することすら話題になっている。平成最後の大晦日（二〇一八年）と相似形をなしていることは奇遇に他ならない。

望月も織田も帰省したが、江神二郎部長だけは、京都の下宿で年を越すという。アリスは大晦日を、江神の下宿で過ごすこととし、江神の大家のおせち料理のご相伴《しょうばん》にあずかるようにすら誘われる。

まずは望月作「仰天荘殺人事件」という犯人当て小説をアリスが読んで、謎解きに挑戦。いったん頭を冷やすため江神はアリスにおけら参りを提案する。西陣から祇園の八坂神社まで延々、アリスと江神は「仰天荘殺人事件」の真相を推理しつつ、エラリー・クイーンを例に、本格ミステリ作中で開示された手掛かりの真偽についての論を展開する。鴨川を渡り、丸太町通から三条京阪、四条大橋東詰へと至りながら。

この『〜洞察』は、収録年代が一七年の長きにわたるため、完結にあたる第二短編集の予定はむろんかなり先になる。次の『江神二郎の□□』が刊行された際、時代はまだ平成初期。アリスと推理研が活躍する、京都での英都大生活はまだ続くのである。

「午後三時までの退屈な風景」岡崎琢磨

〈純喫茶　タレーラン〉が営業しているのは中京区、二条通《にじょうどおり》と富小路《とみのこうじ》交差点を上がった（京都で言うところの北上）通りからさらに奥まった場所だ。そこは芝生で埋まる庭があり、とがった屋根に、蔦《つた》の這《は》う赤茶けた板壁、あたかも魔女が住まうような外見の一軒家になっている。

「純喫茶」という店名の響きからして渋い感じのマスターがいるのかと思えばさにあらず。コーヒーを淹《い》れるのは、小柄で丸顔に黒目がちの目、髪型は短めの黒髪ボブという、女子高生と間違えられそうな年齢外見のバリスタ――切間《きりま》美星《みほし》その人である。

喫茶店文化香る京都。いかにも実在しそうな筆致で著者が創造した同店発祥の『珈琲店タレーランの事件簿　また会えたなら、あなたの淹れた珈琲を』（宝島社文庫）は、「このミステリーがすごい！」大賞の隠し玉として発売されるや、またたく間に全国規模のベストセラーリストへ名を連ねた。岡崎琢磨という著者名とともに。

読書界のブームをよそに、タレーラン店内は静謐《せいひつ》だ。沸騰するのは、美星が珈琲《コーヒー》を淹れるための湯だけでいい。最終的な推理は彼女によりドリップされ攪拌《かくはん》され、意外な結果となってサーブされるだけである。来店客にまつわる日常の謎は美星により解かれ、善意の客には至福がもたらされ、悪意の客は相応の報いを受けることになる。

タレーラン全般の推理まわりは以上として、「午後三時までの退屈な風景」に時間を移そう。同作は、タイトルに表示された時間から一時間さかのぼって午後二時に始まる。なにやら退屈なタレーラン店内にいる二組の客。母子とカップル一組ずつであるが、この両者がやがて店内を騒がすインシデントを起こすことになる。

本作は第四弾にしてシリーズ初の短編集『珈琲店タレーランの事件簿4　ブレイクは五種類のフレーバーで』（宝島社文庫）第一話として収録されている。岡崎琢磨の作品を本短編で初めて読む方でも驚愕し、読了後は一七七ページに戻り、あの会話の意味を知り絶句必至となるだろう。

もちろんこの第四弾のみならず、本シリーズは京都各地がかっこうの謎解き舞台と化している。『珈琲店タレーランの事件簿2　彼女はカフェオレの夢を見る』中には、伏見稲荷《ふしみいなり》の狐に化かされたとおぼしい、不可能移動トリックが登場。『珈琲店タレーランの事件簿5　この鴛鴦茶《えんおう》がおいしくなりますように』では、京都御所北東は猿《さる》が辻《つじ》で、猿のいたずらしき水風船事件が発生。いずれも美星の頭脳内ハンドドミルにおいて、どのように謎が挽《ひ》かれたかを確かめていただきたい。

著者は京都大学法学部卒。同シリーズ第一弾で、創設されたばかりの京都本大賞も受賞した。同地に縁の深い岡崎は他に、京都御苑近くにあるハンドメイド雑貨店を舞台に選んでいる。二〇一八年初頭に刊行された『春待ち雑貨店ぷらんたん』(新潮社)では京都の季節感すらも運んできてくれるのだ。

「銀印も出土した」門井慶喜

町家に御茶屋に神社仏閣、茶室や演舞場に至るまで和風建築の街でもある京都は芸術の街でもある。客人を招く和風建築あるところ、絵画の存在は必須だからだ。

とある絵を購入する際、その真贋《しんがん》をすかさず見極められる人物がいたらどうだろう。その男神永美有は、舌で真贋を判定する。対象の絵画なり芸術品を目前にすると、偽物なら舌に苦みを感じ、本物なら甘みをおぼえるという。神永はかつてラファエル前派展で、本物と間違われ展示された複製作品を見破った特殊な才能を生かし、美術コンサルタントとして活躍している。

短大美術講師の佐々木は神永の才能に惹《ひ》かれつつ、フェルメールや奈良三彩など美術史上あるいは芸術作品そのものにまつわる事件や謎に、語り手として巻き込まれる。むろん色鮮やかに解決してみせるのは神永の舌であり、芸術への愛情と想像力であることは自明の理である。

直木賞を受賞した門井慶喜の単行本デビュー作が、この美術探偵・神永美有シリーズの一作目『天才たちの値段』（文春文庫）である。京都出身で東京の短大講師を務めていた佐々木は同書最終話「遺言の色」で恩師から、助教授（後に准教授）となって京都の四年制Z大学造形学部への転勤を命じられることになった。

二作目『天才までの距離』（文春文庫）で舞台は京都に移る。岡倉天心真筆とふれこみの救世観音墨絵を京都の古美術商から持ちかけられた佐々木が、購入するかどうか迷うところから始まるのだ（表題作）。

「銀印も出土した」は、美術探偵・神永シリーズ第三弾『注文の多い美術館』二話目にあたる。福岡県志賀島から出土した古代の金印に関しては、教科書などで周知の歴史的事実。この度右京区鳴滝本町、仁和寺《にんなじ》から西へ約六〇〇メートルの発掘現場から純銀製印章が発掘され、それがかの金印に似ているという新聞記事に佐々木が接する。

予感通り、佐々木はZ大学樽坂学長に呼びつけられ、当の銀印を見せられた。なんと発掘現場は、Z大学の新キャンパス建設現場でもあったからだ。地主特権で銀印を入手したと胸を張る樽坂は佐々木に対し、この銀印が本物であると、半月以内に結論を出すよう命じた。

樽坂学長は、デリバティブ取引で大学資産を四三億も増やした実績をもつ、大学経営の神様と称えられる人物。当の銀印を新キャンパスの宣伝に使うという方針のもと、無茶な命令を佐々木に下したのだ。元より逆らえるはずのない佐々木が頼るのはむろん、神永に他ならない。

解決後、神永が言及する京都みやげに要注目だ。明敏な舌を持ち、東京の一等地に事務所を構えスタッフも使う、わが国随一の美術コンサルタントが選ぶ京都みやげとは何か、ぜひ本作最後の一文に期待されたい。

歴史・時代小説も多い門井だが、現時点での最新刊は『新選組の料理人』（光文社）。まかない専門として新選組に入隊した浪人から見た新選組は。そしてまさに幕末動乱の京都は。時代をさかのぼった門井の京都観も味わいたい。

「異教徒の晩餐」北森鴻

北森鴻が、黄泉《よみ》の国へと創作の旅に出てから八年余。ファンサイト「酔鴻思考」によれば二〇一八年の今年にも、「京都嵐山大悲閣千光寺にて第八回酔鴻忌」との記述が見られる。北森作品群において、本作をはじめとする〈裏《マイナー》京都ミステリー〉は愛されるシリーズの一つなのだ。

嵐山の奥に位置する大悲閣千光寺（右記の通りこの寺は実在する）は知る人ぞ知る――つまりは拝観客とて少ない寺なのだが、住職並びにこの寺を思う者二人。一人は寺男の有馬次郎。彼は元窃盗犯で、この寺へ盗みに入ったのだが、階段から転落し負傷。次郎を助けた住職の勧めで寺男になった。もう一人は京都みやこ新聞文化部の折原けい記者。当山を同紙に紹介してくれるのだが、入山料を払うでもなく、境内に上がり込んでお抹茶を口にする図々しい性格。

ひとたび京都と千光寺に関する事件が起きるや、次郎はかつての裏稼業で鍛えた体力と洞察力で、折原は記者の情報網と誰はばからない性格をもって事にあたる。次郎は折原から「アルマジロ」というあだ名で呼ばれるなど、凸凹コンビと形容した方がいいかもしれない。

行きつけの寿司割烹《かっぽう》「十兵衛」で、折原が次郎に、版画家の乾泰山刺殺事件に関して話をもちかけるのが「異教徒の晩餐」の出だしだ。遺体の周囲には、版画制作に使う馬《ば》連《れん》がちらばっていたのだが、その馬連を包む竹皮がすべて切り開かれていたという。十兵衛の大将によれば、泰山は事件のあった夕方、店に鯖棒《さばぼう》を三本も買いに来ていた。鯖棒とは、若狭湾で獲れた鯖を棒状の寿司に仕立てたもので、三本といえば、大人四〜五人の分量である。しかも竹の皮で包まれることが習慣の鯖寿司が、泰山の工房に置かれていたという事実。

日本有数の版画家殺害と竹皮の謎。折原の依頼を受けた次郎は、かつての能力をもって東京の画商になりすまし探りを入れるが、事態は次郎や折原の想像を超えて展開する。

あらためて本作収録の『支那そば館の謎』（光文社文庫）各話にはむろん、著者ならではの京都うんちくが見て取れる。それはただの豆知識に終わらず、しっかりと謎解きのエッセンスにつながっているのだ。

一話目の「不動明王の憂鬱」では、京都と関東の銭湯、ことに洗い場と浴槽の特性から次郎はヒントを得る。三話目の「鮎躍る夜に」は、観光名所だからこそ京都市民が訪れることが少ない京都タワーが事件のメインとなる。表題作「支那そば館の謎」は、間口が狭く奥に細長い、京都独自の町家内での密室殺人に挑戦。むろん用意周到な北森のこと、町家の奥にはさらなる奥の手を用意している。

同シリーズは好調に版を重ね、第二弾『ぶぶ漬け伝説の謎』（光文社文庫）へと続く。『ぶぶ漬け〜』最終話は京都独自の味を使った「白味噌伝説の謎」だが同時に、昭和の未解決事件として語り継がれる「グリコ・森永事件」のパロディーにもなっている。もし第三弾へ続いたならば、北森はどのような平成の事件に興味を示しただろうか。

「忘れ草」連城三紀彦
連城三紀彦は生前からしばしば、ミステリ界のレジェンドと称されてきた。京都はむろん伝説（レジェンド）に彩られた町でもあるが、はかない恋のあわいも、数奇な運命に委ねられる男女の姿も描いてきた連城の作風もまた、京都にふさわしい。
著者の多彩かつ数多い、二六〇編あまりの短編の中から京都といえば「戻り川心中」

（表題作短編集として光文社文庫より刊行）である。語り手である作家の「私」が大正期の天才歌人、苑田岳葉《そのだがくよう》の生涯を小説化したが、未完になっていた。原稿の発表を見送った理由――すなわち苑田の最期を明らかにする推理過程が、日本ミステリ史上に残る傑作の決め手になったのだ。

苑田の一度目の心中未遂が嵐山であることから、本作を収録との考えもあったが、すでにベストミステリ級アンソロジーで選ばれ広く読めることから本書『京都迷宮小路』では独自路線を貫き、『夢ごころ』（角川文庫）から「忘れ草」を選んだ次第である。

『夢ごころ』は、著者あとがきによれば、上田秋成『雨月物語』をモチーフにしたそうだ。確かに、連城作品の中にあっては、凝った推理よりも男女の愛憎や幻想譚風の読み味になっている。一話目「忘れ草」は、四十代の「私」である妻が夫への最後の手紙をしたためる場面――いや、静謐な語り口と表した方が妥当だろう――から始まる。

家を出ていた夫が今夜、八年ぶりに戻ってきたのだが、家を出て行った時と同じく何気ない態度のままである。妻にとっては、夫が出て行く前の方の印象が強いくらいだ。思えば妻は、夫が出て行った八年前も理由をいっさい詮索せず、警察への届けも出さなかった。しかし失踪後二か月が過ぎた秋、妻のもとへ絵葉書が届く。差出人の名はなかったが、宛名の筆跡から夫が出したものに違いない。裏を返すと、嵯峨野の一番奥にある寺の、苔むして崩れかけた石仏を夏の青葉が包む絵柄となっていた。

一年後、夫が和服の女性と嵐山で一緒にいるところを見かけたという情報が、妻にもたらされる。それでも待つことを選んでいたがさらに一年後、不意の悲しみから妻は京都へ旅立つ。行先は絵葉書にあった嵯峨野の寺の石仏の中であった。

妻である「私」一人称文体は、夫に対する妻の切々とした思慕であると読めるが、その手紙文風の語りは通過点に他ならない。「私」の中にあった伏線は、あるひとつの結びへと至る。その驚きをもってしてもなお、嵯峨野の寺の石仏の中にたたずむ一人の女の像が、読者への絵葉書として連城から送られるかのような読後感だ。

連城三紀彦著者略歴（三三八ページ）末尾でも触れたが、他界後の連城作品やアンソロジー刊行も続いており、二〇一七年から順に挙げていこう。作家にして連城研究家として名高い浅木原忍氏が執筆し、本格ミステリ大賞の評論・研究部門を受賞した『ミステリ読者のための連城三紀彦全作品ガイド』の決定版が論創社より刊行。講談社文庫からは『連城三紀彦レジェンド2　傑作ミステリー集』。これは綾辻行人、伊坂幸太郎、小野不由美、米澤穂信各氏が選出した傑作集である。遺作となった『女王』も講談社文庫化された。

二〇一八年、長らく未刊行だった長編『悲体』がついに幻戯書房から単行本化された。また創元推理文庫からは『六花の印　連城三紀彦傑作集1』『落日の門　連城三紀彦傑作集2』と二巻にわたり傑作集が続く。

前文では京都のミステリアスな歴史的背景に触れたが、京都は人口当たりの大学生比率が高く、大学生の町でもある。伝統と同時に、進取の気象に富む京都のこと。遠からずこの地から、新たな京都ミステリが誕生するに違いない。

（せきね　とおる／文芸評論家・編集者）

［底本］

浅田次郎「待つ女」（『待つ女　浅田次郎読本』朝日文庫）

綾辻行人「長びく雨」（『深泥丘奇談』角川文庫）

有栖川有栖「除夜を歩く」（『江神二郎の洞察』創元推理文庫）

岡崎琢磨「午後三時までの退屈な風景」（『珈琲店タレーランの事件簿4　ブレイクは五種類のフレーバーで』宝島社文庫）

門井慶喜「銀印も出土した」（『注文の多い美術館　美術探偵・神永美有』文春文庫）

北森　鴻「異教徒の晩餐」（『支那そば館の謎　裏京都ミステリー』光文社文庫）

連城三紀彦「忘れ草」（『夢ごころ』角川文庫）

傑作《けっさく》ミステリーアンソロジー　京都《きようと》迷宮小路《めいきゆうこうじ》　朝日文庫

2018年11月30日　第1刷発行

著　者　浅田次郎《あさだじろう》　綾辻行人《あやつじゆきと》　有栖川有栖《ありすがわありす》
岡崎琢磨《おかざきたくま》　門井慶喜《かどいよしのぶ》　北森鴻《きたもりこう》
連城三紀彦《れんじようみきひこ》

編　者　関根亨《せきねとおる》

発行者　須田　剛

発行所　朝日新聞出版
〒104-8011　東京都中央区築地5-3-2
電話　03-5541-8832（編集）
03-5540-7793（販売）

印刷製本　大日本印刷株式会社

ISBN978-4-02-264906-5

落丁·乱丁の場合は弊社業務部（電話03-5540-7800）へご連絡ください。
送料弊社負担にてお取り替えいたします。